今様《いまよう》のなかの〈表象〉

◆縄手聖子 *Nawate Seiko*

笠間書院

はじめに

今様とは、神楽、催馬楽などの古歌謡に対して、当世風で、はなやか、目新しいなどの「今めかし」とされる魅力を持つ新様式の流行歌謡である。平安中期に興り、平安末期、すなわち白河・鳥羽の時代に最盛期を迎え、身分の上下を問わずに、都を中心に大流行した。当時、どれくらい流行したかと言えば、「そのころの上下、ちとうめきてかしらふらぬはなかりにけり」（『文机談』今様歌事）という程であった。

今様を熱狂的に愛好した後白河院は、自分の死後、今様が衰退することを恐れ、今様集『梁塵秘抄』を編纂した。『梁塵秘抄』で歌われる世界は、神仏への信仰、多様な職業の庶民の生活、恋愛など多岐にわたり、豊かである。今様は、信仰、風俗、文芸を反映しているだけではない。「今めかし」という、当時の流行の最先端をことばにしたものなのである。『古今集』を重んじ、伝統的表現を重視していた和歌とは、対照的である。

今様は、芸能者、庶民、武士など下層の階級を中心にして興り、貴族階級を主体とした表現形態である和歌とは、根本的に性質が異なる。和歌は、あはれ、幽玄などの美意識、つまり文化の上澄みともいえるものを表現していたのに対し、今様は、沈殿していた当時の集団の持つ無意識の流れ、つまり歴史の底に流れる意識をも掬い取っている。この歴史の底流にある集団的無意識が、表層的に信仰、風俗、文芸、そして言葉の流行性として、今様に表れていよう。そのような今様を集めたのが、『梁塵秘抄』なのである。

筆者の研究の目的は、今様を読み解くことによって、基底に流れている集団的無意識を探っていくことにある。本書『今様のなかの〈表象〉』は、『梁塵秘抄』に収められた今様を、表象という視点から捉え直していく方法を取る。

内容について述べる前に、本書における表象のタームの定義を述べておく。表象という概念は、人によって異なり、ぶれがあり、一つの定義にまとめることが難しいのが現状であろう。表象という語は、元々日本になかった語で、一般的に representation の訳語として用いられている。representation とは、目の前に既にある《何か》を示すことによって精神的なものを示す代行的行為である。《何か》とは、物質的なものだけではなく、絵を描く、歌う、舞踏をするといった身体を用いた芸術的表現であり、言語といった人間のなしうる全ての表意活動を対象とする[1]。その《何か》をもって精神的なものを表現する行為である。representation で示された《何か》には、

①一つの意味しかない

②中心的な何かを示して多様な解釈を示す

の二極化された意味がある。本書では、②の意味を取り、次のように定義付けた。

表象とはある単一的な特定のイメージを持つ言葉、記号ではなく、多様な解釈を示す発生源、すなわち一つの語に複数の意味が纏わり付いた重層的な語である。

『梁塵秘抄』で用いられている表象には、当時の和歌、物語、説話といった文学、芸能、宗教、美術、風俗といった多角的な分野から、一つの文化ともいえる複数の意味を内包している。表象は、古代の言説から中古を経

て、院政期に至る時代の流れの中で醸成されてきたものも多い。『梁塵秘抄』の表象は、多層的かつ重層的な意味を抱えている。その表象の背景にある重層性を読み解くことにより、内在化している意味を明らかにし、新たな解釈を提示したい。

『梁塵秘抄』と表象という問題に関連する先行研究として、筆者が最も注目しているのは、馬場光子氏の研究である。馬場氏は、「「心の澄むもの」考―今様・和歌・説話をめぐって―」「「老い」考」[2]で、『梁塵秘抄』の「老い」をうたう今様、「心澄む」物尽しの今様を集め、それらの特質について言及する。先行する時代の和歌・説話・絵巻などから、その生成の系譜を辿り、後世の謡曲・早歌などの類似する例と比較し、院政期ならではの特色を捉えていく方法は、『梁塵秘抄』を表象性から読み解くという筆者の方法と通底している。馬場論文に導かれ、『梁塵秘抄』でうたわれている歌語と和歌史の中で形成されたイメージの関わりについて論及した植木朝子氏の論考[3]にも大きな示唆を受けた。

本書では、それらの成果を受け取りつつ、今様における表象の重層性を読み解く。それに拠って、先達が示してきた解釈も含みながら、多層的な解釈の広がりを包括していることを明らかにしていく。

＊

以下、本書の構成を述べる。第一章から第三章までは、『梁塵秘抄』でうたわれる今様、第四章は、『梁塵秘抄』ではなく、中世王朝物語、近世の物語の表象を扱う。何故、『今様のなかの〈表象〉』という書名であるのにも関わらず、物語を扱うのかについては後述する。

第一章では、雑歌冒頭の祝言歌謡から、三一六番歌の「岩屋」「泉」、三一八番歌の「鶴」「亀」という祝いの景物である歌語に着目して、それらが持っていた表象性を探っていく。この二首は、祝い歌という性質上、大嘗会和歌との比較を行った。表現など大嘗会和歌と重なり合う部分はあるが、それらは賀歌の伝統的表現という枠組みに収まらない、新たな祝い歌を創造している。

第二章は、女性についてうたう今様の中から、「子産まぬ式部」とうたわれた子どもを産まずに年老いた女性、男を自ら誘う女性、不実な男を呪う女性という、当時の一般的な女性像とはかけ離れた〈逸脱〉した女性の今様を取り上げる。本書では「子産まぬ式部」、誘う女、呪う女それ自体を、逸脱した女の表象として捉えた。三者はいずれも王朝の美意識から逸脱した存在である。

第三章は、中世における表象としての「美女」を視点にして、「美女」をうたう二首の今様の新たな解釈を示唆する。「美女」という語は、従来、美人の意で解釈されてきた。しかし、「美女」は、中世の言説によって読み解くべきという所からスタートし、今様の担い手でもあった表象としての「美女」の文化を読み解いていく。「美女」と寝たい翁をうたう一首では、神、笑い者、芸能者といった複数の意味を持つ存在である表象としての翁について、考察する。翁が何故「美女」と対になって歌われているかということについても言及していく。この章では、祝言と逸脱した女という先の二つのテーマを交差させている。

第四章は、『梁塵秘抄』以降の物語、『いはでしのぶ』、『風に紅葉』、『雨月物語』「蛇性の婬」を取り上げ、物語からも表象史の広がりを見ていく。表象の読み解きによって、内在化した意味を浮かび上がらせ、新たな解釈を示すという方法自体は、『梁塵秘抄』を論じた第一～第三章と全く同じである。中世王朝物語である『いはでしのぶ』には、「物尽し」、『風に紅葉』には「道行文」が用いられている。これらの表現形式は、『梁塵秘抄』をはじめとする中世歌謡にも多く見られる芸能的表現である。これらの芸能的表現が、何故、中世王朝物語の中で用いられたのか、何をもたらしたのか、という問題を、表象を読み解くことによって論及していく。物語作品の

「物尽し」「道行文」という表現形式の考察は、歌謡表現の本質にも繋がっていると筆者は考えている。『雨月物語』「蛇性の婬」は、『梁塵秘抄』および歌謡とは関係ないが、そこで用いられている表象は中世を経て生成されたものである。『梁塵秘抄』および中世王朝物語より後世の表象は、テキストの中で、どのような変化をなし、新たな表現をしていたのか、表象の裾野を補足するために取り上げた。

以上の構成によって、『梁塵秘抄』の表象が持つ重層性を読み解いていく。そこから、今様の面白さは、当時の世相・風俗を反映した流行歌謡という表層的なものだけはなく、もっと豊かで奥深い世界を秘めているということを解き明かし、今様研究の一助を築きたい。

表象の問題は、『梁塵秘抄』だけには留まらず、幅広い分野に及んでいる。本書でも中世王朝物語、近世の物語と、中世歌謡という枠組みから逸脱しているものも扱った。故に、本書の題目を『梁塵秘抄』と限定せずに、広く『今様のなかの〈表象〉』とした。

【注】

（1） 丸山圭三郎『ソシュールを読む』（一九八三年、岩波書店）参照。
（2） 馬場光子『今様のこころとことば――『梁塵秘抄』の世界――』（一九八七年、三弥井書店）所収。
（3） 植木朝子『梁塵秘抄とその周縁――今様と和歌・説話・物語の交流――』（二〇〇一年、三省堂）、コレクション日本歌人選25『今様』（二〇一一年、笠間書院）。

今様のなかの〈表象〉【目次】

【凡例】

①『梁塵秘抄』の本文引用は、特に注記がないものは、原則として新間進一・臼田甚五郎校注・訳　新編日本古典文学全集『神楽歌　催馬楽　梁塵秘抄　閑吟集』（二〇〇〇年、小学館）に拠った。

②和歌の引用は、原則として『新編国歌大観』に拠った。仮名表記、漢字など適宜改めた。

③頻出する『梁塵秘抄』の注釈書は、以下のような略号を使用する。

『考』＝小西甚一『梁塵秘抄考』（一九四一年、三省堂）

『評釈』＝荒井源司『梁塵秘抄評釈』（一九五九年、甲陽書房）

大系＝志田延義　日本古典文学大系『和漢朗詠集　梁塵秘抄』（一九六五年、岩波書店）

集成＝榎克郎　日本古典集成『梁塵秘抄』（一九七九年、新潮社）

新大系＝小林芳規他校注　新日本古典文学大系『梁塵秘抄　閑吟集　狂言歌謡』（一九九三年、岩波書店）

新全集＝新間進一・臼田甚五郎校注・訳　新編日本古典文学全集『神楽歌　催馬楽　梁塵秘抄　閑吟集』（二〇〇〇年、小学館）

『全注釈』＝上田設夫『梁塵秘抄全注釈』（二〇〇一年、新典社）

④漢文表記の本文は、四庫全書、新釈漢文大系、国史大系、史料大成、川口久雄編『箚注本朝麗藻』（一九九三年、勉誠社）などに拠り、私意に訓読文に改めた。

⑤日記、物語などをはじめ、諸説の引用などは必要に応じて、各節末に注記した。ただし、表記はいずれも一部に改めたところがある。

第一章

祝言歌謡の今様

——祝いの歌語と文化

第一節　『梁塵秘抄』三一六番歌における「岩屋」

一　はじめに

『梁塵秘抄』雑八十六首の冒頭に位置するのが次の一首である。この後に鶴亀を中心とした祝いの歌謡が六首続く。

万劫年経る亀山の　下は泉の深ければ　苔生す岩屋に松生ひて　梢に鶴こそ遊ぶなれ

（雑・八十六首・三一六番歌）

三一六番歌は無限の時間を経た大亀が戴く蓬莱山の下には、泉が深く湧き出ているので、苔の岩屋には松が生え、その松の梢には鶴が遊んでいるという。神山（亀山）、古松、白鶴など目出度いものを列挙して仙境の様を描き、祝いの対象者を寿いでいる。(1)

三一六番歌が雑歌の冒頭歌として持つ意味は決して小さくない。本節では第三句「苔生す岩屋に松生ひて」の「岩屋」という歌語に注目したい。従来、当該歌の類似歌謡として次のものが挙げられてきた。

①萬歳年経亀山ノ　下ニハ泉ノフカケレバ　コケムス巌ニ松ヲヒテ　梢ニ鶴コソ遊ブナレ

（『興福寺延年舞式』乱拍子一声[2]）

②いや万劫年経る亀山の　いや下なる泉の深ければ　いや苔むす巌に松生ひて　いや梢に鶴こそ舞ひ遊べ

（『伊勢神楽歌』たきまつりの歌[3]）

③ャ蓬萊山にはャ千とせふるャ万歳千秋かさなれりムャ松の枝にはつるすくひ　いわおかそはにはャかめあそぶ

（『朗詠九十首抄』巻末今様・蓬萊山[4]）

これら類似歌謡では「岩屋」ではなくて「巌」と記されていることから、大系は「岩屋」は「いはほ（巌）」の訛伝かとしており、新間進一氏は「あるいは巌の誤りか。興福寺延年舞式歌謡にはそうある。洞窟の上に松が生えているととればそうとれるので、一概には決めにくい」と指摘する。以降の研究では「岩屋」に関する言及がないのが現況である。しかし、写本では「いはほ」ではなく「いはや」と明記されており、訛伝であっても「岩屋」には意味があるのではないのだろうか。しかも、『梁塵秘抄』には、三一六番歌以外にも「いはや」の用例が五首ある。[7]（写本においては平仮名で「いはや」と記されている。（　）内の漢字は筆者が当てた。）

Ⅰ聖の住処としての「いはや」

（略）鹿が苑なるいはや（岩屋）より　四果の聖ぞ出でたまふ　（雑法文歌・二二〇）
春の焼野に菜を摘めばいはや（岩屋）に聖こそおはすなれ（略）　（僧歌・三〇二）
聖の好むもの（略）いはや（岩屋）の苔の衣　（僧歌・三〇六）

II傳説の住処としての「いはや」
傳氏がいはや（窟）の嵐には　殷の夢見て後ぞ良き（略）　（雑法文歌・一九三）

III神社名としての「いはや」
（略）淡路のいはや（石屋）には住吉西の宮　（四句神歌・二四九）

Iの「岩屋」はいずれも仏道修行者の住処としてうたわれている。IIの「窟」は、傳説[8]が無名時代に住んでいた岩窟である。[9]IIIの「石屋」は、淡路国津名郡の石屋《いはや》神社[10]のことである。これらの『梁塵秘抄』における「いはや」例を見ると、三一六番歌の「いはや」を敢えて「いはほ（巌）」の訛伝とする必要はないのではないか。写本に則って「いはや（岩屋）」として読み解くのが妥当であろう。

岩屋という語は二つの意味を持つ。まず『梁塵秘抄』の中では、前出の「岩屋」五例の内、三例が聖の住処である。近い時代の用例に目を転じてみると、『一遍上人絵伝』[11]に菅生寺の岩屋が描かれている。中世の和歌では「笠置の岩屋」「笙の岩屋」など聖の山岳修行の道場、住処として詠まれている。ただし注意したいのは、この三例には「聖」の語があるが、三一六番歌は「聖」の語を使っていない。三一六番歌の「岩屋」は『梁塵秘抄』における「いはや」＝聖の住処という連想を受け取りつつ、別の連想との繋がりがある可能性がある。

三一六番歌の表現に沿って見れば、神仙思想との繋がりである。三一六番歌そのものは、蓬萊山を始めとして、白鶴、古松といった仙境の景物を並べた神仙思想の祝い歌である。その典拠として『列子』「湯問篇」の記事がある。

渤海の東、幾億万里なるを知らず（略）其の中に五山有り。（略）三に曰く、方壺。四に曰く、瀛洲。五に曰く、蓬萊。其の山、高下周旋三万里。（略）其の上の台観は皆金玉。其の上の禽獣は皆純縞《じゅんこう》。珠玕《しゅかん》の樹皆叢生し、華実皆滋味有り。これを食せば皆老いず死なず。居る所の人は、皆仙聖の種。

蓬萊山の頂上にある建物は金銀宝石で出来ており、そこに棲む鳥獣は皆真っ白で、珠の木が生え、実る果実を食せば不老不死になる、と具体的に蓬萊山の様子を描写する。『列子』には、「岩屋」そのものは描かれていないものの、仙人の住む岩屋を意味する「仙窟」「仙洞」という語があるように、岩屋は神仙の住処としての意味を有す。不老不死の仙人が住む神仙境を描く三一六番歌の「岩屋」には、「仙窟」「仙洞」などの仙人の住処への連想もあるのではないか。

平安中期の仏教説話集『法華験記』には、聖の住処としての岩屋が登場し、その岩屋内部の霊妙な自然環境が細かく記されている。後述するが、その描写は、まさに神仙境そのものである。つまり聖の住処としての「岩屋」と、仙人の住処としての「岩屋」が重なり合っているのだ。

三一六番歌の「岩屋」も、神仙の住処・聖の住処といった二つの意味を抱え込んでおり、それらの意味を重ね合わせて読み解くべきではないのか。「岩屋」が持つ二つの意味から三一六番歌を照射すると、どのような意味が浮かび上がってくるだろうか。本節では祝い歌である三一六番歌で、何故「岩屋」という語が選択されたのか。和歌からの視点で賀詞としての「岩屋」の位置付けを検証する。そして岩屋が持つ仙人の住処としての意味、聖の住処としての意味を確認したい。この二つの意味を重ね合わせて「岩屋」を読み解いたならば、三一六番歌で「巌」ではなく敢えて「岩屋」と変化した意図、歌の重層的な意味が明らかになると考えられる。

二　大嘗会和歌に詠まれる「岩屋」

祝い歌である三一六番歌において「岩屋」という語が何故用いられているのか、先ず和歌の視点で確認してみよう。「岩屋」自体は、古くから「常盤なす岩屋は今もありけれど住みける人そ常なかりける」（万葉集・巻三・三〇八・博通法師）にあるように、永遠性の象徴である。三一六番歌の「岩屋」にも、もちろん祝い歌という性質上、永遠性は付与されているだろう。

管見の限りでは、和歌において「岩屋」が賀詞として用いられるのは、大嘗会和歌のみである。大嘗会和歌において「岩屋」の用いられ方は、二通りある。一つ目は、岩屋山という地名で詠まれる。岩屋山は、備中国賀夜郡にある山であり、真言密教系の山岳寺院の岩屋寺が建つ。大嘗会和歌の地名について藤田百合子氏[12]が「つまり名所歌枕と異なり大嘗会和歌の地名は、一言でいうならば所は問題ではなく、名そのものが問題なのであった。と言うことは名そのものが既に特殊な位相を有していること」だと言及している。更に藤田氏は大嘗会和歌の地名を、（一）田、稲、粟、木綿等の農耕生活と関係のある地名、（二）天皇、位、神などに関係のある地名、（三）嘉名性、祝言性を有する地名の三つに分類する。「岩」という永遠性の象徴の表現を持つ「岩屋山」は（三）のグループに属するだろう。具体的な例を見てみよう。

Ⅰ岩屋山の用例

治暦四年三条院御時、大嘗会主基方神楽の歌、岩屋山をよめる

①動きなく千世をぞ祈る岩屋山とる榊葉の色変へずして　（千載集・神祇・一二八一・藤原経衡）

②すぎにけむ程をば知らず行末も久しかるべき岩屋山かな　（大嘗会和歌・後一条院・長和五年（一〇一六）・主基・一二八〇・善滋為政）

①の「岩屋山」は、その名に因んで不動安泰のものとされ、常緑であり色変わりのない榊と共に三条院の御世が長く、不変であることを祈る。②は後一条院の御世が岩屋山のように行末が久しく長くあるようにと寿ぐ。①②いずれとも「岩屋山」は、不動である故に悠久の時間の表象として詠まれる。もう一つは、地名としての「岩屋山」に、天岩屋神話が重ねられた複合的な岩屋である。

Ⅱ天岩屋の用例

村上天皇　天慶九年（九四六）主基　備中国

風俗神歌　いはやのやま

③千はやぶる神も君をぞまちけらし岩屋の山のその戸ひらけり　（一五一・作者未詳）

「岩屋の山」は、地名の「岩屋山」のことである。「千はやぶる神」は、皇祖神である天照大神であり、その天照大神が「君」である村上天皇を待って、天岩戸を開くとうたう。③では村上天皇は天照大神に祝福される存在

とされ、「岩屋」は両者を邂逅させる鍵語となっている。

建久九年（一一九八）一月二〇日（土御門天皇）主基　備中国

神楽歌　石屋山

④千早ふる　天つ岩屋の　山の端に　昔に似たる　久の声かも[13]

（千波也布留　安万都伊波屋乃　也万乃波爾　牟加志仁仁多留　比佐乃古恵加裳）

（九四五・藤原資実）

④の「天つ岩屋」もやはり③と同様に天照大神が籠る天の岩屋の地名の石屋山が重ねられている。末句の「久の声かも」は、王者を称える瑞祥に基づく表現である。例えば、

吹く風も木木の枝をば鳴らさねど山は久しき声ぞ聞こゆる

（久安百首・慶賀・八三・崇徳院）

がある。④の「久の声」、「吹く風も」の歌の「久しき声」は、世が平和であることの前兆であり、『延喜式』大瑞に「山称万歳」とあるのに拠る。八木意知男氏・真弓常忠氏[14]は、「山称万歳」の典拠として「漢書に曰く、武帝封弾す、山は萬歳と呼び、泥は黄金を為り縄《つく》は白銀を為る、天下に大平を告ぐ、群臣の功なり」（『稽瑞』所引）を指摘する。[15]「山称万歳」は、天皇への寿ぎとして④以外にも類型的に詠まれた。[16]④は、天照大神と王者を称える「山称万歳」の瑞祥、二重に天皇としての土御門天皇を祝福する歌なのである。

③④の賀詞としての岩屋は、地名としての岩屋山、神籠る場として二つの意味を担うことによって重層的な意

味を持っていた。

中世でも岩屋は、神が籠る場（籠る神は天照大神に限らないが）として使われていた。[17] 大嘗会和歌で詠まれる「岩屋山」は修験道の地でもある。宮家準氏[18]も指摘しているが修験道には、「胎内潜り」という語が示すように、擬死再生の観念がある。「胎内潜り」は、穴のある岩場や岩窟に籠って修行することにより、生身の人間であるまま一度死んで生まれ変わるという思想である。天岩屋神話も「死と再生」の神話とされている。[19] 天岩屋と修験道は「死と再生」という共通の観念を持っているのだ。大嘗会和歌での天照大神の天岩屋の「籠り」は、多重の意味を持っており、修験道における「籠り」のイメージも付与されているのではないかと考えられる。聖が修行の場として籠る岩屋は、当該歌が持つ岩屋の意味の一つでもあることを指摘しておく。

大嘗会和歌においては天照大神が籠る場としての意味を持つ岩屋であったが、神仙思想による寿ぎをうたう三一六番歌においては、天照大神が籠る場としての岩屋と解することは不可能である。大嘗会和歌の岩屋が天照大神の籠る場と作られている中で、三一六番歌は新たな賀歌における岩屋も創造していることも考えなくてはならない。

三　和歌における「巌」

一方、三一六番歌の類似歌謡の中でうたわれている「巌」についても、古代から院政期までの和歌を見てみよう。巌は、山の景物の一つとして詠まれた。例えば、雪と取り合わせて詠まれた次の一首がある。[20]

白雪の所もわかず降りしけば巌にも咲く花とこそ見れ　（古今集・冬歌・三二四・紀秋岑）

雪を花に喩えて、本来なら花の咲くはずがない巌にまで雪の花が咲いたという見立ての趣向で詠む。この歌の巌は、花が咲かない場所として位置付けられている。他には、「巌の中に住む」という表現によって出家・遁世を願う歌が詠まれている。

いかならむ巌の中に住まばかは世の憂きことの聞こえこざらむ　（古今集・雑歌下・九五二・読み人知らず）

歌意は、どのような岩山の奥の洞窟に住めば、世間の厭な噂が聞こえてこないのだろうか、である。「いかならむ巌の中に」は解釈が分かれており、『法句譬喩経』（無常品）の四人の仙人の内の一人が死から逃れるために須弥山に隠れたという説話を典拠とする契沖の説と、岩の多い深山とする賀茂真淵の説がある。[21]この『古今集』の歌を本歌として「巌の中に住む」和歌が詠まれているのだが、数例しかない。[22]

巌は、「神さびて巌に生ふる松が根の君が心は忘れかねつも」（万葉集・巻一二・三〇四七・作者未詳）のように早くから不変、長久の象徴として詠まれていた。次の一首に見られるように、巌は永遠性を寿ぐものとして詠まれているものが圧倒的に多い。

わが君は千代に八千代に細れ石の巌となりて苔のむすまで　（古今集・賀歌・三四三・読み人知らず）

寿ぎの対象者である「わが君」の寿命が千代、八千代に続くように、その寿命の長さを細石が「巌となりて苔のむすまで」とうたう。[23] 安定、不変の象徴である巌に長久の時を経て苔生すという祝いの表現である。これに見られるように一般的に永遠性を寿ぐのは、岩屋ではなく巌である。他には、

君が世は天の羽衣まれにきて撫づとも尽きぬ巌ならなん

（拾遺集・賀・二九九・読み人知らず）

がある。「天の羽衣」とは仏説に基づいた表現である。天人が三年に一度地上に降りてきて、三銖の重さの軽い天の羽衣で、方四十里の石を撫でて磨り尽くすまでの永い時間を一劫という。ここでは巌は、その無限劫の時間を以っても磨り尽くせないほど巨大だとされており、主君の寿命を未来永劫だと寿ぐ。これら二首は、巌を詠んだ多くの賀歌の本歌として位置付けされている。

三一六番歌の第三句「苔生す岩屋に松生ひて」と類似する表現を持つ和歌は、前出の「わが君は千代に八千代に細れ石の巖となりて苔のむすまで」（古今集・賀歌・三四三・読み人知らず）が挙げられる。同型表現の賀歌は散見される。

東宮の石などりの石召しければ、三十一を包みて、一つに一文字を書きて参らせける
苔むさば拾ひも替へむさざれ石の数を皆取る齢幾世ぞ

（拾遺集・雑賀・一一六三・読み人知らず）

東宮（居貞親王）の石名取歌である。[24] 小石を永い時間を経て苔生したならば拾って取り替えよう。このように小石を全て拾って皆取り尽くすまでに重ねる齢は幾世になるかと東宮の長寿を予祝している。この歌では苔生す

「さざれ石」が東宮の永く重ねる齢の表象となっている。他には、

承保元年（一〇七四）、大嘗会主基方御屏風歌、石坂山
石坂の山の岩根の動きなくときはかきはに苔の生すかな　（大嘗会和歌・七七・大江匡房）

があり、石坂山の動かない安定した岩根に苔が生すほどの長久の時間が経ていると白河天皇の治世・長寿が永くあるようにと寿ぐ。『うつほ物語』で源正頼と女一宮との婚姻の席で詠まれた一首もある。

岩の上の苔の蓆に住む鶴は世をさへ長く思ふべきかな　（藤原の君巻・橘千蔭）

「岩の上の苔の蓆」は苔生すまで栄える正頼家、そこに「住む鶴」は女一宮を指している。[25] 女一宮を千歳の鶴に見立てて、正頼と女一宮の夫婦仲が末永く続くように寿いでいる。これらで確認したように賀歌の伝統的表現では、長久の年月の経過の表現として「苔生す」のは、「石」「巌」「岩根」であり、なるほど「岩屋」ではない。このように見ると『興福寺延年舞式』で「岩屋」ではなく「巌」とあるのも、賀歌の伝統的表現の流れに則ったものだと見るべきであろう。ただ三一六番歌はそうはいかない。賀歌の伝統的表現とも、大嘗会和歌の岩屋とも違う三一六番歌の「岩屋」という表現は何を実現しているのだろうか。それを神仙の住処・聖の住処という二つの意味から捉えてみることにしよう。

四　神仙の住処としての「岩屋」

神仙の住処としての「岩屋」の意味について考察してみたい。「仙洞」「仙窟」という語があるように、中国の神仙の多くは、洞中すなわち岩屋に住んでいる。『遊仙窟』の岩窟にいた仙女が有名であろう。神仙の住処としての岩屋は、洞、窟と表現されることが多い。また神仙の多くが洞中に住み、その中に天があって俗世とは別の世界をなすとされるところから「洞天」という語も生まれた。「洞天」の典拠として『茅君内傳《ぼうくんないでん》』の「大天の内、地の洞洞天三十六所有り、及び真仙居る所」という記述がある。この記述は『芸文類聚』『太平御覧』にも記載されている。『茅君内傳』に「地の洞洞天三十六所有り」とあるように、道教では三十六小洞天があるとされており、中国・北宋代の道教類書である『雲笈七籤《うんきゅうしちせん》』には三十六小洞天が列挙されている。日本においても『和漢朗詠集』「仙家付道士隠倫」で、洞すなわち岩屋に住む仙人がうたわれている。

①山庭に蕨を採れば雲厭はず　洞中に木を栽うれば鶴先づ知る　（五四二・温庭筠[26]）
②石床洞に留りて嵐空しく払ふ　玉案林に抛《なげう》ちて鳥独り啼く　（五四七・菅原道真）

①の「洞中」は、仙人の住処であり、その中に木を植えれば仙人の乗り物である鶴が自分の住処かと寄ってくるという。②の「石床洞」は、石の寝台であり、仙人が洞窟の中で生活していた用具である。昔、仙人が使っていた石床が洞の中に空しく残って、山の嵐が塵を払うばかりだという[27]。このように日本においても洞、窟といった「岩屋」に住む仙人が確認できるのだが、ここで一つ注意しておきたいことがある。

日本における仙人とは、単に神仙思想の仙人を指すだけではない。仏教・道教における民間思想が混在した複雑な存在であるということだ。宮家準氏[28]は修験道の仙人について「仙人は道教で理想とされた修行者で山中に隠棲して五穀を断って修行をし、飛行自在など神変自在の法術を得、不老不死となった宗教者をさしている」と定義する。修験道の山岳修行者には、久米仙人、役行者などの数多くの仙人がいる。他には山中に入り法華読誦の功によって仙人になった松室童子[29]がいる。前述の宮家準氏の指摘に拠れば、仙人の多くが吉野山や、その奥の大峰山を活動していた所から、吉野やその奥に連なる大峰山系は仙人(仙女)の住む神仙境とされていたという[30]。鎌倉初期かそれ以前に成立したとされている大和の霊峰、大峯・葛城・笠置の縁起を説いた『諸山縁起[31]』に、「大峯の宿の員は、一百二十所なり。おのおの名号あり。これを尋ぬべし。大峯に、仙人三百八十人住み給ふと云々」とあるように、大峰山中は当時、神仙が集う場所と位置付けされていた。

吉野や大峰山以外の諸山以外の仙人としては、『本朝神仙伝』に挙げられている飛鉢の法を行った愛宕山や比良山の仙人、羽黒山の石窟の仙人などがおり、吉野・大峰山中に限らず山岳修行の場であり仙人がいる霊山が、神仙境と見做されていたと考えられる。そして山中には仙人、もしくは山伏が修行のために籠る岩屋も数多くあった[32]。

大峰山中に限らず、仙人が籠る場所としての岩屋は散見される。例えば、『今昔物語集』巻五第四「一角仙人被負女人従山来王城語」では、「深キ山ニ行ヒテ、年多ク積ニケリ。雲ニ乗テ空ヲ飛ビ、高キ山ヲ動シテ禽獣ヲ随フ」とあるように、一角仙人は山岳修行によって神通力を得た仙人である。その一角仙人を訪れた五百人の美女たちの前に次のように登場する。

女人等、山ニ入テ車ヨリ下リテ五百人打チ群レテ歩ビ寄タル様、云ハム方无ク目出タシ。十廾人ヅ、歩ビ別レテ可然キ窟《イハヤ》ノ廻リ、木ノ下・峯ノ間ナドニテ、哀レニ歌ヲ詠フ。(略)而ル間ニ、幽ナル窟ノ側ニ苔ノ衣ヲ着タル一人ノ聖人有リ(略)[33]

注目したいのは、女人たちが一角仙人を探し当てるために、「可然キ窟」を巡ったことである。この説話の中で仙人がいるべき場所として「窟(岩屋)」は認識されている[34]。果して「幽ナル窟」の側に一角仙人は現れた。そして一角仙人は、「苔ノ衣ヲ着タル一人ノ聖人」として登場している。「苔ノ衣」は、隠者・仙人の衣であると共に山岳修行をする聖の衣でもある。「苔ノ衣」を着た一角仙人の住処であった「窟(岩屋)」は、山岳修行の場でもあったのではないか。それを裏付けするように『本朝神仙伝』「出羽国石窟仙」に岩屋で修行する仙人が見られる。

出羽国の石窟の仙は、何の年の人なるかを知らず。身を石窟に留めて数百歳を経たり。粒を絶ち食を罷けて、寒暑を屑にせず。常に禅定を修して、今に猶し存ぜり[35]。

出羽国石窟仙は、修行によって数百歳の寿命を手に入れ神仙となった。出羽国石窟仙がいた石窟は神仙の住処であると同時に、禅定をする修行場でもあった。このように見てみれば、岩屋は仙人となった聖、その仙人の住処であると同時に修行の場であった。この修行者でもある仙人が籠る岩屋のイメージを作っているのは、神仙思想だけではない。その基底には神仙思想と、修験道の思想が融合して存在していたのであった。

五　修験者と神仙境としての「岩屋」の世界

神仙思想と修験道が融合した岩屋について考察していこう。西行が「岩屋」を次のように詠んでいる。

御岳より笙の岩屋へ参りけるに、漏らぬ岩屋も、とありけんをり思ひいでられて
露漏らぬ岩屋も袖は濡れけりと聞かずはいかがあやしからまし
（山家集・九一七）

平田英夫氏[36]は、西行が詠んだ「笙の岩屋」という歌語に着目し、「笙の岩屋」を詠むことによって、「草庵」とは異なる修験道や神仙的な岩山・石窟の世界を背負うことになったと指摘している。「岩屋」を修験道・神仙の世界を内包する特殊な歌語だと見做しているのだ。では具体的に修験道と神仙思想が融合している岩屋の例を見ていく。

而ルニ、嵯峨ノ天皇ノ御代ニ、俄ニ一人ノ修行ノ僧出来レリ、名ヲバ蔵海ト云ケリ。其ノ人、初テ此ノ山ヲ行ヒ開ク也。山ノ躰奇異ニシテ、神霊ノ栖・仙人ノ窟也。亦、常ニ神女来リ遊ブ庭也[37]。
（『今昔物語集』巻一一第一六・伊豆国大嶋郡建地蔵寺語）

蔵海という修行僧が地蔵寺を建立する為に入った山は、「神霊ノ栖・仙人ノ窟也。亦、常ニ神女来リ遊ブ庭也」と記され、神仏が降臨する聖なる空間とされている。この説話における岩屋は、直接の修行場とされていない

『平家納経』法華経法師功徳品第十九見返
（『国宝平家納経』戒光祥出版より）

が、修行場でもあり聖地でもある霊山の比喩として「仙人ノ窟」とされている。

次に神仏が現れる聖なる空間としての「岩屋」の絵画資料を確認したい。それは『平家納経』「法華経法師功徳品第十九見返」（国宝・厳島神社蔵）である。人里離れた岩屋の中で『法華経』をひたすら読誦する聖の前に普賢菩薩が白象に乗って出現する場面が描かれている。この絵の内容は「法師功徳品」ではなく「普賢菩薩勧発品」の経意であるという。[38]この絵の中で岩屋は、菩薩が示現する聖なる場所として描かれている。

菩薩を迎える聖地としての岩屋には、緑青と金色の松が生えている。岩屋に生えた松は、『梁塵秘抄』三一六番歌の「苔生す岩屋に松生ひて」という表現を連想させる描写である。この松はどういう意味を持つのだろうか。山中の景物として岩屋に描きこまれたとも考えられるが、聖、仙人の山岳修行との関わりを想定しておきたい。修験道の修行の一つに穀断がある。穀物以外の木の実や草根を主として食べたという修行であり、前出の『本朝神仙伝』出羽国石窟仙は、「粒を絶ち食を罷けて」と穀断をしている。『諸山縁起』所収の「金峯山縁起」では、役優婆塞が「藤の皮の衣を着、松の葉を食とし、花の汁を吸ひて身命を助け貯ふ」とあり、穀断の一環として松を常食していたことが分かる。宮家準氏[39]は仙人の修行は「洞窟に住まい、頭髪やひげをそらず、藤衣を着、穀断をし、松葉を食して法華経を読誦し、呪を唱える」と述べている。以上、修験道における松の例からすると、『平家納経』「法華経法師功徳品第十九見返」に描かれている松は、山中の景物としてだけでなく、山岳修行の中で仙人が食していた神仙の木としての意味も持つと考えられる。

ちなみに道教にも穀物を食べない断穀という修行があり、中国の仙人も修行食として松を食していた例や、それによって長寿を得たという話が『列仙伝』に散見される。例えば松脂を食べた仙人「仇生」は「常に松脂を食し、尸郷の北山の上に在りて、自ら石室を作る」と記されている。他に「偓佺なる者は槐山に薬を採るの父なり。好んで松実を食す」と松の身を食べることによって神通力を得た「偓佺」という仙人もいる。このように道教の山中修行とともに山中の松が神仙の木になっている。『平家納経』「法華経法師功徳品第十九見返」の岩屋は、神仏が現れる聖なる場所としてだけでなく、岩屋に生えている神仙の木、松を介して神仙思想との繋がりがあったと言えよう。

『平家納経』「法華経法師功徳品第十九見返」の描かれ方と近く、神仙境の様を描く『梁塵秘抄』三一六番歌の世界とも共通する岩屋の例として『法華験記』の岩屋を次に示す。

二荒・慈光などの、東国の諸の山を巡礼せり。即ちその間にして、人の跡通はざる、古き仙の霊しき洞を尋ね得たり。その仙の洞を見るに、五色の苔をもて、その洞の上に葺き、五色の苔をもて、扉となし、隔となし、板敷となし、臥具となし、及至前の庭に敷けり。聖人この仙の洞を得て、心に歓喜を生じ、永く人間を離れて、仙の洞に蟄居せり。青き苔をもて袈裟裳を綴りて、もて服るところとなす。山鳥・熊・鹿䴥に来りて供となりぬ。妙法の薫修、自然に顕現して、十羅刹女形を現して、供給し走使せり[40]。

（第五九、古き仙の霊しき洞の法空法師）

東国の諸山を巡礼していた法空法師が遭遇した洞窟は、「古き仙の霊しき洞」であり、神仙の住処であった。「仙の洞」の内部は、霊妙な自然に包まれている。そこは「五色の苔」に包まれた特殊な空間であった。法空法師がこの仙の洞窟で修行し、仙人となっている。「青き苔」の衣を纏う法空法師は、聖であり仙人である。この説話の岩屋は、聖の住処と神仙境が融合して描かれている。更にこの仙の洞窟は、十羅刹女が示現する聖なる空間でもあり、多層的な意味づけをされている。同じく『法華験記』に『梁塵秘抄』三一六番歌の「苔生す岩屋に松生ひて」という表現と似ている描写を持つ岩屋の例がある。

> 苔敷き篠生ひて、量纔に二丈、一の岩洞あり。稀有に絶妙なり。大なる松の樹あり、根は岩の上に宿る。枝葉四に垂れて、洞の前の庭を覆ひ、風の松を吹く声は、音楽に異ならず。雨降れども笠のごとく、庭の上を湿さず。熱き時には松能く清冷の影を作し、寒き時には任運に煖温の気あり。一の聖人あり。血宍都て尽き、ただ皮骨のみあり。形貌奇異にして、青苔の衣を着たり。（第一八、比良山の持経者蓮寂仙人）

岩屋は苔に満ちており、傍線部にあるように外部には松が生えている。この「大なる松」は、『平家納経』「法華経法師功徳品第十九見返」同様に神仙の木であろう。「苔」、「松」、「岩屋」と『梁塵秘抄』三一六番歌と共通点が多い。この岩屋も、仙人でもある聖の住処である。だが松という神仙の木が生えていることによって、単に仙人の住処という以上よりも強い神仙思想との繋がりがあるのだ。

以上、様々な岩屋の例から、岩屋の多様な意味を考察した。当時の岩屋には天照大神、普賢菩薩を始めとする神仏が籠る、もしくは示現する聖なる空間としての意味があった。そして苔の衣を纏う仙人でもあり、修験者である聖人の住処であった。その住処は神仙境そのものとして認識されていた。中世で多くの文献・絵画資料に描かれた岩屋は重層的な意味、そして一つの文化とも言える複合的なイメージを持っていたのだ。

六　まとめ

『梁塵秘抄』三一六番歌の持つ「岩屋」という語は、複合的なイメージを喚起させる力を持つ故に敢えて用いられたのではないかと考えられる。三一六番歌は、「巌」だと賀歌の伝統的表現に基づいて延年を寿ぐ意味しか持つことが出来ない。だが「岩屋」とうたうことにより、仙人でもある聖が籠る場であり、神仏が示現する聖なる場所として神仙の世界に留まらない重層的な意味を獲得した。三一六番歌は、「岩屋」をうたうことによって、神仙の世界を描くと同時に、日本で醸成されてきた岩屋のイメージ、修験道の世界を引き寄せたのだった。

大嘗会和歌で「岩屋」が持っていた籠りのイメージは、三一六番歌の祝いの世界では、聖・仙人の籠りによって神仏が示現するという連想によって、より積極的に押し出されているのではないかと考えられる。「岩屋」が聖なる場であったからこそ、祝いの歌の中でうたわれたとも言える。「岩屋」とうたう三一六番歌は、当時の時代性、意識を反映した歌謡であったのである。

【注】

（1）大系、『評釈』、『全注釈』。
（2）本文引用は、『日本歌謡集成　五』（一九二八年、春秋社）に拠った。
（3）本文引用は、本田安次『伊勢神楽考』（一九八八年、錦正社）に拠った。本田氏は三一六番歌を例に揚げ、広く賀歌として伝承されていたらしいとする。

（4）本文引用は、『日本歌謡集成　三』（一九二八年、春秋社）に拠った。この今様は『源平盛衰記』巻一七で祇王が清盛の許に推参した時にもうたわれている。水原一考定『新定　源平盛衰記』（一九八八年、新人物往来社）は、清盛邸の庭誉めの歌だと解釈している。

（5）新間進一『鑑賞日本古典文学　歌謡II』（一九七七年、角川書店）。

（6）竹柏園文庫本（『天理図書館善本叢書　古楽書遺珠』一九七四年、八木書店）。

（7）直接「いはや（岩屋）」という語こそ用いていないが、「迦葉尊者の石の室」（一八二・一八七）、「白道猷が舊き室」（二二四）のように『梁塵秘抄』には岩屋を賛美する傾向がある。

（8）中国殷の武帝の時代に、土木工事の人夫から身を起こして宰相までになった人物。『史記』殷本紀に記事がある。

（9）一九三番歌は、『和漢朗詠集』丞相「傳氏巖の嵐　殷夢の後に風雲たりといへども　巖陵頼の水　漢聘の初より涇渭たり」（六七九・菅原文時）に拠る。一九三番歌の「いはや（窟）」は、元々は巌であり、傳説のいた傳巌の野を指していた。

（10）「岩屋神社」の由来は、神功皇后三韓征伐のおり、対岸の明石垂水の浜で風波にあわれ、海に難渋し、風待ちのため、岩屋に着岸。三対山上の石屋明神に参拝し、戦勝を祈願され、「いざなぎやいざなみ渡る春の日にいかに石屋の神ならば神」と詠じ給うと、風波が止み、海上は静まったことに拠る。（『延喜式』）。

（11）『日本の絵巻20　一遍上人絵伝』（一九八八年、中央公論社）。底本は国宝「一遍上人絵伝」（一二巻、清浄寺、歓喜光寺蔵）。

（12）藤田百合子「大嘗会屏風歌の性格をめぐって」（『国語と国文学』五〇巻四号、一九七八年四月）。藤田氏の説は谷昇「大嘗会和歌地名に見る王権と在地――後鳥羽院天皇大嘗会を中心に――」（『立命館文学』六〇九号、二〇〇八年一二月）も支持している。

（13）『新編国歌大観』では万葉仮名で記されていたため、筆者が適宜、訓読に改めた。

(14) 八木意知男・真弓常忠「大嘗会関係資料稿―祥瑞（大瑞・上瑞・中瑞・下瑞）の部（一）」（『皇學館論叢』一一六号、一九八七年六月）。「山称万歳」については、八木意知男『京都女子大学研究叢刊30　儀礼和歌の研究』（一九九八年、京都女子大学）が更に詳しく論じている。

(15) 武帝が封弾の際、太室山に登った記事に「従官在山上聞若有言「萬歳」云」（『漢書』祭祀紀）とある。

(16) 「すがのねのながらの山のみねの松ふきくるかぜの万よのこゑ」（七九・藤原資実）、「雲のうへに万代とのみきこゆるは高倉山の声にぞありける」（二一〇・読み人知らず）など。

(17) 神が籠る場としての「岩屋」は、古くは「大汝少彦名のいましけむ志都の岩屋は幾代経ぬらむ」（万葉集・巻三・三五五・生石村主真人）がある。志都の岩屋は、大国主命が住んでいた岩屋である。神が住んでいた場でもあるが、同時に長久の時も表現されている。中世の神籠る場としての岩屋の用例として『平家物語』巻八、源維義の出世譚で岩屋に籠る大蛇（高知尾明神）がある。他に謡曲「一角仙人」に仙人が龍神を岩屋の内に封じ込める例もある。

(18) 宮家準『修験道思想その歴史と修行』（二〇〇一年、講談社）。

(19) 天岩屋籠りの解釈については、これまでに諸説ある。例えば日蝕現象の神話化であり、冬至の太陽を復活させる鎮魂儀礼だとする大林太良『東アジアの王権神話』（一九八四年、弘文堂）、穀母神としての再生を語るとした三品彰英『建国神話の諸問題』（一九七一年、平凡社）など。解釈はこのように様々であるが、多くの研究者は天岩屋籠りから「死と再生」の意味を読み取っている。近年の研究では、山形浩美「天石屋神話における籠りの意味」（『学習院大学人文科学論集』八号、一九九九年九月）があり、女性器との関連を言及しているが、やはり籠りからの再生も指摘している。

(20) 巌と雪の取り合わせは、早くから「雪の山斎巌に植ゑたる撫子は千代に咲かぬか君が挿頭に」（万葉集・巻一九・四二五六・遊行婦蒲生娘子）がある。

(21) 竹岡正夫『古今和歌集全評釈』(一九七六年、右文書院)、小沢正夫校注、新編日本古典文学全集『古今和歌集』(一九九四年、小学館)、片桐洋一『全対訳 日本古典新書 古今和歌集』(一九八〇年、三省堂)参照。
(22) 「世のほかの巌の中に住まふとも忘するほどもあらじとおもふ」(斎宮女御集・一六八)、「なべて世の憂くなる時は身隠さむ巌の中のすみか求めて」(落窪物語・巻一・落窪君)など。
(23) 『古今集』三四三番の「巌」については、溝口貞彦「「君が代」考」(『二松学舎大学人文論叢』六九号、二〇〇二年一〇月)が詳しい。後に『和漢詩歌源流考 詩歌の起源をたずねて』(二〇〇四年、八千代出版)所収。
(24) 石なご、石投げ。遊戯の一つ。小石をばら撒き、その中の一つを放り上げて、落ちてくる間に他の石を拾い、一緒に受け止めて小石を早く拾い集めるのを競う。
(25) 新編日本古典文学全集『うつほ物語①』一三〇頁頭注参照。
(26) 本文引用は、日本古典文学大系『和漢朗詠集』(一九七三年、岩波書店)に拠った。
(27) 日本古典文学大系『和漢朗詠集』一八八〜一九〇頁頭注参照。
(28) 宮家準『修験道思想の研究〈増補決定版〉』(一九九九年、春秋社)。
(29) 『発心集』二二、『雑談集』七など。
(30) 吉野最古の仙人譚として『万葉集』巻三、「仙拓枝の歌三首」がある。「あられふり吉志美が嶽を険しみと草とりはなち妹が手を取る」(三八五)、「この夕拓のさ枝の流れ来ば梁は打たずて取らずかもあらむ」(三八六)、「古に梁打つ人の無かりせば此処もあらまし拓の枝はも」(三八七)。
(31) 日本思想大系『寺社縁起』(一九八四年、岩波書店)。底本は宮内庁書陵部所蔵の九条家旧蔵本。
(32) 『諸山縁起』には、二上の岩屋の仙宮、高山寺の仙人の石窟、神仙嶽の三重の石屋など多くの岩屋の記事がある。
(33) 本文引用は、新日本古典文学大系『今昔物語集①』(一九九三年、岩波書店)に拠った。
(34) 謡曲「一角仙人」では山中にある一角仙人の住いは「仙境」とされている。

(35) 本文引用は、日本思想大系『往生伝　法華験記』(一九七四年、岩波書店)に拠った。

(36) 平田英夫「〈笙の岩屋〉の形象――西行の宗教をめぐる和歌の作り方――」(『日本文学』五七巻七号、二〇〇八年七月)。

(37) 本文引用は、新日本古典文学大系『今昔物語集⑤』(一九九九年、岩波書店)に拠った。

(38) 日本古典文学全集『梁塵秘抄』(一九七六年、小学館)の扉絵の新間進一氏の解説及び小松茂美『図説平家納経』(二〇〇五年、戎光祥出版)の解説参照。

(39) 宮家準『修験道思想の研究〈増補決定版〉』(注28参照)。

(40) 『法華験記』の訓読は、全て注(35)に拠った。

【補節】三一六番歌「泉の深ければ」小考

一　はじめに

万劫年経る亀山の　下は泉の深ければ　苔生す岩屋に松生ひて　梢に鶴こそ遊ぶなれ　（雑・三一六）

前節では、当該歌の「岩屋」という語に着目し、「岩屋」が持つ重層的な意味、文化などについて論じた。本節では、第二句の「下は泉の深ければ」という表現に注目していく。

まず初句の「万劫年経る亀山」の亀山とは、中国の神仙思想において、はるか東方海中にある不老不死の仙人が住むとされた伝説の神山である蓬萊山をさす。蓬萊山は、巨大な亀の背に乗っているとされていた。(1) この蓬萊山の主な典拠である『列子』を示しておこう。

渤海の東、幾億万里なるを知らず、大壑《だいかく》有り。實に惟れ底無きの谷なり。其の下、底無し。名づけて帰虚と曰ふ。八紘《はっこう》九野《きゅうや》の水、天漢の流れ、これに注がざるは莫きに、増すこと無く減ること無し。其の中に五山有り。（略）五に曰く、蓬萊。其の山、高下周旋三万里。（略）其の上の台観は皆金玉。其の上の禽獣は皆純《じゅん》縞《こう》。珠玕《しゆかん》の樹皆叢生し、華実皆滋味有り。これを食せば皆老いず死なず。居る所の人は、皆仙聖の種。

（『列子』湯問篇）

渤海の東に、帰虚と呼ばれる世界中の全ての水が流れ込む底なしの谷があること、その中にある五山の一つが蓬莱山であること、山中には金銀宝石の建物、真っ白の鳥獣、食すと不老不死になる果実、そこに住む仙人たちといった理想郷が描かれている。

このような蓬莱山であるところの亀山の「下は泉の深ければ」の泉が何を指すかについては諸説ある。

①『列子』の表現に基づいて、泉は「帰虚」という深い谷であるとする説（『評釈』）

②蓬莱は東方の海中にあるが、庭の泉水になぞらえたとする説（『全注釈』、集成）

③蓬莱山の下の方に流れている泉とする説（新全集）

②は、貴人とその邸宅を誉めた今様「君をはじめて見る折は千代も経ぬべし姫小松　御前の池なる亀岡に　鶴こそ群れ居て遊ぶなれ」（『平家物語』祇王）と、当該歌が同想のものであることを根拠としている。邸宅に設えられた庭そのものが神仙思想に基づき、築山、池といった景物が蓬莱山に見立てて造られたことは周知のことである。泉そのものも『作庭記』に「人家ニ泉ハかならずあらまほしき事也。暑をさること泉にハしかず。しかれバ唐人必つくり泉をして、或蓬莱をまなび(2)」とあるように、蓬莱山に模して造られていた。②をあえて否定する理由はないだろう。

しかし、当該歌は庭誉めの歌である以前に、神山、亀、鶴、松といった祝いの景物を並べて、仙境の様を描いており、言わば絵画的な趣を持つ今様である。三一六番歌で描かれた祝いの風景こそが、寿ぎとなっているのである。そこで、仙境の景物として、③が提言する蓬萊山中に湧き出る泉と併せて、もう少し幅広く蓬萊山の水辺を見てみよう。

蓬萊山の典拠となる前掲の『列子』や、『史記』封禅書(3)といった漢籍には、泉は描かれていない。では、日本における蓬萊山のイメージでは、泉をはじめとする水辺はあるのだろうか。日本で受容された蓬萊山のイメージを具体的に表した例として、「蓬萊図鏡」(4)などの和鏡が挙げられる。「蓬萊図鏡」には、岩山に聳え立つ松竹、波打ち際で遊ぶ亀、洲浜で鳴き交わす一対の鶴が配置され、当該歌に見られるような蓬萊山の世界が表現されている。蓬萊山の水辺は、海、洲浜などの景物となっている。

蓬萊山中から流れ出る水辺は、『竹取物語』に見られる。車持皇子が、「蓬萊の玉の枝」獲得のため、蓬萊に到着および「蓬萊の玉の枝」を得るまでの経緯を語る場面である。

海の中に、はつかに山見ゆ。舟の楫をなむ迫《せ》めて見る。海の上にただよへる山、いと大きにあり。その山のさま、高くうるはし。これや我が求むる山ならむと思ひて、さすがに恐ろしくおぼえて、山のめぐりをさしめぐらして、二三日ばかり、見歩くに、天人の装ひしたる女、山の中より出で来て、銀《しろかね》の金鋺《かなまる》を持ちて、水を汲み歩く。これを見て、船より下りて「この山の名を何とか申す」と問ふ。女答へていはく、「これは、蓬萊の山なり」と答ふ。これを聞くに、嬉しきことかぎりなし。(略)その山、見るに、さらに登るべきやうなし。その山のそばひらをめぐれば、世の中になき花の木ども立てり。金、銀、瑠璃色の水、山より流れ出でたり。(5)

車持皇子は海中に漂う大山を見つけたものの、上陸をためらい、山の周辺の様子を、舟を漕ぎ回らせて見るしかなかった。そこに天人の服装をした女が山中から現れ、銀の椀を持って水を汲み歩いていた。これを見て、船から下りて女に山の名を尋ねたところ、蓬萊山であるという。登れないほどに険しい山の周囲を回り、様々な角度から様子を見れば、山中には世にも珍しい「花の木」(仙木)が立ち、「金、銀、瑠璃色の水、山より流れ出でたり」という。「その山、見るに」以降の蓬萊山の描写は、『淮南子』地形訓の崑崙山の記述に対応していることが指摘されている。(6) 山中から流れ出る金、銀、瑠璃色の水は、『淮南子』において崑崙山から流れ出る黄水、丹水、河水、赤水、弱水の記述を原風景にしているという。つまり『竹取物語』の蓬萊山の記述は、崑崙山という別の神山を原型にしている。

蓬萊山ではないが、神仙と泉が結び付いた例が「富士山記」にある。「富士山記」とは、都良香が富士山の地形、伝承を漢文で書いたもので、『本朝文粋』巻一二に収められている。良香は、富士山を「蓋し神仙の遊び萃まる所なり」と記した上で、富士山の山頂で舞う二人の白衣の美女(仙女)の伝説を紹介する。さらに富士山の地形を紹介するくだりでは、「大泉有り。腹下より出づ。遂に大河と成る」と、山腹に泉があり、流れ出る泉が大河となっていることが述べられている。神仙が遊ぶ山とされた富士山から、泉が湧き出ているのである。

他には、『常陸国風土記』香島郡の鹿島神宮周囲の記述に、

山の木と野の草とは、内庭《うちにわ》の蕃籬《まがき》と屏し、澗《たに》の流れと崖《きし》の泉とは、朝夕の汲流《くみみづ》を湧かす。(略) 神仙《かみ》に幽《かく》り居む境《さかい》、霊異《くしび》の化誕《あ》る地《ところ》と謂ふべし。(7)

とある。神仙が隠れ住む場所ともいうべき地の景物の一つとして、谷川の流れと崖の泉といった水が湧き出す場が挙げられている。大星光史氏は(8)、古代人の美しい泉への憧れには、水辺が、生活を営む上で絶対必要な自然環境であるという理由だけでなく、桃源郷などに見られる仙境の水辺への憧憬があったと指摘している。

このように、日本には、蓬莱山中から湧き出す水、仙境の景物としての泉のイメージがあることを確認した。当該歌の泉も、単に海を庭誉めの景物である泉に見立てたとする以前に、そのまま仙境の景物とすることに何の問題もなかろう。

本節では「下は泉の深ければ」という表現を読み解くために、仙境の景物として以外に泉は祝いの表象として、どのような意味を持っているのか、泉が深いと何故めでたいのか、という問題を論じたい。

二　水の深さと寿ぎ

さて、ここでは泉が深い＝めでたいとする発想が何に由来するのかについて、水の深さを詠む和歌を中心に考察していく。

水の深さは、寿ぎではなく、愛情や心ざしの深さの比喩とされることが多い。例えば次の一首がある。

渡つ海の深き心は有りながら怨みられぬる物にぞ有ける　（拾遺集・恋・九八三・読み人知らず）

「渡つ海の深き心」は、大海のように深い愛情の意である。「深き」は、海の縁語として用いられ、「怨み」には、浦見を響かせた歌である。この歌では、海の深さが心（愛情）の深さの比喩として詠まれている。他に水の

深さを心の深さの比喩として表現したものに、

おほかたは瀬とだにかけじ天の河深き心を淵とたのまむ　（後撰集・恋・九五七・小野道風）

がある。天の河といえば、牽牛が渡る「瀬」を求めるものだが、深い心を表すものとして「淵」を求めたいと、相手に「瀬」よりも深い「淵」のような心を期待している一首である。このように水の深さを心の深さの比喩とする表現は、和歌に限らず散文にも見られる。『栄花物語』もとのしづく巻では、法華経書写供養する女房たちの心ざしを、「この御心ざし須弥山よりも高く、四大海よりも深し(9)」と称える一文がある。女房たちの心ざしを須弥山と、それを四方に取り巻く大海に喩えており、高い山と深い海という対比がなされている。こうした傾向は、泉にも当てはまり、『うつほ物語』内侍のかみ巻では、朱雀帝が俊蔭娘に寄せる愛情を、「心ざしは泉よりまさりなむ(10)」と、湧き出る泉よりも深くまさるものとしている。

それでは水を素材とした賀歌を見てみれば、数多く、

君すめば濁れる水もなかりけり汀の鶴も心してゐよ　（後拾遺集・賀・四五五・小大君）

曇りなく千年にすめる水の面に宿れる月の影ものどけし　（新古今集・賀・七二二・紫式部）

などが枚挙に暇がない。しかし、これらの例は「澄む」「濁りなき」など水が清澄であるという表現が一般的である。この傾向は、大嘗会和歌にも共通しており「玉蔭の井の底すめる君が代の豊の明りを松にぞ有りける」

（後冷泉・安和元年（九六八）・悠紀・近江国・一八〇・源兼盛）、「底きよき新田の池の水の面は陰りなき世の鏡なりけり」（後一条・長和五年（一〇一六）・主基・備中国・二八六・善滋為政）などの例が散見される。

逆に水の深さによって寿ぐ歌は、大嘗会和歌において管見の限り、一首もない。泉、水の深さが、寿ぎになるという発想の歌も数少ないが存在している。『教長集』の歌を見てみよう。

睦月の七日の日、いづみののりといふもの、僧のもとに遣はしけるに

奉るわける泉の法なればたすくる君ぞいとど栄えん　（七九九）

解文のごとくにぞおとしあけ真名にて書けりかる

心ざし深き泉の法なれば流れ久しく栄えざらめや　（八〇〇）

七九九番歌は、詞書によれば、僧のもとに遣わした「いづみののり」なるものの名に因んだ賀歌を送っている。次の八〇〇番歌は、解文[11]のように仕立てた書状に真名で書かれた賀歌である。八〇〇番歌の「深き」は、心ざしと泉の両方にかかっている。泉の深さが心ざしの深さを表しているだけでない。泉が深いからこそ、泉から湧き出る水の流れは久しくなり、栄えていくだろうと予祝の表現になっているのである。

紀貫之が詠んだ藤原道明の六十の御賀の屏風歌の一首も、水の深さが祝いの表現になっている。

菊の花雫落ちそひ行く水の深き心をたれか知るらん　（貫之集・五八）

「菊の花雫落ちそひ行く水」とは、菊の露が落ち加わって流れる水、菊水のことである。中国河南省内郷県にある菊の雫が落ちる菊水という川が背景としてあり、その川の水を飲むと長寿になるという故事がある。[12]「深き」は、心と水の両方を修飾し、多くの菊の露が加わって深くなった水の深さと、祝いの対象者である道明の心の深さを示している。長寿の水である菊の雫が溜まることから、水の深さは長寿をも表している。道明の心の深さを称え、菊水の水の深さによって長寿を寿ぐ一首は、六十の御賀という場では相応しいものであろう。他に菊水が落ち溜まることによって、長寿を寿ぐものは、「水にさへ流れて深きわが宿は菊の淵とぞなりぬべらなる」(貫之集・五三五)などがある。[13]

『教長集』『貫之集』の歌に見られる、水の深さが繁栄、長寿を寿ぐという歌の発想は、「下は泉の深ければ」と深い泉が祝いの風景になる当該歌にも繋がっていると考えられる。但し、水の深さ＝寿ぎとする賀歌は、水を素材とした賀歌の中では数少ない上、勅撰集の賀部には詠まれておらず、和歌の表現としては特異なものであった。そのような和歌表現としては特異な祝いの発想だからこそ、「下は泉の深ければ」と泉の深さが寿ぎになる当該歌は、歌謡として特色がある表現である。

三　納涼の景としての泉

祝いの表現である「下は泉の深ければ」の基底の一つには、水の深さ＝寿ぎという発想があった。ここでは、泉が何故、祝いの景物となるのかを明らかにしたい。その為に、泉がどのように表現され、位置付けられているのかを考察していく。

「人家ニ泉ハかならずあらまほしき事也。暑をさること泉にハしかず」(『作庭記』[14])と記されているように、泉は、貴族の庭の景物として馴染み深く、風情あるものとされ、涼を取るために望まれた。『源氏物語』少女巻では、六条院の庭の景物としての泉が描かれている。

①中宮の御町をば、もとの山に、紅葉の色濃かるべき植木どもを植ゑ、泉の水遠くすまし、遣水の音まさるべき巌たて加へ、滝落として、秋の野を遥かに作りたる（略）[15]

②北の東は、涼しげなる泉ありて、夏の蔭によれり。

①は、秋好中宮がいる西南の町の描写である。元々あった築山に、色あざやかな紅葉を植え、泉の水を遥か彼方に流して、遣水の音がさらに冴えるように、巌を立て加え、滝を落とし、秋の野を広々と作ってある。この泉は、地下から湧き出た清水である。清らかな泉は、飲料水として以外に、貴族の邸宅の良し悪しを決める必須条件であった[16]。①の泉も、遣水、滝といった水辺を作り、秋の紅葉と美しい対比をなしている。②は、花散里の住む北東の町で、涼しそうな泉があり、夏の木陰の趣を主にして作られている。この泉は、夏の納涼を想定しているのだろう[17]。

納涼の景物としての泉は、漢詩、和歌においても詠まれた。漢詩では、冷泉院の泉亭の趣を詠んだ「夏日泉亭即事」（『本朝無題詩』三七五・藤原周光）などが例にある。和歌においても、泉は専ら夏の景物として、「掬ぶ」「涼し」「澄む」といった語を縁語として詠まれることが多い。詞書、歌題に泉とあっても、歌中では井と詠まれる場合がある。

小夜深き泉の音聞けばむすばぬ袖も涼しかりけり
（後拾遺集・夏・二三一・源師賢）

立ち寄れば涼しかりけり夏衣秋や泉の底に住むらん
（堀河院百首・五四二・肥後）

『後拾遺集』の歌は、夜ふけた泉の水音を聞いていると、手で掬ってもいないのに袖までが涼しく感じられると、「泉の音」という聴覚のイメージから、涼気を感じさせる一首である。『堀河院百首』の歌は、「立ち」に夏衣の縁語「裁ち」を、「住む」に水が「澄む」を掛けている。涼しい澄んだ泉の底にこそ、秋が住んでいると詠む。「掬ぶ」「涼し」「澄む」の語を詠み込み、夏の泉は涼しさを醸すものとして表現した二首は、泉の表現として典型的なものである。

納涼ではなく、泉が祝いと結びつくと、どのような表現がなされるのだろうか。大嘗会和歌での泉の詠まれ方を見てみよう。

万歳泉
よろづ世の泉の水にくらぶればたひらけき世はすみ増りけり
（後一条・長和五年（一〇一六）・主基・二九一・善滋為政）

万歳泉辺遊人来納涼
万世の泉の水を手掬びて齢をのぶる今日にあるかな
（後鳥羽・元暦元年（一一八四）・悠紀・八七八・藤原季経）

「万歳泉」とは、広島県新見市哲多町一帯の地名を萬歳（万歳）といい、そこにあった泉である。大嘗会和歌の地名については、藤田百合子氏[18]が、(一)田、稲、粟、木綿等の農耕生活と関係のある地名、(二)天皇、位、神などに関係のある地名、(三)嘉名性、祝言性を有する地名の三つに分類している。「万歳」を冠する「万歳泉」は、長寿を意味する地名で(三)に属す。二九一番歌は、「よろづ世の泉」と「万歳泉」を和語化した表現がなされている、その「よろづ世の泉」に比べれば、後一条の御代が始まる世(の水)は、「澄む」と寿ぐ。八七八番歌は、「万世(万歳)」を冠する泉の水を掬ぶことによって、齢が延びると後鳥羽天皇の寿命と治世が長くあるようにと祝意をこめて詠んでいる。二首とも、「万歳」に因んで、長寿、治世の栄えを予祝しているが、「澄む」「掬う」といった語を詠み込む点は、納涼の泉と同じである。

だが、泉を詠む和歌の「澄む」「掬う」「涼し」といった伝統的表現は、当該歌の「下は泉の深ければ」という表現とは異なるものである。「泉」「深し」とした当該歌の表現は、和歌ではあまり例がないという点において、歌謡的と言えるだろう。

『梁塵秘抄』三一六番歌で「苔生す岩屋に松生ひて」と歌われているように、松と泉の組み合わせに注目してみよう。泉は、水辺の景物として松と共に詠まれる場合もあった。そもそも松そのものが、泉に限らず、海、池といった水辺と配されることが多い[19]。泉と松の組み合わせの例は、次の歌がある。

河原院の泉のもとに涼み侍て
松かげの岩井の水をむすび上げて夏なき年と思ひける哉
(拾遺集・夏・一三一・恵慶)

恵慶の歌は、松の木陰に湧き出でている岩井の清水を掬い上げれば、今年は夏がないと思ってしまった、と清水の冷たさを強調する。納涼の景に、泉だけでなく松の木陰も添えられている。泉の「水を掬ぶ」ことによって、冷涼さを感じる典型的な泉の歌である。賀歌において泉と松を詠んだものは、

延喜御時屏風に
松をのみ常盤と思ふに世と共に流す泉も緑なりけり　（拾遺集・賀・二九一・紀貫之）

がある。この歌は、泉を詠みながら納涼ではなく、松と泉によって、寿ぎを表していることが特徴である。この歌の松は、水辺の景物としてだけでなく、長寿、永遠性の象徴としての意味を持つ。この松のほとりから流れ出る泉の水も、松の濃緑の投影によって緑色であるという。緑に染まった泉も、松同様に祝いの景物となっているのだ。

松は仙人が食する神仙の木[20]、泉は仙境の景物という神仙思想の繋がりだけでなく、泉と松を詠んだ『拾遺集』の賀歌に見られるように、水辺の景物としても繋がりがあるものであった。これらの繋がりを持つ泉と松の例が、『梁塵秘抄』より後世であるが、謡曲「養老」にある。内容は、雄略天皇の御代、美濃国、本巣郡《もとすのこほり》に「不思議なる泉」である霊泉が湧き出した。その泉は、その地の樵が見つけたもので、老父に飲ませたところ、心身爽快になり活力を取り戻したので、老いの身を養う意を含めて、「養老の滝」と呼ぶようになった。この霊泉を、雄略天皇の御代の奇瑞として、楊柳観音菩薩の化身である山神が、颯爽と舞を舞って、天下泰平を祝福するというものである。この霊泉は、美濃山の松蔭に湧いたものであり、長命をもたらす効果から「蓬が島の遠き世に、今の例も生く薬」「仙家の薬の水」「菊の水」と繰り返し仙境のものとして扱われている。その泉を山神が寿ぐ舞

に「松蔭に、千代を映せる、緑かな」という一節がある。『拾遺集』の歌と同型表現で、千年の松の影が映り、緑色になっている泉を祝うものである。松と泉、神仙思想と水辺の景物という二重の繋がりは、神仙思想の世界を歌う『梁塵秘抄』三一六番歌にも見ることが出来る。

四　「湧く」「出づる」泉と祝言性

仙境の景物を列挙する当該歌において、何故「泉」が歌われたのかについて、松との関連性だけでなく、泉そのものが単独で祝いの意味を持つ例から考察していく。

まず何故、水辺でも、池、河、海ではなく泉なのだろうか。そもそも泉とは、「泉イズ　セム」（『名義抄』）とあるように、地中から湧き出る水のことである。この「湧く」「出づる」という泉特有の働きが、他の水辺との大きな違いである。この二つは、泉の和歌において、「石間より出づる泉ぞむせぶなる昔をこふる声にやあるらむ」（兼盛集・一七）、「湧き返る泉の水の澄む宿はまだ夏ながら秋ぞ来にける」（堀河院百首・五三七・源師時）などのように詠まれている。[21]前掲の「涼む」「掬う」「澄む」といった語と並んで、泉を詠んだ和歌に特徴的な表現である。

『梁塵秘抄』の泉の他例[22]「南宮《なんぐ》の宮には泉出でて　垂井《たるい》の御前は潤ふらん　濁るらむ　中の御在所の竹の節《よ》は一夜に五尺ぞ生ひのぼる」（四句神歌・二五〇）[23]でも、泉は「出づる」とされている。「南宮の宮」（現在の岐阜県不破郡樽井町の南宮神社）から、貴い泉が湧き出して、垂井の社は潤い、その水の恵みで、中の御在所の竹の節は一夜に五尺も生い伸びると歌う。南宮の宮から出た泉が、神域の竹の霊威をもたらしたものとされている。

それでは、泉が湧き出る様を寿ぎとする例を取り上げてみよう。泉が湧き出る＝寿ぎとする典拠は、元を辿れば古代中国の典故にある。湧き出る泉は、醴泉《れいせん》とされていた。醴泉とは、甘い味のあるといわれる泉で、太平の世に湧き出る瑞祥である。『礼記』礼運では、王が礼を用い、和順を重んずる正しい治世を行うと、「地、醴泉を出《いだ》し」と美酒の泉を噴き出したという記述がある。他には「醴泉、水の精なり、甘美、王者理を修めて則ち出づ」（『宋書』符瑞志）とあり、水の精であり、甘美な味を持つ醴泉は、王者が理を修める（善い治世を行う）時に出る瑞祥と記されている。

これらの漢籍を典拠として、日本においても醴泉は、『延喜式』の大瑞に「美泉なり。其の味は美甘なり。状は醴酒の如し」と位置付けられ[24]、治世者である天皇への瑞祥とされている。例えば、前掲の謡曲「養老」では、美濃国本巣郡に湧いた霊泉「養老の滝」が、雄略天皇の御代を称える奇瑞となり、神仏から祝福を受けていた。醴泉が天皇を寿ぐ具体的な例を挙げれば、『続日本紀』にある元正天皇の美濃行幸の多度山美泉に関する記事である[25]。養老元年（七一七）一一月癸丑、元正天皇は詔を下した。要約すると以下の内容である。

多度山美泉は、その水を手に掬えば皮膚を滑らかにし、洗った箇所の痛みを除き癒し、飲み、浴びれば白髪は黒髪に戻る、禿げた髪が生えるなどの効果がある。昔、後漢の光武帝の治世に出た醴泉を飲んだ者は、病み痛んだ身が癒えた。符瑞書によれば、「醴泉は美泉である」ので、（多度山美泉を）養老とするべきである。美泉は大瑞である。これによって年号を霊亀から養老に改める。

美濃国に湧く多度山美泉は、若返り、病や傷を癒す仙薬の効果があるので、醴泉として元正天皇の治世を寿ぐ大瑞と見做して、年号を改めたという。元正天皇の詔は、王者の徳、治世を称えた『宋書』符瑞志の記事、光武帝の治世に醴泉が出た『後漢書』の記事[26]、『延喜式』などに基づいて発せられたものである。

泉が湧くことは、天皇を寿ぐ瑞祥としてだけでなく、神仏の霊験を顕す奇瑞ともされていた。『日本書紀』景行天皇一八年四月壬申条には、山部阿弭古《やまべのあびこ》の祖、小左《をひだり》が景行天皇に献上する冷水がないので、天神地祇に祈りを捧げたところ、「忽に寒泉岸の傍より湧き出づ」と冷たく澄んだ泉が湧いてきたという記述がある。泉は、神祇への祈りの成功した結果として現れた霊威である。[27]

『うつほ物語』俊蔭巻には、仲忠母子が住む木のうつほの前に、仏の使わした天童が、泉を湧き出させるという奇瑞を行う場面がある。

童出で来て、うつほのめぐり掃き清めて歩けば、前より泉出で来る、掘り改めて、水流れおもしろくなりぬ。（略）うつほの前に、一間ばかり去りて、払ひ出でたる泉の面《つら》に、をかしきほどの巌立てり。小松ところどころあるに、椎、栗、その水に落ち入りて流れ来つつ、思ひしよりも使ひ人一人得たらむやうに、たよりありて覚ゆ。[28]

この泉は、仲忠母子の飲料水、生活用水としてだけでなく、貴族の庭のような人工的かつ風流な景観を作り出している。更に椎、栗といった食料を運び、母子を養うという召使い的な役目を果たしている。つまり、物語において泉は単に自然環境や景物としてだけでなく、それ以上の働きをする仏の加護がこめられた特別な泉だったのである。

湧き出す泉の出現を奇瑞とする発想がある一方、泉が湧き出す様が永く続くことが祝いになる発想がある。両者とも、泉特有の「湧く」「出づる」という働きである。しかし、前者は出現、後者は状態の継続とその祝いの性質は若干異なる。次の一首は、延長四年（九二六）八月二四日の「藤原清貫六十賀屏風歌」である。

賀屏風、人の家に、松のもとより泉出でたり

松の根に出づる泉の水なれば同じき物を絶えじとぞ思ふ

（拾遺集・雑賀・一一六四・紀貫之）

歌意は、松の根元から湧き出る泉の水は、常盤の松と同じように絶えることがないという。泉は、永遠性の象徴である松と結び付きくことによって、不変のものとなり、その水は涸れることはない。涸れることのない泉の水は、祝いの対象者である藤原清貫の命でもある。それを水の縁語「絶えじ」と詠み込むことによって、長寿を寿ぐ。(29) 他には『本朝麗藻』に藤原頼通邸の泉を祝いの景物とする詩がある。

夏の日、員外端尹《いんがいたんいん》の文亭に陪《はべ》りて、同しく「泉は万歳の声を伝ふ」といふことを賦す詩一首。「遥」を以て韻と為す。并せて序。大江以言

（略）

山は万歳と呼べども空しく識《し》る無し　水は千秋と号せども未だ要《もと》むるに足らず

唯だ泉声の新たに引き得たる有るのみにて　万歳　一家遥かなるを相伝へたり

この詩は、藤原頼通が東宮権大夫に任ぜられた寛弘四年（一〇〇七）の夏の作である。若い頼通が自邸の「文亭」に賢人を集め、怠りなく国政の準備をしており、そういう頼もしい後継者がいる道長家の将来を祝福する。詩意は、漢の武帝を山が万歳の声を上げて称えた故事(30)は空しく誰にも知られず、谷の流れは千秋水と称えられたが、(31) 頼通邸に比べたら、求めるほどのものがない。「山」と「水」、「万歳」と「千秋」の対句関係になっている。更

に頼通邸に新しく引かれて、湧き出て、流れる泉の音は、万歳の声を道長家の遥か後世まで伝えるだろう、と一家の末永い繁栄を予祝しているのである。滾々と湧き出る泉が、永くに続く様をめでたいとしていることが、『拾遺集』の歌と『本朝麗藻』の共通点として挙げられる。

当該歌の泉に話を戻せば、永遠性を象徴する松、岩屋と共に、長い年月の間、湧き続けていた泉だからこそ、祝いとしての意味を持っていた。水が湧き出でる状態が、長く続いていたからこそ、泉の水は深くなった。つまり泉の深さは、長い年月を暗に示しているのだ。

『梁塵秘抄』三一六番歌の「下は泉の深ければ」を読み解くために、泉、深さが祝いとなる根拠を様々な角度から考証してきた。泉が深いことが、祝いの表現となる一端には、水の深さそのものが寿ぎとなる発想があった。そして泉の特有性「湧く」「出づる」に着目することによって、泉の出現そのものが瑞祥、奇瑞といった吉祥とされていたこと。泉の水が湧き出で流れる様が続くことが、長寿や末永い繁栄に繋がっていたことを明らかにした。泉が祝いの景物であったのは、仙境の景物であるという単一的なものではなかった。泉が持つ祝言性の根幹には、「湧く」「出づる」に起因する泉の文学表現の流れがあった。それは和歌の伝統的表現といった枠組みには収まらない泉の祝いの文学史とも言うべきものであった。当該歌の「泉の深ければ」は、泉の祝いの文学史が基底にあり、それが歌謡の中に反映されていたのだ。

【注】

（1）『列子』湯問篇「帝恐流於西（四）極、失群聖之居、及命禺疆、使巨鼇十五、挙首而戴之、迭為三番、六萬歳一交焉。五山始峙而不動」。

(2) 本文引用は、日本思想大系『古代中世芸術論』(一九七三年、岩波書店)、底本は谷村庄平氏蔵本に拠った。

(3) 『史記』封禅書「諸僊人及不死之薬皆在焉。其物禽獣尽白、而黄金銀為宮闕」。

(4) 鎌倉時代成立。東京国立博物館所蔵。「蓬萊山——鶴・亀・松——」特別展図録(和泉市久保忽記念美術館、一九九八年)。

(5) 本文引用は、新編日本古典文学全集『竹取物語』(一九九四年、小学館)に拠った。

(6) 東望歩「『竹取物語』蓬萊訪問譚の再検討——典拠・話型・主題——」(『中古文学』第八〇号、二〇〇七年一二月)。

(7) 本文引用は、新編日本古典文学全集『風土記』(一九九七年、小学館)に拠った。

(8) 大星光史『日本文学と老荘神仙思想の研究』(一九九〇年、桜楓社)。

(9) 本文引用は、新編日本古典文学全集『栄花物語②』(一九九七年、小学館)に拠った。

(10) 本文引用は、新編日本古典文学全集『うつほ物語②』(二〇〇一年、小学館)に拠った。

(11) 平安時代から中世初期にかけて下級身分の者が上申する際に用いた文書の様式。

(12) 菊水の故事は「風俗通曰、南陽酈県有甘谷、谷水甘美、云其山上大有菊、水従山上流下、得其滋液、谷中有三十余家、不復穿井、悉飲此水、上寿百二三十、中百余、下七八十名之大夭」(『芸文類聚』巻八一・菊)などに見られる。

(13) 他に「咲き残る菊には水も流れねど秋深くこそ匂ふべらなれ」(貫之集・四一〇)、「我が宿の菊の白露今日ごとに幾世積もりて淵となるらん」(拾遺集・秋・一八四・清原元輔)がある。『貫之集』に例が多いのは、貫之の歌が水の表現に特色があることが関係しているかもしれない。貫之の水の歌については、田島智子『屏風歌の研究』(二〇〇七年、和泉書院)参照。

（14）本文引用は、日本思想大系『古代中世芸術論』（注2）に拠った。

（15）本文引用は、新編日本古典文学全集『源氏物語③』（一九九六年、小学館）に拠った。

（16）森蘊『日本史小百科〈庭園〉』（一九八七年、東京堂出版）。

（17）『源氏物語』帚木巻では、「人々、渡殿より出でたる泉にのぞきゐて酒をのむ」と紀伊守邸の泉で涼を取りながら、酒を飲む光源氏の供人たちが描かれている。

（18）藤田百合子「大嘗会屏風歌の性格をめぐって」（『国語と国文学』五〇巻四号、一九七八年四月）。

（19）水辺と松の組み合わせの和歌は、「水の面に松の下枝のひちぬれば千歳は池の心なりけり」（金葉集・賀・三〇七・藤原俊実）、「色のみじまさるべらなる磯の松影見る水も緑なりけり」（貫之集・七五）など。

（20）仙人達が松を常食物とし、長寿を得ていた例は、「嵩高山記曰、嵩岳有大樹松。或百歳千歳、其精變爲青牛。或爲伏龜。採食其實、得長生」「漢武内傳曰、藥松柏之膏。服之可延年」（『藝文類聚』巻八八　木部上）、「仇生者、不知何所人也（略）常食松脂、在戸郷北山上、自作石室」（『列仙伝』）などがある。

（21）他に「湧く」「出づる」を詠んだ例に、「払ひけるしるしもありて見ゆるかな雪間を分けて出づるいづみの」（赤染衛門集・三二八）、「人よりもわきてうれしき泉かな雪消の水のまさるなるべし」（赤染衛門集・三二九）、「みかの原わきて流るる泉川いつきとて恋しかるらん」（新古今集・恋・九九六・藤原兼輔）など。

（22）『梁塵秘抄』泉例は、三一六、五二〇番歌の二例。他は人名に用いられている例「和泉式部」（一五）、地名に用いられている例「明泉房」（四四三）の二例。

（23）先行研究に小川寿子「南宮歌謡考――『梁塵秘抄』二五〇番歌の背景――」（『中世文学論叢』第五号、一九八三年一二月）がある。

（24）八木意知男・真弓常忠「大嘗会関係資料稿――祥瑞（大瑞・上瑞・中瑞・下瑞）の部（一）――」（『皇學館論叢』巻一一六号、一九九一年六月）。

(25) 元正天皇の多度山美泉の歴史事象に関する考察に、廣岡義隆「多度山美泉と田跡河の瀧　天平十二年聖武行幸時の万葉詠から」(『人文論叢(三重大学)』第二七号、二〇一〇年三月)がある。

(26) 「是夏、京師醴泉涌出、飲之者固疾皆癒」(『後漢書』光武帝本紀)。

(27) 新編日本古典文学全集『日本書紀』の頭注は、神祇への祈りの成功だけでなく、「天皇の御稜威をも暗に物語る」とする。他に神の霊威を示すために泉が湧く例は、『播磨国風土記』揖保郡に葦原志挙乎命が杖を地に刺した所から、寒泉が湧き出す例がある。

(28) 本文引用は、新編日本古典文学全集『うつほ物語①』(一九九九年、小学館)に拠った。

(29) 岩間から流れ出る水を詠んだ「君が住む岸の岩より出づる水の絶ぬ末をぞ汲みける」(山家集・雑・一四三五)の君＝鳥羽院と解して賀歌とする説(和歌文学大系『山家集　聞書集　残集』二〇〇三年、明治書院)がある。

(30) 山称万歳の典拠に「漢書曰、武帝封禅、山呼萬歳、黄金為泥白銀為縄、告太平於天下、群臣之功也」(『稽瑞』所引)、武帝が封禅の際、太室山に登った記事に「従官在山上聞若有言「萬歳」云」(『漢書』祭祀紀)がある。

(31) 漢の武帝が高山に登った時に、万歳が聞こえた山を万歳山、麓の谷を千秋水というとした故事に拠る。「盛弘之荊州記曰、桂陽郡(略)郡西南五十里万歳山、有石室出鍾乳。山上悉生霊寿木、下有一渓、名為千秋水。其傍有居民、即号万歳村」(『太平御覧』巻六七・渓)。

第二節　遊ぶ鶴亀と「太子」の王権と礼楽

――「太子を迎へて遊ばばや」について

一　はじめに

海には万劫亀遊ぶ　蓬萊山をや戴ける　仙人童を鶴にのせて　太子を迎へて遊ばばや　（雑・八六首・三一九）

海には万劫を経た大亀が遊ぶ、その亀は背に蓬萊山を戴いている。仙人童を鶴に乗せて使いに遣り、太子を迎えて遊びたいと神仙思想を基にして祝意をうたう。仙人童が鶴に太子を乗せて遊ぶという構図をうたう三一九番歌は、神仙思想の世界をそのまま絵画化したような趣の歌である。三一九番歌で祝われる対象となるのは、「太子を迎へて遊ばばや」の「太子」である。鶴に乗った仙人童を使いにやり、亀が戴く蓬萊山という仙境に「太子」を連れてきて「遊び」たいというのである。これと同じ構図が『続教訓抄』「漢土笛物語」にある。(1)

漢家ニ王喬トイフ人、漫々タル秋ノ夜、月ヲ詠ジ明カスニ、仙童一人来テ、笛ニ賞デテ、一ノ鶴ヲ引テ乗セ

テ去リヌ。(2)

王喬の笛に感応した仙童が、鶴に乗せて仙境へ去ったという王喬登仙の故事が記されている。鶴に乗った仙童が王喬を迎えに行き、仙境（蓬萊山）に迎えとるという構図は、三一九番歌と合致する。三一九番歌の「太子」なる人物については、先行研究は、(3)『続教訓抄』の原拠である『列仙伝』（劉向撰）の王子喬を指していると指摘する。

王子喬は、周の霊王の太子晋なり。好んで笙を吹き、鳳凰の鳴を作す。伊・洛の間に遊びしとき、道士浮丘公、接して以て嵩高山に上る。三十余年の後、これを山上に求むるに、桓良を見て曰く、「我家に告げよ。七月七日、我を緱氏山の嶺に待て」と。時に至り、果たして白鶴に乗り、山頭に駐まる。これを望むも、到るを得ず。手をげて時人に謝し、数日にして去る。亦祠を緱氏山の下、及び嵩高に首に立つ。

王子喬は笙の名手で、その音色は鳳凰の鳴き声であったという。道士浮丘公と共に嵩高山に登り、三十数年後の七月七日、緱氏山の山頂より白鶴に乗って登仙した。後の人が祠を嵩高山と緱氏山に建てたという。三一九番歌は、この王子喬の説話を典拠としていることは確かだ。しかし、ここで注意しておきたいのは、『続教訓抄』で王喬の吹いていた器物が笛であったのに対して、原拠の『列仙伝』では笙と記されていることだ。王子喬の器物が笙から笛に改変されているのである。

もう一つ注目したいのは、王子喬の呼称が「太子」となっている点である。王子喬は確かに周の霊王の太子であるから、太子と呼ぶのには疑問はない。だが王子喬という固有名詞、また別称の王子晋を用いないのは何故だろうか。同じく王子喬をうたった「白道猷が古き室　王子晋が故の跡」（二二四）は、「王子晋」の固有名詞を用いているのだ。「太子」という語は、天皇の位を継ぐ皇子、即ち東宮の別称である。「太子」を東宮の意で使っている例は、『うつほ物語』沖つ白浪巻、『平家物語』額打論、『神皇正統記』などに見出せる。特に『平家物語』『神皇正統記』は、白河天皇、二条天皇、六条天皇、土御門天皇といった実在した院政期の天皇が「太子」と表記されている。中世において東宮を「太子」と称することは一般的であったとも言いうる。また王子喬そのものが『太平御覧』巻一四六の「皇親部一二、太子一」項に分類されている。皇親とは天子の親族、太子とは皇太子のことである。日本において皇親は天皇の親族、太子はまさに東宮を意味する。

これらのことから鑑みれば三一九番歌の祝い歌で、「太子」と称されるべき院政期の東宮を蓬萊山に迎えるということは、実際には「太子」である東宮が天皇位に着くことを予祝しているのではないだろうか。将来、帝位に着く可能性のあった親王を神仙思想で祝う例は散見できる。(4)

従来、三一九番歌は『梁塵秘抄』の鶴亀の祝言歌謡の一つとして位置付けられてきたものの、具体的に誰を祝ったものかという点については論じられてこなかった。筆者は、東宮への寿ぎの歌謡という可能性を指摘してみたい。三一九番歌でうたわれる鶴亀が遊ぶという祝いの風景は、実際の祝賀の場で用いられる洲浜を始めとした鶴亀の作り物によって再現された世界なのであると考えられる。東宮や親王の祝賀の場において蓬萊山を模った洲浜、鶴亀の作り物といった神仙思想を題材とした景物が、祝いを演出するために用いられていることは常であった。更にそれら祝いの景物が描き出す、鶴亀が遊ぶという風景の底流には、王権への寿ぎの意味がある。本節では、鶴亀が遊ぶという表現が王権への寿ぎの意味を持っていること、鶴亀の景物が東宮、親王への祝賀の場で多用されていることなどに着目して、三一九番歌が「太子」と称される東宮への寿ぎの歌謡であることを論証してみたい。

そして鶴亀の景物で再現された神仙思想の世界で行う「太子を迎へて遊ばばや」が、王子喬と東宮を重ねて遊ぶと考えた時、具体的に何を以って「遊ばばや」なのか。王子喬の器物が笙から笛に改変されていたことに着目してみたい。何故なら「太子」の典拠と目されている王子喬自身が、日本の礼楽思想と深い関わりを持っているからだ。三一九番歌を読み解いていくことで、何故、王子喬の器物が笙から笛に改変されていたのかが浮かび上がって来るだろう。

二　遊ぶ鶴亀と王権への寿ぎ

三一九番歌において「遊ぶ」と表現される鶴亀であるが、鶴亀そのものが長寿の動物とされて、祝いの表象である。鶴亀は『梁塵秘抄』だけでなく、和歌においても長寿を祝うために詠まれた。例えば鶴亀の持つ千年の寿命に優る長寿を願う「鶴亀も千年の後は知らなくに飽かぬ心にまかせ果ててむ」(古今集・賀歌・三五五・在原滋春)は有名である。その鶴や亀の遊ぶ様が祝いの風景として「君が代のためと群れゐる田鶴なれば千年をかねて遊ぶ也けり」(堀河院百首・雑廿・一三五三・藤原師時)、「亀遊ぶ入江の松にゐる鶴は三千世重ぬるものにぞありける」(堀河院百首・慶賀歌・八四・堀河天皇)などに詠まれた。師時の歌は、「千年をかねて遊ぶ也けり」とあり、堀河天皇の御代が千年続くことを予祝して鶴は遊んでいたという。明らかに鶴の遊ぶ様が堀河天皇への寿ぎとなっている。堀河天皇自身も慶賀歌で祝いの風景として入江に遊ぶ亀の姿を詠んでいる。このように祝いの風景として定着している鶴や亀の遊ぶ姿態であるが、それらが具体的に寿ぎとしてどのような意味を持つのだろうか。

亀が遊ぶについては、「亀游」という語がある。「亀游」とは、天子を称える瑞祥である霊亀が出現し遊《あそ》ぶことを指す。「游」には、泳ぐ、遊ぶの意がある。「亀游」の例として『宋書』符瑞志中の記事を示す。

霊亀は神亀なり。王者の徳澤を湛え、清らかな山川に漁猟す。時に従ひ則ち五色鮮明に出づ。三百歳、藻葉の上に游ぶ。三千歳、常に巻耳の上に游ぶ。存亡を知り、吉凶を明らかにす。禹卑宮の室。霊亀を見ゆ。

霊亀とはすなわち神亀である。王者の恵みが深く澄んでいると霊亀が山川で獲れる。その色は五色で鮮明である。霊亀は三百歳の時、藻（蓮）葉のある水辺の上で游ぶ。三千歳の時、常に山の巻耳草の上で游ぶ。霊亀は国の存亡を知り、吉凶を明らかにするという予見の力があった。このように王者を称える霊亀が出現する際の特徴として、水辺などで游んでいたと記されているのだ。他に「亀游」の例に「亀千歳及び蓮葉の上に游ぶ」（『史記』亀策傳）、「神亀沼地に游ぶ」（『楽府詩集』巻一八）などがある。このように古代中国では、多くは川、沼池といった水辺に出現する亀を瑞祥「亀游」として捉えていた。

この認識が日本にも受容されていたことが、『延喜式』祥瑞に神亀の記事があることから確認できる。『延喜式』には「神亀黒神の精なり。五色鮮明。存亡を知り吉凶を明らかにするなり。」と記されており、八木意知男・真弓常忠が指摘するように、[5]『宋書』符瑞志中の記事と符合する。そして天皇を寿ぐ最上の瑞祥として位置付けられている。これらから「亀遊ぶ」という表現は、瑞祥としての「亀游」がある故に祝いの風景となったと考えられる。そして霊亀（神亀）の出現は、日本においても天皇の治世、徳を称える瑞祥だからこそ、「亀遊ぶ」は天皇つまり王権への寿ぎの意味を持つのだ。

それでは「鶴遊ぶ」は、どのような意味を持つのだろうか。鶴そのものは長寿の鳥、仙人の乗り物として祝いの表象となっている。[6] また『延喜式』は、鶴を「玄鶴」と上瑞に記している。玄鶴については次の記事がある。[7]

①鶴千歳、則ち蒼に変ず。又二千歳、則ち黒に変ず。所謂元鶴なり。（『古今注』鳥獣第四）

②元鶴は楽の音節を知る。王は楽の節を知り則ち至る。又曰く、黄帝は崑崙の楽を習ひ以て衆神は舞ふ。元鶴《げんかく》二八《にはち》、その右を翔る。（『孫氏瑞応図』）

①に拠れば玄（元）鶴[8]は二千歳を経て羽が黒くなった鶴であるという。玄鶴はそれだけでもめでたいものであるが、更に注目したいのが②である。玄鶴は、楽の音節を知っており、王者が楽の節を知るに至ると現れる。又、五帝の一人、黄帝が崑崙山で習得した楽によって神々が舞い、一六羽の玄鶴がその右を翔けて行ったという。ここでは玄鶴であるが、一般的な鶴も王者の音節を知る鳥であり、黄帝の楽に感応するという礼楽を体現する瑞鳥とされ、礼楽によって王者を祝福しているのである。①②は、『太平御覧』鶴項に収載されていることを考えれば、当時の日本に広く知られていたであろう。このことから日本でも王者を寿ぐ音楽に感応する鶴を「鶴遊ぶ」と表現したのではないか。それと合致する例が次の『本朝麗藻』にある。

韶《しょうがく》楽は唯だに麟鳳を驚かすのみに非ず

落花を度り　舞ふこと方《まさ》に軽らかなり

玉簪初めて動く、流れに飄ふ処
羅袖斜めに翻る　浪を過きる程

飛びて粧娃に咲み　岸に縈《まつは》りて出づ
乱れて伶客に随い　棹舟に棹をさして行く
鶴遊び蝶戯るるも同じ意なるべし
率りて舞ひ皆く治世の声を知らしむ

この詩は、寛弘三年（一〇〇六）三月四日、道長邸である東三条第において一条天皇の命で行われた花宴で詠まれた。詩題は「水渡《わた》りて落花舞ふ」、作者は藤原斉信である。詩意は、古代中国の聖帝である舜帝が作り善美を尽くした音楽は、瑞獣である麒麟や鳳凰を驚かすだけではない。水の上に散り落ちた花びらも楽の調べに乗って軽やかに舞う。花びらが水を渡る、あるいは飛び散る様は舞姫の玉簪が揺れ、羅の袖が翻るようだ。花びらは美しい舞姫に微笑み岸を一巡りし、散り乱れて舟に乗る楽人の後をついていく。鶴は遊び蝶が戯れるのも、一条天皇の聖代を称える花びらと同じ心だからだ。鶴と蝶は連れ立って舞い、広く世の中に一条天皇の平和な治世の音楽を知らせているという。第七句の「鶴遊び蝶戯るるも同じ意なるべし」は、人間の力の及ばない自然である鶴と蝶が「韶楽」の調べに乗って無心に遊び戯れている様を、一条天皇の聖代を祝っていると見立てている。つまりここでは鶴の遊ぶ様が礼楽思想に則って王者である一条天皇の徳、治世を称えていると解されているのだ。

鶴亀が遊ぶという祝いの風景には、瑞祥に端を発する天皇の徳、治世への寿ぎの意味があった。天皇及びその王権を寿ぐ最たるものである大嘗会においても、遊ぶ鶴亀が大嘗会和歌に詠まれている。大嘗会和歌は、鶴亀の他に桜、月、旅人、千鳥など様々な景物が詠まれているが、それらは全て天皇への寿ぎと転じることが先行研究によって指摘されている。[9] 歌の作者は儒者が選ばれることが多く漢籍の影響下に詠まれた。[10] それでは具体的な例を見てみよう。

①安川の水底すみて鶴亀の万代かねて遊ぶをぞみる[11]　（冷泉・安和元年（九六八）・悠紀・近江国・一六七・源兼盛）

②鶴亀の安の河原に遊ぶ哉楽しき世と思ふべらなる　（一条・寛和二年（九八六）・悠紀・近江国・二一一・作者未詳）

①の「安川の水底すみて」は、『延喜式』大瑞に「河水清」とある瑞祥である。元来の典拠は「黄河千年に一たび聖の君至りて清む。以て大瑞と為す」（『拾遺記』）などで、常に濁っている黄河の水は千年に一度、聖賢の君子が現れて世が太平になると澄むという。「安川の水底すみて」は、聖帝の徳政の象徴なのである。安川は近江国の歌枕であり、大嘗会和歌でよく詠まれる地名の一つである。大嘗会和歌の「安川」は、天皇への寿ぎとして「河水清」が類型的に詠み込まれた。[12] その聖帝への寿ぎである安川で、永い寿命を持つ鶴亀は、冷泉天皇の御代が永遠に続くことを予祝して遊んでいる。鶴亀が遊ぶという祝いの風景にあるのは、鶴亀が持つ長寿、永遠性の寿ぎだけでない。直接の典拠ではないが、背景として亀游や礼楽によって王者を寿ぐ瑞鳥といった天皇への瑞祥も含んでいると考えられる。天皇を寿ぐ大嘗会では、「河水清」のような『延喜式』に見える各種瑞祥が密接に結びついているからだ。[13]「安川」は単に地名であるだけではなく、古代神話で八百万の神々が集った安の河原のイメージも付随している。①の「安川」は、古代中国の瑞祥と、日本の古代神話のイメージが重なり合ってい

るのである。

②の「鶴亀の安の河原に遊ぶ哉」も同様である。「安の河原」も、安川であり、古代神話の安の河原という二重性がある。ここでも古代神話のイメージが重なっている。古代神話で神々が集う聖なる場で、天皇を寿ぐ瑞祥としての鶴亀が遊ぶ様が、理想郷としての「楽しき世」[14]を体現しているのである。「楽しき世」とは、一条天皇の徳が普く行き渡った世を指し、一条天皇その人を寿いでいるのである。

三　州浜で描かれる鶴亀の祝いと神仙思想

鶴亀が遊ぶという表現の基層には、天皇やその王権への瑞祥を基にした寿ぎがあった。その遊ぶ鶴亀の祝いは、貴族階層にまで浸透し祝いの歌語として定着した。そして様々な場面で用いられるようになった。つまり「鶴亀が遊ぶ」という語自体が、祝いの記号となったのである。「鶴亀が遊ぶ」は、歌語として用いられると共に洲浜などの作り物によっても、その世界を表現された。州浜は海辺や水辺の風景を模した作り物であり、歌合などの遊興の場に限らず晴儀・慶賀の場にも用いられた。州浜は、その前身とされる大嘗祭の標山、正倉院宝物の仮山といった作り物が蓬萊山を模して見立てられていたことから、州浜本来の意味も蓬萊山を模すことであった。[15]つまり州浜は神仙世界を象った聖なる空間であり、祝いの場に神仙世界をミニチュア化して再現させる舞台装置なのである。神仙思想の遊ぶ鶴亀をうたう『梁塵秘抄』三一九番歌の世界も州浜によって表現されたものなのではないだろうか。鶴亀がいる州浜の一例を見てみよう。

ある親王たちの御五十日の洲浜に

千歳へん水のながれにいとどしくそばの小松のかげをさすかな[16]　（恵慶集・一四〇）

又

万代と浪間もなく寄するかな鶴と亀との遊ぶ浜辺に　（同・一四一）

複数の親王が誰かの五十日《いか》の産養を主催し、その祝い歌の制作を恵慶に依頼したという。「ある親王たち」と五十日の産養の対象者は未詳である。[17] 一四一番歌は、絶え間なく寄せる波と、その浜辺で長閑に遊ぶ鶴と亀が五十日を迎えた稚児の長寿を祝うものとされている。歌で表現された浪が寄せる浜辺で遊ぶ鶴亀の風景は、五十日の州浜によって体現されたものである。前の一四〇番歌の表現から、州浜には水辺の松も造られていたことが推測される。このように鶴と亀が遊ぶ祝いの風景は、歌と州浜が呼応して織り成したものであった。

鶴亀のいる洲浜は、東宮、親王の祝いの場も彩った。院政期の「太子」たる東宮は、多くが幼童である。[18] 次に、幼い東宮、親王の祝いの場に着目したい。『うつほ物語』国譲巻に藤壺第四皇子の産養第九夜の詳細な記事がある。

かくて、九日の夜は、大殿、内裏の大饗の御前のものしたまふ。ここかしこより、いと清らにて奉りたまふ。右大将殿、大いなる海形をして、蓬萊の山の下の亀の腹には、香ぐがしき裛衣を入れたり。山には、黒方、侍従、薫衣薫、合はせ薫き物どもを土にて、小鳥、玉の枝並み立ちたり。海の面に、色黒き鶴四つ、みなしとどに濡れて連なり、色はいと黒、白きも六つ。大きさ例の鶴のほどにて、白銀を腹ふくらに鋳させたり。それには、麝香、よろづのありがたき薬、一腹づつ入れたり。その鶴に、

くすり生ふる山のふもとに住む鶴の羽を並べてもかへる雛鳥
いづくよりともなくて、夕暮れのまぎれにかき据ゑたり。

「海形」というのは、海上の景色を模型に作ったものである。海辺の風景を室内に再現するという点で、州浜と同質のものと言えよう。「大きさ例の鶴のほどにて」と等身大の鶴を作ったことから、かなり大きな作り物であったことが推察できる「色黒き鶴」というのは、前出の「玄鶴」を模したものであろう。仙鶴としての白鶴、玄鶴に対するのは、蓬萊山を戴く亀である。白鶴の腹に詰めた麝香、薬は、蓬萊山にあるという不老不死の薬を意識している。この海形は、作り物として可能な限りの大きさで、祝いの場に神仙思想の世界を体現しているのだ。そこに詠まれた鶴の歌は、鶴の雛鳥に喩えられた藤壺第四皇子誕生のめでたさを、不死の薬のある蓬萊山の比喩に託して寿いでいる。この鶴の祝い歌も眼前の海形の光景を神仙思想の世界に見立てて、あたかも本物であるかのように表現している。この場面について小嶋菜温子氏(19)は、藤壺皇子の産養と比較すると立坊争いのライバルである梨壺の第三皇子の産養の記事が簡略化されていること、祝いの定番である蓬萊山を模した州浜、賀歌でお決まりの鶴といったステレオタイプな祝いにこそ風格があると指摘している。この藤壺第四皇子は立坊争いには直接関与していない。しかし第四皇子の鶴、亀、州浜といった定番が揃った理想形態としての祝いの場を描写することによって、立坊争いの対象者である兄・第一皇子の皇位継承権の正当性を間接的に強調していると考えられる。鶴亀の祝いは、成長儀礼の場においても王権と結びついているのだ。

『うつほ物語』中で理想形態とされた鶴亀の祝いは、実際の東宮の祝いの場でも用いられている。例えば、顕仁親王（崇徳天皇）五十日祝いに、鶴の箸置が用いられていることが「鶴形一箸双」（『長秋記』元永二年（一一九）七月二一日条）と確認できる。同年六月二日、顕仁親王五日産養（『御産部類記』）にも鶴亀の祝いが用いられている。

> 件の御衣筥、銀泥を塗り、その上に銀の州浜を付く、同じく鶴亀小松を付く。脚立は亀甲の白織物を用ひ、下机花足の面に亀甲の織物を押す。泥を以てこれを塗る。貝の小鳥を付く。花足の案二脚同じく銀泥を以てこれを塗る。

白い産着を入れる筥の上にあしらわれた銀製の州浜、鶴亀、小松によって海辺の風景が模されている。鶴、亀、小松といった祝いの景物を散りばめた海辺の風景は、顕仁親王への寿ぎとなっている。この州浜によって造られた海辺で鶴亀が遊ぶ祝いの風景の底流には、『うつほ物語』の例のように神仙思想があったのだろう。

寛弘五年（一〇〇八）一一月一日の敦成親王（後一条天皇）の五十日の祝いには、「若宮の御前の小さき御台六、御皿よりはじめ、よろづうつくしき御箸の台の洲浜など、いとをかし」（『栄花物語』はつはな巻）と記されている。「御箸の台の洲浜」は、銀製の鶴の形の箸置きを、州浜をかたどった台の上に置いたものであるという[20]。「御箸の台の洲浜」の参考として、『類聚雑要抄』巻四に、銀製の州浜に鶴が二羽向かい合っている翼の上に箸を置くように作り付けた事例がある。同じく敦成親王五十日の祝いを記した『紫式部日記』では、「小さき御台、御皿ども、御箸の台、州浜なども、雛遊びの具と見ゆ」とあり、鶴の箸置きの他に鶴・松など祝賀の景物をあしらった州浜[21]が設けられていたことが確認できる。

『御堂関白記』同年一二月廿日条の百日の祝いの記事では、「銀の洲浜置き、亀形に御飯盛る、種々の具」とある。「亀形」とは、亀の形を模した器である。「銀の州浜」は、前出の「御箸の台の洲浜」を考慮すれば、州浜の上に鶴が配置された箸置きであろう。祝いの景物として鶴と亀が対になって、敦成親王の御膳を彩っているのである。このように東宮或いは親王の祝賀の場において鶴亀は、幼童を寿ぐ景物として多用され、州浜と共に神仙思想の世界を再現していた。

三一九番歌の蓬萊山、遊ぶ鶴亀といった神仙思想の世界も、眼前の州浜で描かれた鶴亀の風景に呼応して、「太子」である東宮への祝いをうたっていたと考えられる。では、遊ぶ鶴亀は「太子」の何を祝っていたのだろうか。まずは、「太子」の長寿であろう。しかし長寿だけでなく鶴亀の祝いの根底には、「太子」である東宮が担う次代の王権への寿ぎもあったのではないか。何故なら遊ぶ鶴亀という祝いの風景の根幹には、漢籍を典拠とした王権への寿ぎの意味があったからだ。

特に鶴は、「元鶴は楽の音節を知る。王は楽の節を知り則ち至る」(『孫氏瑞応図』)とあったように王者の楽節を知り、王者の礼楽に感応する瑞鳥であった。礼楽に感応する姿態が、日本の儀礼空間では「遊ぶ」と表現されていた。[22] 三一九番歌の「遊ぶ」鶴亀も、礼楽に感応している様を表現したのではないだろうか。「遊ぶ」は、三一九番歌で「海には万劫亀遊ぶ」、「太子を迎へて遊ばばや」と繰返しうたわれて、強調されている語である。「太子」の典拠である王子喬も、笙の名手であり、日本において音楽を奏でる「遊ぶ」と関わりが深い。

「太子を迎へて遊ばばや」において王子喬と東宮が重なり合う時、どういう風に遊ぶのかを論証するために、中世における王子喬の音楽説話受容と日本の礼楽思想の関わりを確認していく。

四 「太子を迎へて遊ばばや」と礼楽・王権

三一九番歌の「太子」の典拠である王子喬は、『列仙伝』に「好んで笙を吹き」とあったように、元々は笙の名手であった。しかし中世の音楽説話では、『続教訓抄』に「漢家ニ王喬トイフ人、漫々タル秋ノ夜、月ヲ詠ジ明カスニ、仙童一人来テ、笛ニ賞デテ、一ノ鶴ヲ引テ乗セテ去リヌ」とあったように王子喬の器物は、笙から笛に改変されていた。[23]『続教訓抄』から遡ること約三〇年、『十訓抄』[24]一〇—六七でも、笙から笛へと王子喬の器物の改変が確認できる。

秦の穌公の女、弄玉は、たぐひなく簫を愛し、周に霊王の太子、王喬は、好みて笛を吹き、あるいは鳳にともなひ、あるいは鶴に乗りて、二人ながら仙を得て、去りにけり。

すべて糸竹の妙なる声、治世にかなひ、仏事をなすといへり。「瑶琴治世音」といふことを、以言が作れる、

雲、黄徳を調べて、軒丘遠し風、南薫を奏して、舜道興る

唐の高宗の后、則天皇后の書き給へるにや、

皇禹は泉台の声を聞きて、遂に仙録に登る。帝軒は洞庭の楽を張りて、早やかに真源に叶ふ。かかれば、音楽をば、仙家人中にもこれをもてあそび、仏土天上にも、これをさきとすと見えたり。これら管弦の徳をしるす。[25]

『十訓抄』では、単に王子喬の器物が笙から笛へと改変されているだけではない。王子喬の笛の音色に大きな意味が付与されている。それは、王子喬の奏でる笛の音色が、「すべて糸竹の妙なる声、治世にかなひ、仏事をなすといへり」とあり、治世と関わる管絃の徳が語られているのだ。つまりここでは、王子喬が笛の名手であ

り、その音色は王が天下を治める礼楽の思想に則っているとされている。

王子喬が直接笛を奏していないが、王子喬と笛の関わりを示す早い事例に『管絃音義』[26]がある。『管絃音義』は、竜笛（横笛）を基準として楽律や楽調の名義を明らかにするために編纂された楽書である。[27]次の一文は、『管絃音義』の主論にあたる七音義釈の盤捗調のあとの総論の一箇所である。

彼の王喬鶴を控て天を翔る。弄玉凰を駕として虚を踏む。皆是れ管弦を以て律呂を和す。糸竹を以て陰陽の故を調ふなり。

傍線箇所は、『文選』「天台山に遊ぶ賦」の「王喬鶴を控て以て天に沖し、応真錫を飛ばして以て虚を躡む」の一文を踏まえる。『文選』では、王子喬は嵩高山ではなく天台山中に鶴を引いて登仙したとされている。対句の錫杖を飛ばして空を歩んで行ったという「応真」とは、阿羅漢の古い訳語で神通力を備えた仏教者のことである。この「応真」を『管絃音義』では、簫を愛好し、簫の名手である夫・簫史と共に鳳凰に随って飛び去った「弄玉」[28]に変更している。音楽に関係が深い者同士、鶴に乗って天に翔けて行った笙の名手、王子喬との対句をなしているのだ。[29]更に「皆是れ管弦を以て律呂を和す。糸竹を以て陰陽の故を調ふなり」と続き、笛を始めとした糸竹管絃の音色は、陰陽に起因すると礼楽思想を説いている。笛の楽書である『管絃音義』で王子喬の故事が引用され、更にそれが礼楽思想に適ったものだとされている。

これら王子喬説話における笙から笛への改変もしくは笛との関わりは、実は院政期の礼楽思想と連動している。本邦で中国から生まれた礼楽思想によって音楽が尊重されていたことは、既にいくつかの先行研究[30]で言及されている。天皇にとって、音楽の取得は娯楽としてのみならず帝王学の一つとして身に付ける必須教養の一つであった。豊永聡美氏[31]は、平安中期になると琴に代わり、笛が天皇の器物になる。院政期は堀河、鳥羽など笛の名手である天皇を輩出し、笛の隆盛期となったと指摘している。更に「御笛始」という天皇または東宮、皇位を継承する可能性のある親王が十歳前後に初めて正式に笛を習うという儀式は、院政期から始まった。院政期において笛は王権を象徴する器物として揺るぎのないものであった。そして院政期の東宮の器物も笛であった。院政期の「太子」である東宮が笛を奏す例[32]は多くある。

以上の事例を慮った時、礼楽思想を王子喬の笛の音色で語る『十訓抄』の説話は、王権を象徴、治世をなす徳を持つ楽器として、あえて笙から笛に改変したのではないかと考えられる。そして王子喬を典拠とする三一九番歌も、当時の礼楽思想と連動しているのだ。

それでは、三一九番歌の「太子を迎へて遊ばばや」は、何を以って遊ぶのだろうか。仙人童と共に鶴に乗って、蓬萊山に迎えとられた「太子」が為す遊びといえば、楽を奏すことであろう。「太子」が奏す器物は、原拠である『列仙伝』で王子喬が吹いていた笙ではなく、当時の「太子」である東宮の器物としての笛である。「太子」が奏でる笛の音色は、王子喬のものであると同時に院政期の東宮のものであるという二重性を有している。「太子」が遊びとして奏でる笛の音色に、王権を寿ぐ瑞獣である鶴亀が感応して遊ぶのである。「遊ぶ」という行為によって鶴亀が祝うものは、「太子」の長寿ではなく、むしろ「太子」が担う王権なのである。三一九番歌は、王子喬でもあり東宮でもある「太子」を早く蓬萊山に迎えたい、つまり実際には早く東宮が天皇位に着いてほしいと願いを込めて予祝した歌謡なのである。

三一九番歌で遊びとして笛を奏する「太子」は、院政期の誰であるかについて、次の笛を歌う秘抄歌との関連から少し言及しておきたい。

唐 唐《もろこしたう》なる唐の竹　佳い節二節切り込めて　万の綾羅に巻き籠めて　一宮にぞ奉る　（雑・三八一）

中国産の竹を笛にして、たくさんの綾織や薄絹で包んで一宮に献上したことをうたう一首である。一宮については諸説あるが[33]、その中に堀河天皇の第一皇子である鳥羽天皇説[34]とする説がある。この説の根拠となっているのが、『源平盛衰記』巻一五「蟬折の笛の事」の話である。鳥羽天皇の時代、唐土の国王から贈られた宝物の中に、漢竹の笛竹があった。竹の節が蟬にそっくりで珍しかったため、三井寺で七日間祈りを捧げた上で、笛に仕立てた。この笛は、鳥羽殿の舞楽を行った際、高松中納言実平の手から落ちて折れてしまったため、蟬折の笛と名づけられたと、唐渡りの名笛の由来が語られている。唐で作られた笛を巡る今様が、遠い昔や、一般的な伝承としてではなく、当時の第一皇子であり笛の名手であった鳥羽天皇を歌っていたことは、流行歌謡として今めかしさを歌う今様の性質を考えれば、充分にその可能性はありえる。このように『梁塵秘抄』には、鳥羽天皇と笛の関わりを示す歌[35]があり、その関連から東宮と王権の器物である笛が連動する当該歌の「太子」は、鳥羽天皇と想定することが出来よう。

三一九番歌が東宮への寿ぎの歌であるということを読み解くことによって、歌の中で祝いの風景として用いられている「鶴亀が遊ぶ」という表現が王権への寿ぎであることも明らかとなった。『梁塵秘抄』雑の冒頭にある三一六、三一七、三一八番歌も「鶴亀が遊ぶ」という表現が用いられている。三一六、三一八番の歌は、寺社芸能との関わりが指摘されている[36]。だが「鶴亀が遊ぶ」の表現の基底に王権の寿ぎがあることを慮れば、『梁塵秘抄』雑の冒頭にある鶴亀の祝言歌謡群全体が王権を寿いでいるという新たな局面も考えられるのである。

鶴亀の祝言歌謡の構成を見れば、三一六～三一八番歌が仙界の世界そのものを歌うのに対し、三一九番歌は「太子を迎へて」と地上から人を迎え入れている。更に次の三二〇番歌では、「黄金の中山に　鶴と亀とはもの語り　仙人童の密かに立ち聞けば　殿は受領になりたまふ」と明らかに俗界の栄光を寿ぐ。三一九番歌は、三二〇番歌でも用いられている「仙人童」という語によって、歌謡群全体をうまく繋いでいる。当該歌は、鶴亀の祝言歌謡群の仙界から俗界へと歌の世界が移行する中で、その中間に属する結節点にあたる一首であろう。

【注】

（1）『続教訓抄』は、文永七年（一二七〇）成。乾克己「中世歌謡の環境と特質」（『国語と国文学』第八二一号、一九九二年五月）も『続教訓』の記述に着目しており、三一九番歌の「仙人童」は、王子喬の笛を愛でて、彼を鶴に乗せて去った仙童を指し、「太子」は周の霊王の太子の王喬を指し、「鶴に乗せて」とは「鶴ヲ引キテ乗セテ」に対応するとしている。

（2）本文引用は、復刻日本古典全集『続教訓抄下』（一九七七年、現代思潮社）に拠った。

（3）『評釈』、『全注釈』など。船木佳代子氏「蓬萊山と鶴・亀・松」（『和泉市久保惣記念美術館特別展　蓬萊山　鶴・亀・松』図録解説、一九九八年）は、『梁塵秘抄』の太子例に「悉達太子」があることから、蓬萊世界に釈迦を迎えて遊びたいという意味に採っている。だが三一九番歌の仙童と「太子」の関係が、『続教訓抄』と一致している以上、「太子」は王子喬である。よって船木氏の説は採れない。

（4）『本朝麗藻』にある一条天皇の第一皇子、敦康親王の読書始の儀における作文会の詩序がある。「（前略）夫、崑

崙之竹凌雪　待聖造而吹亀背之音　嶧陽之桐干雲　遇良工而張鶴翼之曲者歟」。

(5) 八木意知男・真弓常忠「大嘗会関係資料稿——祥瑞（大瑞・上瑞・中瑞・下瑞）の部（一）——」（『皇學館論叢』巻一一六号、一九九一年六月）。

(6) 祝いの表象としての鶴について、佐藤義寛「中国吉祥物考（一）——松に鶴——」（『文芸論叢』第四六号、一九九六年三月）が論じている。

(7) 『延喜式』「玄鶴」が『古今注』『孫子瑞応図』の記事を典拠の一つとしていることは、八木意知男・真弓常忠氏（注5）が指摘している。

(8) 『古今注』『孫氏瑞応図』は、「玄鶴」を「元鶴」と表記。

(9) 大嘗会和歌の景物については、八木意知男『大嘗会和歌の世界』（一九八六年、皇學館大學出版部）に詳しい。谷知子『天皇たちの和歌』（二〇〇七年、角川書店）は、大嘗会和歌を「きわめて祝祭性の強い、特殊な和歌」とする。

(10) 悠紀・主基の両国から献上される標山、洲浜などは、儒者たちが勘申した本文（漢籍中の特定の文章）によって作られ、大嘗会和歌も本文を典拠として詠まれたと言及するのは、真弓常忠『大嘗祭』（一九九一年、国書刊行会）。大嘗会和歌の作者としての儒者に着目しているのは、仁木夏実「大嘗会和歌と儒者」（『文芸論叢』第六四号、一九九五年三月）。

(11) 大嘗会和歌一七六番歌は『兼盛集』（一一〇）に他出。

(12) 「万世を三上の山に響くには野洲河の水澄みぞあひにける」（冷泉・安和元年・一六・清原元輔）、「安川は底見ゆばかり澄めりとか今年千歳といかで知りけむ」（朱雀・承平二年・一四五・作者未詳）など。

(13) 真弓常忠『大嘗祭』（注10参照）。

(14) 大嘗会和歌における「楽しき」について谷知子『中世和歌とその時代』（二〇〇四年、笠間書院）は、「たのし」

と思う主体は臣下を始めとする人民であり、人民の暮らし、遊びが「たのし」である状態は、天皇の徳政の証拠であり、ひいては最高の賞賛、寿ぎになると言及している。

(15) 相馬知奈「「州浜」考――庭園文化の影響――」(『日本文学』第五六一四号、二〇〇七年四月)、小泉賢子「州浜について」(『美術史研究』第三三冊、一九九五年一一月)など。

(16) 校異「千歳すむ水の流れはいとどしくそこの梢の数をさすかな」(冷泉家本)。

(17) 川村晃生・松本真奈美『恵慶集注釈』(二〇〇六年、貴重本刊行会)。

(18) 院政期の天皇の立太子年齢は、数え年で堀河天皇(善仁親王)一〇歳、鳥羽天皇(宗仁親王)一歳、崇徳天皇(顕仁親王)五歳、近衛天皇(体仁親王)一歳など、いずれも幼年である。

(19) 小嶋菜温子『源氏物語の生と誕生――王朝文化史論――』(二〇〇四年、立教大学出版会)。

(20) 新編日本古典文学全集『栄花物語①』(一九九五年、小学館)の頭注。

(21) 新編日本古典文学全集『紫式部日記』(一九九四年、小学館)の頭注。中村義雄『王朝の風俗と文芸』(一九六二年、塙書房)は、五十日の祝いの儀で用いられる諸々の調度は、「すべて普通の物よりも小ぶりに作られ、どの一つをとってみても豪華な逸品ぞろいであったことがしのばれる」としている。

(22) 例えば、陽成天皇の元慶(八七七〜八八五)の大嘗会に悠紀の国・美濃の風俗歌として奏上された『催馬楽』「席田」の「席田の　席田の　伊津貫川にや　住む鶴の　住む鶴の　住む鶴の　千歳をかねてぞ　遊びあへる　千歳をかねてぞ　遊びあへる」がある。

(23) 『続教訓抄』の王子喬説話は、笛を奏する事例がある一方、笙を奏している事例もある。笙を奏している場合は、「王子喬」ではなく「王子晋」の固有名詞を用いて区別している。

(24) 『十訓抄』は建長四年(一二五二)成。

(25) 本文引用は、新日本古典文学大系『十訓抄』(一九九七年、岩波書店)に拠った。

(26) 『管絃音義』は文治元年（一一八五）成。

(27) 『管絃音義』については、「雅楽の龍笛を基準とした音律声調論の体裁をとった仏教思想書」（『国史大辞典』）、「天台声明に関わる楽理の書。一般に天台声明が横笛による等といわれていることを想起すれば、あながちに声明の書であることを否定する材料にはならない。」という磯水絵「『管弦音義』における『白虎通義』の影響――『管弦音義』の引用について」（福島和夫編『中世音楽史論叢』二〇〇一年、和泉書院）の指摘がある。

(28) 弄玉は秦の穌公の娘。簫の巧みな簫史と結婚し、二人で鳳凰に随って飛び去った。『列仙伝』巻上・簫史に記事がある。

(29) 『管絃音義』の王子喬と弄玉の組合せは、前掲の『十訓抄』とも一致している。

(30) 荻美津夫『日本古代音楽史論』（一九七七年、吉川弘文館）、福島和夫「序　中世における管弦歌舞」（福島和夫編『中世音楽史論叢』二〇〇一年、和泉書院）など。

(31) 豊永聡美『中世の天皇と音楽』（二〇〇六年、吉川弘文館）。

(32) 『山槐記』治承二年（一一七八）六月一五日条「戊寅、天陰、権中弁親宗朝臣示送曰、一條、堀川、鳥羽三代、晴時令吹笛給、三條、後一條、後朱雀、後冷泉、後三條五代令吹龍笛給哉者、予注進曰、後一條院長元四年正月三日行幸上東門院、主上令吹笛給、後冷泉院長久三年九月廿一日行幸高陽院、于時為太子令吹笛給、此外今不覚悟者」。

(33) ①諸国の第一位の格式の神社説（新全集、『考』）、②その時の第一皇子説（集成、『全注釈』）がある。

(34) 『評釈』、植木朝子　コレクション日本歌人選25『今様』（二〇一一年、笠間書院）。

(35) 三八一番歌以外にも、鳥羽院と笛の関わりを示す歌に「小磯の浜にこそ　紫檀赤木は揺られ来で　胡竹のみ揺られ来て　たんなたりやの波ぞ立つ」（雑・三四七）がある。『続教訓抄』に「海人のたきさし」という浜辺に流れ着いた胡竹の焼き残りで作った名笛は、鳥羽院の御物であるという伝承を根拠とする。植木朝子　コレクション日本歌人選25『今様』（注34）参照。

(36) 三一六番歌は『興福寺延年舞式』の乱拍子一声にも所収。三一八番歌は『日吉知新記』にも所収。

第二章

女性をうたう今様——逸脱性を持つ女たち

第一節 「子産まぬ式部」について

一 はじめに

次の一首は、「子産まぬ式部」を歌った今様である。

見るに心の澄むものは　社毀れて　禰宜もなく　祝なき　野中の堂の　また破れたる　子産まぬ式部の　老いの果て
（雑・三九七）

「心の澄むもの」として列挙されたものは、毀れた社、野中の堂が破損したもの、子を産まない式部の老いの果てである。この歌から、まず生じるのは、なぜそれらが「心澄む」のだろうか、という疑問であろう。列挙された毀れた社、野中の堂は、社寺繫がりで関連があるが、最後の「子産まぬ式部」は特殊である。それは、今様の「……のものは」で始まる物尽しの型として、最後に落ちとして意表をつくものが挙げられることが前提にあろう。それにしても、「心澄む」と毀れた社、野中の堂と、「子産まぬ式部」は、どのような意味と関係があるのだろうか。

それらの問題を論じる前に、三九七番歌について詳しい研究である馬場光子氏の「子産まぬ式部考」[1]、「子産まぬ式部の老いの果て」[2]の概要を述べておきたい。馬場氏の研究は、その後の注釈書[3]に多大な影響を与えている。「心の澄むもの」として、最初に、毀れた社、次に破れた堂が列挙されているが、これは前句の「神」に対して「仏」というように対句的に並べられたもので、神仏習合の時代性から考えても両者に大きな差は無い。また崩壊状態を示す「毀れ」「破れ」については、『土佐日記』で作者が帰り着いた都の家の荒れた有様を表現した「こぼれ破る」という例から、両者は類語であり、崩壊の状態に於いても大きな差異はない。

破れた堂に冠する「野中」という語については、歌語として有名な「野中の清水」と関係がある。「野中の清水」の所在地には諸説あるが、一般的には播磨国印南野の歌枕とされている。「野中の清水」の例は「いにしへの野中の清水ぬるけれどもとの心を知る人ぞ汲む」(古今集・雑・八八七・読み人知らず)が有名である。野中の清水はこの時代には既に使われていない古い清水で、『能因歌枕』では年老いた元の妻をさすという解釈がなされていた。以後その伝統を受けて「古道に我やまどはむ古の野中の草はしげりあひにけり」(拾遺集・物名・三七五・清原元輔)等に詠まれたように、野中のイメージには、男の心が遠のき忘れられて久しい伝承の古い女がある。

他に『源氏物語』松風巻で明石入道と別れて都に向う尼君が詠んだ歌「もろともに都は出できこのたびやひとり野中の道にまどはん」[4]に尼君の不安を表す心象描写として野中の語が用いられている事にも注目した。都から遠くはなれた広漠とした、野中を背景にすることにより破れた堂は毀れた社からの単なる連想に留まらない。野中の堂は、時の経過とともに荒寥さが進行していく人間世界の動きが感じられる。

第一句の「心澄む」は、今様の時代に於いては美的感興によって純化・統一される心の動きと、仏教的悟りの心境が導きだす無常観が融合された、中世への「わび・さび」に繋がる新しい美意識の過渡期の言葉である。この言葉は八代集の和歌にはまだ見出すことが出来ない。しかし心に関連して「澄む」が使われる例は散見される。但し、それは『後拾遺集』以後になる。例えば「いづくにも今宵の月をみる人の心や同じ空に澄むらむ」（金葉集・秋・一八二・藤原忠教）がある。秋の明月の美しさへの感動が主題で、美的な感興によって純化・統一されている心の動きが描かれている。

その一方で「心澄む」は仏教的な悟りの心境を表す語でもある。『源氏物語』に例が多くある。一例を挙げると『源氏物語』幻巻で、最愛の女君であった紫の上を亡くし悲嘆に暮れる光源氏は「さうざうし（寂しい）」と思う気持を克服しないと「心澄ます」出家は覚束ないと述懐する。『源氏物語』は、「もののあはれ」という典型的な王朝の美意識を主題としている。つまり「心澄む」という事象変化を理性的に見つめようとする心のあり方とは対極に位置するものであった。この幻巻の例でも厳密に区別されて描かれている。

しかし、時代が下るにつれて対極であった「あはれ」と、「心澄む」という仏教的悟りの心境との混在が見られるようになる。馬場氏は「数ならで荒れゆく宿に独り居て心すみれの花を見るかな」（拾玉集・二二一五）を例に挙げて、次のように述べる。荒れゆく宿の一人居という状況は一度盛んだったものが滅びようとする事象を仏教的世界観である無常観によって見据えようとする姿勢がある。これら仏教的世界観によって事象の動きそのものを見据えようとした「心澄む」は過渡的状況の美的世界を歌う内に、王朝的美意識からは逸脱した「毀れた社」「野中の堂」そして「子産まぬ式部の老いの果て」を歌うことになったのではないかとしている。[5]

最後に「子産まぬ式部」についてだが、馬場氏を始め各注釈書でも、特定の人物ではなく、紫式部、和泉式部、清少納言、小野小町など有名な宮廷女房の零落説話・伝承を背負った人物をさすとしている。式部とは、式部省の職員を身内に持つ女官の呼称である。馬場氏は式部省の仕事が有識故実、学問に深く関わる文筆の業であること、宮廷女房の重要な役割が皇妃の側に侍り、和歌を詠み物語や随筆を執筆する事によって「あはれ」「をかし」とも形容する王朝文化を形成する事から、式部とは女官の総称でありながら王朝文化の表象でもあったと考えている。王朝文化を享受した結果、女として日常的な営みであった子を産むことをしなかった老いの果てとは、その人生が何であったのか、その総体が否定的にとらえられようとしている、とまとめている。

以上が、馬場論の大まかな概要である。馬場氏は「心澄む」については丁寧に考証をしているが、毀れた社と野中の堂についてはそれほど詳しく言及していない。野中という語は、和歌からは古い女がいるという伝承と、『源氏物語』の例からは不安を表す心象描写としての役割を負っているとしている。だが、野中の考察にあたり散文からの接近が不足していると思う。散文からの例の考察によって、他に野中の堂について言及すべきことがある。また禰宜も祝もいない毀れた社についてだが、馬場氏は「禰宜どころか祝もいない、と神官の位を下げることによって、社の荒廃により甚だしい状況へと移されている」と解釈している。『梁塵秘抄』にこの句と類似した表現の歌がある。

稲荷には禰宜も祝も神主もなきやらん　社毀れて神さびにけり　（神社歌六十九首・稲荷十首・五一二）

本来いるべき神官がおらず社が毀れているという三九七番歌と似た状況の歌なのだが、この五一二番歌では「神さびにけり」と締めくくっている。当該歌と五一二番歌の類似性については、宇津木言行氏(6)が既に指摘しており、五一二番歌から当該歌への影響関係、稲荷社という場の問題について論じている。

本節では、五一二番歌の「神さび」という語は、どのような観念を背負う言葉であるかに着目し、この語に視点を定めて三九七番の新たな面を読み解いていく。当該歌で歌われている人里離れた野中の堂にいる老女は、中世においては謡曲「黒塚」に代表される鬼女のイメージにも繋がる「子産まぬ式部の老いの果て」がなぜ「心の澄むもの」に帰結していくのか、改めてその意味を考えてみたい。以上の問題点を踏まえながら、第一句「心澄む」と、末句「子産まぬ式部の老いの果て」の間にある畳句として従来の解釈ではあまり重視されなかった「野中の堂」「毀れた社」を再考する事によって、新しい解釈の可能性を提示したい。

二 「野中の堂」に住む鬼女

野中の堂についてだが、野中とはその名の通り野の中、人里の無い原野、田畑の中を意味する言葉である。最初に馬場氏の論での例と重複するが、和歌を確認しておきたい。

①いにしへの野中の清水ぬるけれどもとの心を知る人ぞ汲む　(古今集・雑・八八七・読み人知らず)

元の妻に返り住むと聞きて、男のもとにつかはしける

②我が為はいとど浅くなりぬらん野中の清水深さまされば　(後撰集・物名・七八四・読み人知らず)

あい住みける人、心にもあらで別れにけるが、「年月をへても逢い見む」と書きて侍りける文を見出てつかはしける

③いにしへの野中の清水見るからにさしぐむ物は涙なりけり　（後撰集・恋四・八一三・読み人知らず）

大和

④古道に我やまどはむ古の野中の草はしげりあひにけり　（拾遺集・物名・三七五・清原元輔）

①は、「野中の清水」を詠んだ有名な一首である。歌意は、古くなった野中の清水は昔と変わって水もぬるまっているが、その昔の心を知っている人は今でも汲みに来てくれるのだ、である。以後の「野中の清水」を詠んだ歌はこの歌の影響を受けている。

②③は、「元の妻」「年月を経た（女）人」等、昔の女性を偲ぶ気持が背景としてある。この一連の「野中の清水」の歌に対して馬場氏は、当該歌の「野中」を聞いた時にこれらの歌の連想が自然になされたであろう、と指摘をしている。確かに「野中」の語には播磨国の歌枕を詠んだ『古今集』の歌の影響があり、それに従って古い女性（昔の妻や恋人）への連想も付与されたであろうと考えられる。

しかし④は、播磨国ではなく大和国を詠んだものである。また野中を冠する地名は、河内国にも存在する。例えば『日本後紀』巻八の桓武紀（延暦一八年（七九九）三月丁巳条）や『日本霊異記』下巻第一八話で河内国丹比郡にある「野中寺（堂）」という場所が確認できる。また『類聚国史』桓武天皇紀（延暦一四年（七九五）四月一一日の曲宴）に、宴の余興に詠まれた「古の野中ふる道あらためばあらたまらむや野中ふる道」(7)という歌がある。近藤信義氏(8)は、「野中」は南河内に存在する地名であり、続く「ふる道」の「ふる」には「古」という字が当てられ、恐らくは同じく河内国の「野中の古市」(9)であったらしいとする。

「野中の清水」の他に「野中の古道」「野中の古市」と呼ばれる地名があることは注目すべきことではないか。

ここで言いたいのは、「野中」は播磨国ではなく、河内国であったかもしれないという可能性ではない。むしろ注目したいのは、「野中の古道」という例が古代の文献にまで遡ることが出来たということである。つまり野中には、「古道」と歌われる「古い」という伝統があった。また播磨国の歌枕である「野中の清水」を詠んだ時にも「いにしえ」という語が共に詠まれていた。つまり和歌の世界において「野中」という語は、特定の地名を連想させるだけではない。むしろ古い場所の表象であったのだ。

以上のことを踏まえて当該歌の「野中の堂」に話を戻せば、播磨国や河内国といった特定の地名に限定するよりも、和歌の世界が持つ「古い」という伝統を持ち合わせていた場所と解釈する方が妥当である。古い場所に古い女がいたのだ。

そして「野中の堂」は「また破れたる」と続き、「毀れた社」と共に未だに破壊及び損傷が継続中の状態であり、ましてや野中は、人気から遠い、つまり人工的な場所から離れた自然に近い場所である。そこに建てられた社や堂が古くなって壊れていくのである。人工的な建物が古くなって壊れていくということは、人の手から離れ自然に還っていくということである。自然とは都の人工的論理から見れば異界であった。古代から生活空間外にある野中という場所自体が異界、もしくはこの世と異界との境目だと見なされていた。

例えば『日本霊異記』巻上第二話で欽明天皇が、狐が化けた女性（人外の存在）に出会った場所は曠野の中、つまり野中であった。(10) このように野中は、自然であるが故に異界（或はそれに近い場所）であり、異類の者と接触する場所として設定されていた。

平安時代以降、野中はどう認識されていたのであろうか。『更級日記』に作者が住み慣れた上総を後にして雨が降りしきる中、下総に泊まった場面で「野中」の例がある。

同じ月の十五日、雨かきくらしふるに、境を出でて、下総の国のいかだといふ所にとまりぬ。庵なども浮きぬばかりに雨ふりなどすれば、おそろしくていもねられず。野中に、丘だちたる所に、ただ木ぞ三つ立てる。[11]

作者が雨の凄まじさと心細さによって眠れなかった場所は、夜明けに見てみれば野中に木が三本立っているだけの場所であった。掲出の『源氏物語』の明石尼君の和歌と同様に人気の無い寂しい野中の三本の木が作者の不安な心情を示す表象なのではないかとも考えられる。旅先で凄まじい豪雨に脅かされた作者にとっては、野中は自然の脅威に晒される恐ろしい場所であったということは確かである。

更に時代が下ると野中は人気がなくて寂しい場所というだけでなく、人が殺される、死人を葬る恐ろしい場所となった。故に人間を危険に脅かす人外の存在が潜んでいるという認識を帯びてくる。『今昔物語集』巻二六第五「陸奥国の府官大夫介子語」では、継母の奸計によって夫介の幼い息子が穴埋めにされ殺害されようとしたのは野中であり、その後、叔父（大夫介の弟）が仮死状態になっていた息子を発見し救出できたのは、草深い野中へ走り入った兎を追い駆けていた偶然の為であった。『沙石集』巻七第八話「僻事する者の酬いたる事」で在俗の下人が斬首されたのも、夜陰にわざわざ馬で連れて来られた野中であった。

異界の者に接触する場としての野中を『今昔物語集』から二例取り上げてみよう。一つ目は、巻二七第三六「播磨国印南野殺野猪語」[12]である。西国から徒歩で上京中の男が、播磨国印南野を通過中に日が暮れたので今夜泊まる場所を探していたが、「人気遠キ野中ナレバ、可宿キ所モ無シ」だった。仕方なく一つだけあった「山田守ル賤ノ小サキ庵」で夜を明かすことにした。夜更けの頃、葬列がやってきて庵のすぐ側に死人を葬って墓を立てて去って行った。するとその墓から怪物が出て来た。それを見た男は「葬送ノ所ニハ必ズ鬼有ナリ。其ノ鬼ノ我レヲ噉ハムトテ来タルニコソ有ケレ」と思ったのであった。結局、鬼は男に斬り倒され、その正体は野猪であったことが翌朝に判明する。

二つ目の例は、巻二八第四四「近江国篠原入墓穴男語」[13]にある。美濃国方面へ旅をしている男が近江国の篠原で、にわか雨に遭い雨宿りをする場所を探している時に「人気遠キ野中ナレバ可立寄キ所ナカリケルニ、墓穴ノ有ケルヲ見付」けたので、雨宿りをすることにした。暫くすると何者かが墓穴に入ってくる物音がするので、男は「此レハ鬼ニコソハ有ラメ。早ウ、鬼ノ住ケル墓穴ヲ不知シテ、立入テ、今夜命ヲ亡シテムズル事ヲ」と嘆く。

『今昔物語集』の二例で注目したいのは、野中は当時の人々にとって寂しいだけでなく人が殺されたり葬られたりする恐ろしい場所であり、故に鬼が必ず出現すると認識されていることである。鬼が出現する場所とは人界を離れた異界に他ならない。当該歌で野中の堂にいる「子産まぬ式部」も人界から離れていく存在であると考えられる。

『梁塵秘抄』より少し時代が下るが『閑居友』巻下第三話「恨み深き女、生きながら鬼になる事」に野中の堂に住む女を考察する上で注目すべき例がある。次のような話である。

美濃国に住む娘に男が通っていたが、遠距離の為、訪問が間遠であった。まれの逢瀬にも娘が疑心暗鬼になっている様が恐ろしく煩わしく感じられたので男の訪問はすっかり途絶えてしまった。男の心離れに絶望し恨んだ娘は、やがて自分の髪を五つに髻に結い上げ水飴で塗り固めて角のようにして、紅袴を着て家人に知られる事もなくその夜に出奔する。この娘の出で立ちは、鬼になる為の呪術的なものである。新日本古典文学大系[14]は娘の穿いている紅袴は、中世後期に次第に固定化してくる巫女の袴の紅色と関係があると指摘し、謡曲「鉄輪」の「身には赤き衣を裁ち着」ていることを挙げているが、鬼の角のような髪型も謡曲「鉄輪」の火を灯して頭に頂く鉄輪へと繋がるものであろう。娘が出奔してから、年月が積もり父母も皆亡くなった。

三十年ばかりとかやありて、同じ国の中に、遥かなる野中に、破れたる堂のありけるに、鬼の栖み、馬・牛飼う幼き者を取りて食うといふ事、あまねくいひ合へりけり。遠目に見たる者どもは、「彼の堂の天井の上になん隠れ居る」といひける[15]。

野中の破れた堂に鬼女と化した娘が住んでいたのである。異界である野中にいる女は、やはり人外の異形の者であった。元々は人間であった娘が鬼となった直接の原因は男への恨みだったが、野中の堂に住んでいた三〇年の長い年月が鬼女と化した娘を古びさせ、一層、人間離れさせ鬼としての霊力を増させたとも考えられないだろうか。子産まぬ式部が鬼女だと断定することは出来ない。しかし野中の堂にいる年老いた女として鬼女に繋がる可能性を示すことはできよう。また和歌の持つ古い場所、古い女という伝承とも呼応するのではないだろうか。「子産まぬ式部」は、野中にいて古びて人界から離れていく女として中世の鬼女へ至るまでの生成過程の一つだと考えられる。謡曲「黒塚」の鬼女も「人里遠き此野辺の松風激しく吹き荒れて、月影たまらぬ」と表現される安達原の野中の一軒家に住んでいる。年を経て古びて自然という人外の世界へ近づいていくという意味では、次で取り上げる「神さび」という言葉とも繋がってくる。

三　「心澄む」と「神さび」

「心の澄むもの」として破れていく野中の堂と共に列挙されているのが、禰宜も祝もいない毀れた社である。この句を考察するにあたり、五一二番歌を再掲する。

稲荷には禰宜も祝も神主もなきやらん　社毀れて神さびにけり　（神社歌六十九首・稲荷十首・五一二）

五一二番歌の鍵語は「神さび」である。「神さび」は両義性のある言葉である。主な意味として①神々しい様子を呈する、②古色を帯びて神秘的な様子である、③古びた趣がある等の意味がある反面、④古めかしくなっている、⑤年を経ている、⑥荒れて寂しい様になる等の意味も持ち合わせている。この歌ではどう解釈出来るだろうか。五一二番歌は祝も神主もいない、社も毀れて、と否定的な要素が列挙されている。だから一見すると、稲荷神社には禰宜も祝もいない、社は毀れて古びて荒れ果てて、凄みがある寂しい場所という意味で解釈されている。[16]逆に禰宜も祝も健在し栄えている神社というのは、王朝的美意識に適うものであった。『枕草子』第二九段で「心ゆくもの（中略）物申さするに、寺は法師、社は禰宜などの、くらからずさわやかに、思うほどにも過ぎて、とどこおりなく聞きよう申したる」[17]と取り上げられていることからも明らかである。

しかしこの王朝的美意識をそのまま五一二番歌に当てはめるべきではない。何故ならば、社が廃れて荒れていく様を述べたいのならば、「神さび」という言葉を用いずに、ただ「さびにけり」とすればよいのである。それをわざわざ「神」を冠する言葉を用いたのは、何故か。

社が壊れて「神さび」ていくという状態は、当該歌の「野中の堂また破れたる」と同様に人工的な建物が古くなって元の自然な状態に戻ることを意味する。それに加えて禰宜や祝らの神官達の人気も無くなる。確かに、人気の無い建物が壊れて荒れていく様は寂しい。しかしその様は見る者に、寂しさと共にある種の凄みを感じさせるであろう。その凄みとは、長久の時間経過によって古びて自然の状態に戻ろうとする、つまり俗界から離れていこうとする社の崇高感ではないか。社が古びて壊れ、自然に戻ろうとする過程こそに、社は神がかった状態になり、古色を帯びて神秘性を発揮するのだ。

『平家物語』「山門滅亡」[18]には、神さびの意識が示されている。次のような話である。

比叡山一帯の山門では、堂衆と学生の間で度々合戦が行われていた。治承元年（一一七七）九月に学生が官軍を味方につけて堂衆に挑んだが大敗を喫した。その後山門一帯はいよいよ荒れ果てていく。天台山、五台山を始めとする名刹も住む僧侶もなく荒れ果てて、愛宕山、高尾山も一夜のうちに荒れ果てて「天狗の棲となりはてぬ」と野中の堂の鬼女にも通じる様を呈していく。年月が過ぎて四月の山王権現の祭になっても神前に幣帛を捧げる人もいないが、「あけの玉垣神さびて、しめ縄のみや残るらん」と結ばれる。年月を経て荒れ果てた中に朱の玉垣は神さびていると語られる。

この神さびは、古びていく事によって神々しくなるという意味で読み取ることが出来る。「神さび」とは、事物が古くなって霊力を宿す、神秘的な状態になることを意味する。だからこそ年を経て自然に近くなった状態を「神さび」といったと考えられる。「神さび」を詠んだ和歌を見てみよう

①稲荷山しるしの杉の年ふりて三つの御社神さびにけり

（千載集・雑・一一七八・僧都有慶）

②石上古りにし恋の神さびてたたるにわれは寝ぞかねつる
（古今集・雑射歌・一〇二二・読み人知らず）

①は、稲荷山の杉が大木となる程に年を経た三社こそが古びて神々しくなっていると詠む。この歌では古びたことに価値があり、またそれによって神々しさが付随すると見ている。②は恋が古びる事によって霊力を宿し、祟りをなすのではないかと恐れる歌である。

神さびていく事物を眺める眼差しには、古びて人の世界から離れていく動きへの畏れと敬意を感じ取れる。秘抄歌五一二番歌や『平家物語』の例のように荒れ果てて古びた中に静寂の美を見出そうとする意識は中世に繋がるものと言える。当該歌の人気がなくなって毀れるほどに古びた社には、野中の堂が鬼女に繋がると同様に「神さび」への連想がなされたと考えられよう。そして両者は古びて自然に還っていく、人界から離れ異界に近づいていくという点において近しい意味を持っているのである。

四　まとめ

「心澄むもの」として列挙されている毀れた社、破れていく野中の堂は、それぞれ自然に還っていく途中経過の場所であった。末句で結ばれる「子産まぬ式部」も、年老いて古びていくことによって自然に近づいていく、人のいるこの世から離れていこうとする人物であることは指摘しておく。「子産まぬ式部」は「野中の堂」で考察した鬼女としての中世的意識への生成過程を背負っている。

しかし同時に馬場氏や各注釈書でも指摘されているように紫式部、和泉式部、清少納言、小野小町等の有名な宮廷女房達の零落説話・伝承を背負っていることを否定は出来ない。むしろ式部なる人物は、鬼女と宮廷女房といった多義性を持つ存在であろう。

子供を産まずに年老いて零落した宮廷女房の説話といえば、小野小町が思い浮かぶ。小町は謡曲「通小町」で深草少将を拒絶し続け死に至らしめたように、高慢で冷酷な絶世の美女であるというイメージがある。それだけでなく和歌の名手として宮廷の花形でありながら、父母兄弟の死によって身を持ち崩し落魄・流浪した説話もある。[19]

落魄の女房といえば『古事談』巻二第五六「零落したる清少納言、秀句の事」が有名であろう。破壊された邸宅を見て「少納言無下にこそなりけれ」と昔日の才女である清少納言を見下した殿上人の発言を聞き咎め鬼のような法師姿を出して「駿馬の骨をば買はずや」と秀句を詠みかけた話である。

式部としての老いの果てなら、『宝物集』の紫式部の堕地獄説話、和泉式部では謡曲「誓願寺」、御伽草子『和泉式部』を挙げることが出来る。このように宮廷女房達の零落説話は枚挙に暇が無い。先行研究が解するように、「子産まぬ式部」は特定の人物ではなく伝承説話を仮託した象徴的人物であると解釈するのが妥当であろう。歴史上に実在した人物ではないが、年老いた式部の例が『源氏物語』賢木巻にある。出家を決意した藤壺が息子である東宮に自分の姿が醜く変わってしまったらどう思いますか、と尋ねる場面である。

（藤壺が）「御覧ぜで久しからむほどに、形の異様にて、うたてげに変はりて侍らば、いかがおぼさるべき。」と聞こえ給えば、（東宮は）御顔うちまもり給て、「式部がようにや。いかでかさはなり給はん」と笑みての給ふ。言う甲斐なくあはれにて、「それは、老いて侍れば醜きぞ」（略）[20]

藤壺も東宮も式部という老女房が醜いのは年老いたからだと述べている。醜いと登場人物に形容される老女房が「式部」であるのは何故か。もし作者である紫式部が自らを自嘲して式部という老女房を登場させたのであるならば興味深いが、式部は、この場面以外に例がないため、これ以上の言及は留めておく。しかし当該歌の「式部の老いの果て」の一例として挙げることは出来よう。

馬場氏は「式部」を王朝的文化の形成者であり表象でもあると述べているが、例に挙げた紫式部、和泉式部らも和歌や文筆の名手であり、宮廷文化に貢献した人物である。そのような人物達の零落説話を背負う「子産まぬ式部の老いの果て」は、王朝的美意識の体現者としてのなれの果てとも言える。

その一方で、鬼女として中世的意識への生成過程の存在でもある。何故、「子産まぬ式部」は、多義性を持つのであろうか。それは『梁塵秘抄』が歌われた平安末期という時代背景が、貴族から武士へと移り変る動乱の時代であったからであろう。それと連動して人々が持っていた王朝的美意識も中世的美意識へと揺れ動いていたからである。[21] 馬場氏が述べたように「心澄む」は過渡的状況の言葉であった。故に相反する王朝的美意識と中世的美意識を抱え込んでいたのではないか。

「心澄む」は、「よもぎふの庭の景色はさびしきに心すみれの花のみぞさく」（月詣集・二二三・源通親）、「いかでかは音に心の澄まざらん草木もなびく嵐なりけり」（山家集・雑・一〇八九）で、蓬生の庭に咲いた菫の花や嵐の音に美を見出しているように寂しさや凄味の中に静寂の美を見出そうとする意識である。それは神さびの意識と共通する中世的意識ではないだろうか。馬場氏は「心澄む」を仏教的世界観による無常観で事象を見据えようとする心の動きとして捉えられている。しかし、筆者は人気の無い寂しい壊れていく野中の堂、神さびて毀れていく社と共に王朝的美意識の残滓と中世の鬼女へと繋がるイメージを背負いながら、年老いて古びていくことで自然に還っていき、人の世界から遠ざかろうとする子産まぬ式部に対しての畏れと敬意の感情であると解釈する。馬場あき子氏[22]は、従来の美意識の伝統を無視し、自分の運命の流転に従いそこなわれていくもの、荒廃してゆくもの、そうした滅びの清さを「心澄む」とした三九七番歌を美しい歌と評価している。滅びの清さは、「心澄む」「神さび」で論じた寂しさや凄みの中に、美や神秘性を見出す中世の美意識と同質のものである。

「子産まぬ式部」は、鬼女へと至る生成過程であり人の世界から遠ざかっていく存在であるが、逆説的に述べればまだ鬼女ではない。もし「子産まぬ式部」が鬼女という異形の者に成り果てていたのならば、決して「心の澄むもの」とされないだろう。何故なら、それは「すさまじきもの」であり、恐ろしく興ざめするものとして中世の美意識からも逸脱する存在であるからだ。むしろ「子産まぬ式部」は王朝的意識と中世的意識の間で揺れ動く過渡的な段階に位置する存在であるからこそ、古びた趣や物寂しさの中に美を見出す中世の美意識の範疇に踏みとどまっていたと考えられる。

【注】

（1）馬場光子「「子産まぬ式部」考――中世への視点――」（『今様のこころとことば――『梁塵秘抄』の世界――』一九九七年、三弥井書店）所収。

（2）馬場光子「子産まぬ式部の老いの果て　『梁塵秘抄』今様の「老い」をめぐって」（『日本の美学【特集　老い】』第22巻、一九九四年一二月、ぺりかん社）。馬場氏の「子産まぬ式部」に関する最新の研究に、「子生まぬ式部の老いの果て」（日本歌謡学会編『古代から近世へ　日本の歌謡を旅する』二〇一三年、和泉書院）がある。

（3）『全注釈』、新全集。
（4）本文引用は、新編日本古典文学全集『源氏物語②』（一九九六年、小学館）に拠った。
（5）『考』、『評釈』、集成、新全集、『全注釈』。但し新大系では、「子産まぬ式部」を上の「社」「堂」との関連で、老いの惨めさではなく生涯異性との未交渉の清楚な女性。処女のまま老いた汚れの無い姿。前の社寺と関連して聖女としている。
（6）宇津木言行「四句神歌の「場」の論へ視覚――下京稲荷社周辺の芸謡――」（『国語国文研究』第八五号、一九九〇年三月）。
（7）原文は、「以彌之弊能。能那何浮流弥知。安良多米波。安良多麻良武也。能那賀浮流弥知」。筆者が適宜、仮名、漢字などの表記を改めた。
（8）近藤信義『古代文学研究叢書8　万葉遊宴』（二〇〇三年、若草書房）。
（9）国史大系巻四一『令集解』喪葬令（一九八七年、吉川弘文館）。
（10）原文は「廣野中遇於女朱女」とある。
（11）本文引用は、新編日本古典文学全集『更級日記』（一九九四年、小学館）に拠った。
（12）本文引用は、新編日本古典文学全集『今昔物語集④』（二〇〇二年、小学館）に拠った。
（13）本文引用は、（注12）に拠った。
（14）新日本古典文学大系『閑居友』（一九九三年、岩波書店）頭注参照。
（15）本文引用は、（注14）に拠った。
（16）新全集、大系。
（17）本文引用は、新編日本古典文学全集『枕草子』（一九九七年、小学館）に拠った。
（18）本文引用は、新編日本古典文学全集『平家物語②』（一九九四年、小学館）に拠った。

(19) 謡曲「卒塔婆小町」「関寺小町」、御伽草子「小町草紙」、『玉造小町壮衰書』等。

(20) 本文引用は、新編日本古典文学全集『源氏物語①』(一九九四年、小学館)に拠った。

(21) 馬場光子「子生まぬ式部の老いの果て」(注2参照)は、当時の集団意識を「歴史的社会の流動を見つめた院政期の透徹したまなざし」としている。

(22) 「対談集　今様の世界」(中西進・新間進一他『日本の歌謡』一九七五年、河出書房新社)。

第二節　誘う女の〈神婚伝承〉

一　はじめに

恋しくは疾う疾うおはせ　わが宿は　大和なる三輪の山本　杉立てる門　（二句神歌・四五六）

四五六番歌は、私が恋しければ早く早くいらっしゃって下さい、私の宿は大和の三輪山の麓にある杉が立っている門が目印ですよ、と自らの居場所を明らかにしている誘い歌である。誘う女は三輪山に住む巫女だろうか。この歌は、「わが庵は三輪の山もと恋しくは訪ひきませ杉たてる門」（古今集・雑下・九八二・読み人知らず）をもとに発生し、長い生命力を持って流布伝承された歌謡であり[1]、当時、最も人口に膾炙されていたらしい。『枕草子』二六二段に「歌は風俗。なかにも、杉立てる門。神楽歌もをかし。今様歌は長うてくせづいたり」と記されており、この歌を風俗歌として見なしている。その原歌は、地方民謡（風俗歌）としてあったものが、『古今集』に「読み人知らず」として取り入れられたのだろうなどと言われている[2]。

三輪山は古代から神と人間との神婚説話、いわゆる三輪山伝承のある場所である。『日本書紀』の箸墓伝説や、『古事記』の「苧環型」と呼ばれる神婚伝承が有名である。『古事記』では女が男の居場所を知るために、男の着物に縫いつけた糸を辿って三輪山に到ったが、四五六番歌では相手を訪ねる男女が逆になっていることに注目したい。そして歌の背景として神婚伝承が流れていることを指摘しておく。又、三輪山には神婚伝承の他に神杉信仰があり、神杉として神の依代であり神の降臨する場所であった。三輪山の杉は、三輪明神の印でもあり、訪ねる先の居場所を示す目印であった。「三輪山」という場所そのものが、『古今集』九八二番歌と三輪山伝承と結びついて、三輪山の神が人を待っているとされた。例えば、『古今集』の代表的な女流歌人の一人である伊勢の歌に次のようなものがある。

仲平朝臣、あひ知りて侍けるを、離れ方になりにければ、父が、大和守に侍りけるへまかるとて、よみて、遣はしける

三輪の山いかに待ち見む年経ともたづぬる人もあらじと思へば　（恋歌五・七八〇）

仲平との関係が途絶えがちになっていた頃、父継蔭が赴任している大和へ行こうとした時に詠んだ歌であり、明らかに前述の『古今集』の歌を踏まえている。三輪明神の霊力を頼りにしながら、自分の許を訪れなくなって久しい男をなじっているが、自分への訪れを男に促がす勧誘の意が潜んでいる。男を待つ女の恋歌として様式的なものと言える。「三輪山」が人を待つことの表象であるなら、「杉」は、尋ねる家の標識の表象「しるしの杉」として「三輪山」と密接に結び付いていく。神の霊力が宿る「しるしの杉」に思いを込めながら、女は男の訪れ

を待ち、相手への強い思いを訴えていた。

五節に出でて侍りける人を、かならず尋ねむといふ男侍ければど、音せざりければ、女に代はりてつかはしける

杉むらといひてしるしもなかりけり人もたづねぬ三輪の山もと
（後拾遺集・恋三・七三九・読み人知らず）

『後拾遺集』の歌は、男の訪れがないのは三輪の杉の霊験が顕れない為であると嘆息している。この歌も伊勢の歌と同様に男の訪れのなさを責めながら、その反面、男の訪れを乞いている。しかし、決して女の方からは誘いかけない。三輪山の杉を詠んだ女の和歌は、どこまでも待つという姿勢なのである。そもそも和歌では、女から男に誘いかけるということが異例のこととされていた。勅撰集には、女が男を誘う例は、ほとんど無い。男女の恋の贈答歌の一般的な作法は、はじめに男は懸想の内容を詠みかけて、それを受ける女が何らかの形で切り返して応じるという形式が本来のものであった。

これらを踏まえて当該歌を眺めてみれば、和歌の表現と異なる様を呈していることに改めて気付かされる。同じ「三輪の杉」を詠んだ恋歌でも、伊勢たちの和歌がどこまでも男を待つという受動的な姿勢であるのに対し、四五六番歌の女は、「疾う疾う」と男の来訪を急かしており、非常に積極的である。平安時代の婚姻習俗である女が男を待つ、という様式に倣ってはいるものの和歌の世界に代表される王朝的美意識からは逸脱をしている。この積極的な女の誘い歌は、どのように生成されていったのであろうか。背景に神婚伝承の流れを持つ女の誘い歌とは、どのような意味を持つものであろうかという点について考察をしていきたい。

二　三輪山の歌前史

最初に当該歌の生成過程を考察するにあたり、三輪山の歌の変遷を追いかけていきたい。三輪山の歌の主な例を示す。

①わが庵は三輪の山もと恋しくは訪ひきませ杉たてる門[3]（古今集・雑・九八二・読み人知らず）

②恋しくはとぶらひきませ千早振る三輪の山もと杉たてる門[4]

三輪明神の御歌（『俊頼髄脳』）

①の「庵」は草木を結んで作った粗末な仮屋で、隠遁者や僧侶の住まいをさすことから、各注釈書[5]では隠遁者の立場から旧知に対して来訪を誘った歌としている。『古今集』雑下「隠遁」の主題に属する「雑歌」として分類されていることから分るように、『古今集』においては恋歌としては位置付けられていない。その一方で、中世には三輪明神の歌とされた古今伝授秘伝歌で、元々は三輪の巫女に関する歌謡であった[6]、和歌として古い格調を残しており、元々が大和地方で最も古い土地が衰微したころに発生した民謡であった[7]等、この古歌の発祥は歌謡だとする説もある。しかし①と同型の『古今六帖』では早くも三輪明神の歌と解されるようになり、「三輪の御」として作者名が記されている。

②では、三輪明神が住吉明神に贈った歌とされている。『袋草紙』でも「三輪明神の御歌」として詠まれている。『俊頼髄脳』に、「杉をしるしにて、三輪の山を尋ぬと詠むも、みなゆゑあるべし」と記された説話は、前半

は『日本書紀』の箸墓伝説、後半は『古事記』の苧環型神婚伝承が複合して出来ている。『俊頼髄脳』の説話では、『古事記』同様に女が糸を手繰って男の住処を訪ねており、「恋しくは」と自らの居住地を明らかにする謎掛けの歌を男（三輪明神）が詠んだことになっている。

次に注目したいのは「わがいへは三輪の山もと恋しくは訪ひきませ杉たてる門」（『和歌童蒙抄』）であり、作者が「神女」と記されている。この歌にもまつわる伝説は『顕註密勘』や『袖中抄』などにも見ることが出来る。

この伝説は、『古事記』に見える苧環型の三輪山伝承とは違い、相手の許へ尋ねているのが、男である猟師であり、男が女の許へ通う婚姻習俗には適ってはいる。「伊勢国あふぎの郡」の深山で猟師は異形の鬼に矢を射て当てた。その血痕を辿ると野の中に塚があり、その中に神女がいた。神女は猟師を招く、つまり自ら男を誘う。鬼を退治したお礼に神女は、猟師と結婚し、二人は幸せに暮らす。しかし三年経たある時、神女は生まれたばかりの子を連れて失踪してしまう。神女がいつも居た場所には、「みわの山もと杉立てる門」と②の引き歌の書付が残されていた。三輪明神の化身である神女の残した歌は、女が自らの居場所を示す誘い歌であると同時に、神からの託宣歌として、神の歌としての謎掛けの要素を持ち合わせていると解釈することが出来る。この歌を元に、猟師は無事に三輪神社で神女と我が子との再会を果たすのであった。この伝説は三輪明神の化身である神女からの謎掛けを解くことにより、神女と再会し、より強い結びつきを得る神婚伝承であると言えよう。

今様が流行していた平安末期には、『和歌童蒙抄』の伝説は流布していたと考えられる。管見の限りでは、『和歌童蒙抄』を境目に「我が宿は」型の謎掛け的要素を含んだ女からの誘い歌の例が増えている。(8) 志田延義氏(9)は、この点について『和歌童蒙抄』などに伝えられる伝説が、「恋しくは尋ね来てみよ和泉なる信太の森の恨み葛の葉」（古浄瑠璃・信太妻・木幡狐）を生成したと見てもよく、これらの三輪山の伝説から、当該歌の伝承歌謡は木幡狐の「葛の葉」を生む媒介的な地位を占めるものだと位置付けている。四五六番歌は、『和歌童蒙抄』の伝説を考慮するならば、「恋しくは疾う疾うおはせ」と誘いかける女は、歌の表現上の世界では、三輪明神の化身である神女か、少なくとも巫女など神に仕える立場の女であると読み取れる。

三　禁忌の恋

三輪山の歌の生成過程として以上に、数少ない誘う女の例の一つとして注目をしたいのが、『伊勢物語』の第七一段である。第七一段「神のいがき」は、伊勢の斎宮に仕える女が、朝廷の勅使としてやって来た男に情熱的に恋歌を詠みかける話である。

むかし、男、伊勢の斎宮に、内の御使にて参りければ、かの宮に、すきごといひける女、わたくしごとにて

ちはやぶる神のいがきもこえぬべし大宮人の見まくほしさに

男、

恋しくは来ても見よかしちはやぶる神のいさぶる道ならなくに(10)

男の返歌は、非常に挑発的である。「恋しくは来ても見よかし」の上句からは、日常的に使われる口語のような印象が感じられ、その意味では歌謡的な響きがあると言えよう。そして、相手を挑発して誘う歌として、三輪山の歌の生成に関わるものと考えられる。『俊頼髄脳』には、『伊勢物語』の影響を受けている「恋しくはとぶら

ひきませ千早振る三輪の山もと杉たてる門」が収められている。

七一段の「女」は、「狩のつかい」として有名な第六九段との関係から、『伊勢物語』の古注釈『知顕抄』[11]では、斎宮その人ではないかとも言われている。女の歌は、今にも禁忌を犯しそうな程に溢れ出す恋の情熱を訴えている。「いがき」とは、斎み清めた神聖な垣の義で、神などを祭りこめた、その周囲の垣をいう。女は神に仕える身でありながら、神聖な神域で禁忌とされる恋を男に詠みかけているので、二重の意味で禁忌を犯している。女の歌は、「ちはやぶる神の斎垣も越えぬべし今は我が名の惜しけくもなし」（万葉集・巻一一・二六六三・作者未詳）に基づいている。『万葉集』は自分の恋が世間に露見しても構わない程に会いたい、『伊勢物語』は神に仕える身であるけれども、大宮人である男に会いたい、と激しい恋情を歌い上げている。各々の抑えがたい恋の情熱が、「神のいがきもこえぬべし」と禁忌を超えようとする行為によって表現されていると読み取れる。第七一段の男女の贈答歌は、禁忌を犯すからこそ燃え上がる恋の情熱を歌い上げていると解釈できる。「ちはやぶる」という神の猛々しい霊威を表す語が、この禁忌の恋を語った第七一段を効果的に演出している。男の返歌の「神のいさぶる道ならなくに」（神は恋の道を禁止しない）についてだが、次の『万葉集』の歌の傍線箇所が典拠になっている。

筑波嶺に登りて嬥歌会を為る日に作る歌

鷲の住む　筑波の山の　裳羽服津の　その津の上に　率ひて　娘子壮士の　行き集ひ　かがふ嬥歌《かがひうた》に　人妻に　我も交はらむ　我妻に　人も言問へ　この山を　うしはく神の　昔より　禁めぬ行事《わざ》ぞ　今日のみは　めぐしもな見そ　事も咎むな（嬥歌は、東の俗の語にかがひと曰ふ）

（巻九・一七五九・作者未詳）

嬥歌とは、「かけあひ」の意で歌を掛け合わせながら踊ることを言う。[12] 男女で山に登り、豊作を予祝する、あるいは豊年に感謝する儀礼的行事であった。第一次の場では厳粛な国土賛歌が歌われ、第二次の場で「かがひ」に入り、そこでは歌舞、飲食の後に性の解放がゆるされた。つまり一種の歌垣である。

嬥歌は昔から山の神が咎めない行事だと言うが、具体的には何を咎めないのだろうか。それは、人妻を口説くことに対して咎めないと言っているのである。古代では人妻との恋は禁忌の一つとされていた。日常では禁忌とされる人妻との恋が、嬥歌という歌垣の場においては解放されていたのである。何故なら、歌垣の場である神が降臨する山は非日常的な特殊な空間であった。そのような非日常的な空間にいる男女は神と神を祭る巫女の関係に置き換えられ、彼らの性行為は神婚を模倣したものだと見做されていたからだ。

この神婚伝承を下敷きにした祝祭の論理は、『伊勢物語』第七一段では、二人の恋の舞台が神域という特殊かつ非日常的な空間であるという点において、当てはまっている。ゆえに、男は嬥歌の歌に着想を得て「神のいさぶる道ならなくに」と歌い上げて、恋の禁忌への犯しを挑発したのではないか。しかし、依然として男にとって伊勢の斎宮という神域にいる女は、神聖な女として本来なら触れることが許されない禁忌の対象であった。

人間の男が神域にいる女に憧れる想いには、前提として神と神を迎える巫女との関係があり、そこには神への信仰と男女の恋が重なっている。例えば神楽の採物・幣では、神に近づきたいという思いが男女の恋歌のように表現されている。採物とは、神楽を舞う人が手に取り持つもので、神が降臨する際の標識であり、神の憑代になる。

幣に　ならましものを　すべ神の　御手に取られて　なづさはましを　なづさはましを　（採物・幣・末）

この歌に見るように古代では人間と神の関係は非常に近しいものであり、神（男）と巫女（女）の結びつきである神婚伝承も色濃く流れていた。神の信仰と男女の恋の関係性について、馬場光子氏[13]は「神聖な神の女、神を迎える巫女に神が近づく関係が、人間の男女の関係に置き換えられた時、神ならざる人間の男は、禁忌を犯そうとする行動として、その恋が歌われるのである。その意味で神歌において神聖な犯すべからざる女は、逆に禁忌を犯して近づきたい女として、常に両義的に表現される」と指摘している。鈴木日出男氏[14]も、禁忌の対象である女の恋歌について、近づけぬ女ゆえに、かえってその禁断の領域に踏みこみたいという思いが男達の絶対的な憧憬の対象となったと述べ、古来、神域への憧れという発想が、恋歌の表現の一類型となり、前掲の『万葉集』二六六三番や、『伊勢物語』第七一段のような歌を生成したとしている。両氏の説には賛同の立場をとりたい。神への信仰が神に仕える女への禁忌の恋に繋がって、神への畏怖と禁忌の対象である女への恋は表裏一体の関係となったと言える。

当該歌の誘う女は、歌の表現上の世界では、三輪明神の化身である神女か、少なくとも巫女など神に仕える立場の女であろうことは指摘した。しかし、四五六番歌をすぐさま神婚伝承の歌だと断定するのは短絡的である。三輪山の神婚伝承は、四五六番歌の始原として考えたほうが相応しい。何故なら、古代の神と人間の密接な関係は、今様が歌われていた平安末期では薄れていたからだ。『梁塵秘抄』の時代は、神との関係を利用しながら、人と人との関係を歌い上げていたのではないか。次は、この点を考察しながら、三輪山の歌や誘う女の例を見ていきたい。

四　神婚伝承から人間の恋歌への変遷

神との関係を利用しながら、人と人とが関係を繋いでいく例として、『源氏物語』賢木巻を挙げる。

月ごろのつもりを、つきづきしう聞こえ給はむも、まばゆき程になりにければ、さか木をいささかおりて持給へりけるを、さし入れて、(光源氏)「変わらぬ色をしるべにてこそ斎垣も越え侍りにけれ。さも心うく」と聞こえ給へば、

神垣はしるしの杉もなきものをいかにまがへておれるさか木ぞ　(六条御息所)

と聞こえ給へば、

少女子があたりと思へばさか木葉の香をなつかしみとめてこそおれ　(光源氏)[15]

女を訪れたものの、光源氏は幾月の無沙汰による気恥ずかしさから、言うべき言葉も見つからない。一方、御息所もこれまでの無沙汰に加え、元々が気位の高い女性であるので、光源氏を御簾の内に入れようとも、言葉を掛けようとしない。しかも、野宮という神域の中にいる御息所は、俗人の男が触れてはいけない禁忌の対象の女でもある。その為、光源氏は神の植物である榊を御簾の内にさし入れる。榊は、神楽で歌われる採物の一つである植物である。神聖な榊を手にすることにより、光源氏は巫女を訪れる神の資格を擬似的に手に入れた。更に榊が常緑樹であることに因んで御息所への変わらぬ恋情を訴え、神域の境界でもある斎垣を越えるという禁忌を犯す。(傍線箇所)それに対して、御息所は光源氏の「榊」「斎垣」という言葉から「神の斎垣」を導き出し、三輪

山の古歌を引き歌にして、光源氏の言葉に応答した和歌を詠む。この場面では、日常的な言葉での交流が成り立ち難い程に疎遠となった男女が、「榊」「斎垣」「神垣」など神を象徴する歌語で「神域」という場に相応しい歌を詠むことによって、辛うじて交流していく様が描かれている。神と巫女の関係である神婚伝承を利用して、男女の恋に置き換えることによって光源氏は御息所に働きかけ、御息所も応答しているのである。またこの場面で光源氏の再燃する御息所への恋情には、禁忌の対象となった女だからこそ燃え上がる恋の情熱が窺い見えよう。

女の誘い歌の例を見てみよう。催馬楽の「東屋」は、愛人の訪れを男女の問答の体をなして歌っており、男が女を夜這う通い婚の習俗から生まれた歌謡とされている。しかし、和歌で詠んだ東屋と、実態との剝離に着目した中田幸司氏[16]は、東屋を「和歌や実態を知識として有した宮廷人によって創作された歌謡」としている。

東屋の　真屋のあまりの　その雨そそき　我立ち濡れぬ　殿戸開かせ
鎹も　錠もあらばこそ　その殿戸　我鎖さめ　おし開いて来ませ　我や人妻[17]

前半は雨に濡れた男の詞章であり、後半は「我立ち濡れぬ　殿戸開かせ」という男の申し出に応える女の詞章である。女は殿戸には鍵がかかっていないので「おし開いて来ませ我や人妻」と男を誘う。「我や人妻」のヤは反語の助詞であるので、人妻ではありませんよ、の意になる。このような反語表現を用いている点に、この歌謡の面白さがあると言える。また、自分の愛人に対して、敢えて「人妻」と歌いかけることによって、多少の緊張感、人妻という禁忌への刺激を与えようとしているとも読み取れる。

この催馬楽は『源氏物語』の巻名にもなり、紅葉賀巻でも用いられている。温明殿から聞こえてくる源典侍の琵琶に心惹かれた光源氏が、「東屋」を謡いながら近寄ってみると、中から源典侍が「おし開いて来ませ」と「東屋」の後半の詞句どおりに光源氏を誘引する。女の誘い歌である「東屋」を引き歌として男女の贈答歌がなされるという場面である。

「おし開いて来ませ」と光源氏を誘引するのも、本来なら男から詠みかけるべき贈答歌も最初に詠みかけているのは、女である源典侍である。この積極的に誘う女である源典侍は、二重の意味で禁忌の対象であると言える。第一に源典侍が人妻であるという点、第二に典侍という役職が、温明殿の内侍所にある賢所で、三種の神器の一つである鏡を祀るという巫女的な役目を担っていたという点においてである。[18] 源典侍物語の背景には、人妻と神に仕える女への禁忌が潜んでいる。[19] それらの禁忌をも含めて、老女の艶笑譚として描かれているということに注目をしたい。そして、「東屋」は、この場面において宮廷人である光源氏と源内典侍との知的な恋の遊びとして機能をしている。「東屋」そのものが、宮廷人による創作歌謡であったという中田氏の指摘とも、呼応していよう。

『平中物語』第三六段「楢の木の並ぶ門」では、『源氏物語』の源典侍同様に女から積極的に男を誘っている。但し、『平中物語』の女は源典侍と異なり、人妻でもなければ神に仕える立場の女でもない。つまり禁忌の対象ではない俗人の女として設定されている。この女も、家の前を通りかかった男に自分から歌を詠みかけるなど積極的である。女からの贈答歌をきっかけに、二人の間で時々恋文のやりとりがされていた。しかし、ある日、女はどこかへ行方をくらました。その際に、女が男に残した歌である。

我が宿は奈良の都ぞ男山越ゆばかりにしあらば来て問へ

三輪山の古歌「我が宿は」の発想がある居住地を示す謎掛け歌である。「奈良」には、女の家の目印である「楢」の木が掛けられている。『古今集』九八二番歌と類似した歌型であるが、特に神を象徴する歌語は詠まれてはいない。男はこの時には女の歌の謎掛けを解くことが出来なかった。やがて年月が経た頃、男が親のお供で初瀬参りに行った帰りに偶然二人は再会する。その際にも、また女から積極的に男をなじる歌を詠みかける。それに対する男の返歌である。

楢の木のならぶ門とは教えへねど名にやおふとぞ宿は借りつる

上句は、女の歌と同様に三輪山の古歌が念頭において詠まれている。第三六段は、随所に『古事記』の三輪山伝承を髣髴とさせる素材が散りばめられているが、男も女も俗人であり、何より男が自発的に謎掛けを解いて女の許にたどり着いていないので、神婚伝承の色は薄い。むしろ二人の歌は、三輪山の古歌の形式を借りた機知にとんだ恋の謎掛け歌として機能している。

『梁塵秘抄』より後世の例だが、三輪の古歌を受容した女の誘い歌として、御伽草子『物くさ太郎』の侍従の局の歌がある。主人公の物くさ太郎は、清水寺で見初めた美しい侍従の局を妻にして連れ帰ろうとする。住処を尋ねられて困惑した侍従の局は、田舎者の物くさ太郎を適当に歌の謎掛けをして、その隙に逃げようとするが、物くさ太郎はすらすらと謎を解いていく。窮した女が最後に詠んだ歌が次である。

思ふならとひても来ませわが宿は唐橘の紫の門

それまでは、巧みに侍従の局の謎掛けを解いていた物くさ太郎だったが、この歌だけは何故か解けず、思案している隙をついて侍従の局は逃げおおせる。「思ふなら」の歌は、『古今集』九八二番歌と、『梁塵秘抄』四五六番歌などに見られる三輪の伝承歌を踏まえている。女に逃げられた後も、諦めきれない物くさ太郎は、侍の詰所で「唐橘の紫の門」を教えてもらい、侍従の局と再会をし、めでたく結婚をする。『和歌童蒙抄』や『俊頼髄脳』の伝説では、歌の謎掛けによって正体を暗示することによって、詠み手としての三輪明神は神としての神性を顕露していた。しかし「物くさ太郎」においては、三輪の伝承歌から謎掛けという形式こそ受け継いでいるが、歌の背景としてあった神の姿や神婚伝承の色は薄れ、「我が宿は」「恋しくは」の歌は男女を結びつける役割を担って人間同士の恋の歌へと変質している。その結果として歌自身の謎をどう解くかという言語遊戯の側面が強調されていくことになる。

誘う女の例を考察してきたが、『梁塵秘抄』としては、どのように歌われていたのだろうか。三輪山の伝承歌は形を変えながら、神婚伝承の歌から人間同士の恋の歌として受容されていった。当該歌も神歌としての形式を借りた謎掛けの恋歌として、祭りや宴で笑いとともに、或いは男女の間で機知にとんだ恋の謎掛け歌として歌われていたのではないかと考えられる。しかし歌われる場はどうあれ、歌の表現世界として誘う女は、神女、或いは三輪の神に仕える巫女として読み取ることが出来る。四五六番歌は、禁忌の対象である神の女の立場から敢えて詠むことによって、誘い手である女が神の領域の女であることを匂わせていた。それによって男の禁忌への欲望を刺激し、「恋しくは疾う疾うおはせ」と男に禁忌を乗り越させようと挑発をしていたと言える。

最後に三輪山の女や、『伊勢物語』第七一段の女、『源氏物語』の源典侍のように神に仕える女が自ら男を誘うという行為には、禁忌への挑発以外にどのような意味があるのだろうか。彼女らは神の女として禁忌の対象である反面、神の加護があるから許されるという超人的理論を持って複数の男を通わせられるという両義性を持つ存在だからと言える。重婚思想が可能な女の果てとして、不特定多数の男たちに春を売る遊女が想定することが出来る。

五　春の焼野で誘う女

『梁塵秘抄』には四五六番歌の他に、もう一つ女の誘い歌がある。

春の焼野に菜を摘めば岩屋に聖こそおはすなれ　ただひとり　野辺にてたびたび会ふよりは　な　いざ　たまへ　聖こそ　あやしの様なりとも　妾らが柴の庵へ
(四句神歌・僧歌・三〇二)

この歌の直後には、次の一首が配される。

柴の庵に聖おはす　天魔はさまざまに悩ませど　明星やうやく出づるほど　終には従いたてまつる
(同・三〇三)

三〇二番歌は春の焼け野に若菜を摘む女が、聖を自分の住処である柴の庵へと誘う歌である。季節は早春である。枯れ草を焼き払った野原で菜を摘む女が、聖を庵に誘う。

三〇二・三〇三番歌で歌われる「聖」についてだが、「聖」という語は「日知り」の意から発祥し、知徳が高くて、万人の師範と仰がれる人を指し、聖帝、聖人、仙人、僧侶、修験者、その方面の一流の芸能者など種々の意味に用いられる。三〇二番歌では、岩屋で修行をしている僧侶、修行者として解釈するのが妥当である。[20] 修行者の住処としての岩屋については、第一章第一節で既に指摘した。「会ふ」は、男女の交わりを意味する言葉なので、聖にとっては誘惑の意が強いと言える。この岩屋で修行をしている聖を誘惑する賤の女の歌の成立には、二つの流れがある。

一つは、民間習俗の春山入り歌垣としての流れである。早春は農耕民族においては若菜摘みの季節であり、早くから『万葉集』に見え、「春日野に煙立つ見ゆ娘子らし春野のうはぎ摘みて煮らしも」（巻一七・一八七九・作者未詳）などがある。春の焼け野に野遊びの歌としては、「春日野は今日はな焼きそ若草のつまもこもれり」（古今集・春雑・一七・読み人知らず）が挙げられる。春日野は若菜の名所として詠まれることが多い場所である。春日野の野守に向かってであろうか、今日は焼かないでくれ、若草の夫（妻）も、私も隠れているのだから、と草原に隠れた相手をかばって詠んでいる。

春の野原は、男女が邂逅する場所であり、そこには村落の春山入り歌垣という古代からの民間習俗が背景として流れている。この三〇二番歌の舞台について渡邊昭五氏、[21] 馬場光子氏[22]がその舞台の場面は『万葉集』巻一六・三七九一～三八〇二番歌の竹取翁と九人の「神仙」である仙女との遭遇が連想されると述べる。三七九一～三八〇二番歌の題詞を見てみよう。

昔老翁あり、号を竹取の翁といふ。この翁季春の月に、丘に登り遠く望す。忽ちに羹を煮る九箇の女子に値ひぬ。百の嬌は儔なく、花の容は匹なし。ここに娘子等、老翁を呼び嗤ひて曰く、「叔父来れ、この燭火を吹け」といふ。ここに翁唯唯といひて、漸くに趨き徐に行き、座の上に着接きぬ。（略）竹取の翁謝まりて曰く「非慮る外に、偶に神仙に逢ひぬ。迷惑ふ心、敢へて禁むる所なし。近づき狎れぬる罪は、希はくは贖ふに歌を以てせむ」といふ。即ち作る歌一首并せて短歌

まず注目したいのが、羹を煮る美しい九人の仙女が「老翁を呼び嗤ひて曰く」と竹取の翁を笑いながら誘っている点である。仙女の積極性は、性を解放する祝祭である歌垣が背景にあるところに拠るのだろう。歌垣の場で、女性が男を誘う例に、若い女性が老人を誘いかけて、からかう歌垣歌がある。

岩の上に小猿米焼く。
米だにも食げて通らせ、羚羊《かましし》の翁《おぢ》。（『日本書紀』皇極天皇二年一〇月条）(23)

この歌は、歌垣に参加している老人を誘う歌である。「岩の上に　小猿米焼く」は、春の初めの山遊びで、山の神に仕える供える焼米を女たちが焼いている光景である。「小猿」は可愛い猿の意で、春山の歌垣に参加する若い女性たちを例えたものである。焼米の残りは、歌垣の参加者たちに配って皆で食べるのであるが、これはカモシカのような顎鬚の生えた老人を、せめて焼米でも食べてお通りなさいよ、と誘う歌である。男或いは女が「……して通れ」と呼び掛けるのは、「天飛む軽譲子。しただにも寄り寝て通れ。軽譲子」（『古事記』下巻）、「夏草

の阿比泥の蠣貝に足踏ますな。明かして通れ」（『古事記』下巻）の歌垣歌に見られるように、歌垣以外の場ではありえないことで、故に歌垣の誘い歌の慣用語と認められる。

当該歌の「春の焼け野」は、馬場・渡邊の両氏が指摘しているように、春の歌垣という場が背景として想定されており、そこには、歌垣の根底に流れている神婚伝承に基づいた性の解放という古代の言説が潜んでいると言えよう。宇津木言行氏[24]は、早春の季節は、厳寒期に行われる岩屋籠りの修行者である聖を想定しているとする。この聖自身も、過酷な修行をしていた冬を経た後、高い験力を得て、早春に解放される。早春には、性と聖の解放という二重性があった。

六　聖と恋の禁忌

この歌のもう一つの流れは、天魔降伏の仏教説話の中に流れを見出すことが出来る。この歌は、経典には典拠を見出しえないことが指摘されている[25]。美しい女に化けて釈迦の成道を妨げようとする天魔の仏教説話は、『過去現在因果経』を典拠とした『今昔物語集』巻一第六話「天魔、菩薩の成道を妨げむとせる事」等[26]がある。釈迦が成道によって己の境界を越えることを恐れた天魔は、「形チ端正」である三人の娘を使って、釈迦を堕落させようとする。三人の女の名は、「染欲・能悦人・可愛楽」といった。彼女らの名は、人に悦びを与え、愛し合い楽しむべしと欲望に染めるという、それぞれの属性を示す。この釈迦を誘惑する女が、三〇二番歌の女と重ねられている。三〇二番歌は、独立して見るならば賤の女の誘い歌として解釈できるが、次に配された三〇三番歌を連作と見ると、聖の成道を妨げる為に美女に化けた天魔の歌として、仏教の成道説話の一段階だとされている。

三〇二番歌と三〇三番歌は、初句と末句の「柴の庵」という言葉によって蝶番のような関係で繋がっている。

三〇三番歌は『天台大師和賛』の一部「其後花頂峰にして、後夜に座談し給ふに、天魔は種々悩ませど、降伏したまひ御座しにき、明星漸く出る程、胡僧形を現じてぞ、自行化他に今よりは、影向せんとは誓ひてし」が典拠となっている。天魔は欲界の最高所の第六天（他化自在天）の主、魔王で、仏や修行者に対して様々な悪事をなすという。その天魔が化身した美女の夜通しの誘惑に打ち克ち、明星が輝く頃に成道に至り天魔を克服する聖の姿が歌われている。三〇二番歌と連作として見ることによって、非常に優れた成道へ至る劇的な構成の歌となる。

以上が先行する解釈の見解である。三〇三番歌は経典を踏まえて生成されたことは確かであり、三〇二番歌は仏教説話の影響を受けている点は否めない。しかし筆者は、三〇二番歌は、仏教として禁忌の対象である聖を誘う女の恋歌と考える。

三〇二番歌では女の住処だった庵に、三〇三番歌では何故、聖はいるのだろうか。それは、二首の連作としての繋がりを慮れば、三〇二番歌では岩屋で修行をしていた聖は、女の誘いに応じて柴の庵に足を踏み入れたと考えられる。つまり聖は一度、女の誘いに応じたのである。

三〇二番歌は、誘う女の視点で詠まれているが、三〇三番歌は、第三者的な視線で誘われる男である聖を讃えている。「柴の庵」という歌語をしりとり式に歌いこみながら、女から男へと視点が切り替わっている。それと同時に、聖のいた岩屋から、女の住処である柴の庵へと、空間の移動もなされている。

聖を誘う行為は、非常に罪深い。聖は仏教的な意味で禁忌の対象だからである。四五六番歌では、誘う女が神の女として禁忌の対象であったが、三〇二番歌では誘われる男が、聖として禁忌の対象である。誘う女としても、仏教的な禁忌を犯すのだから勇気が必要となる行為である。その禁忌を乗り越える為に、三〇二番歌の舞台は、春山入り歌垣を背景にした「春の焼け野」が舞台になっているのではないだろうか。

馬場氏は、誘う女を村落の春山入り習俗の呪的発想を担った女であると指摘している。誘う女が、神婚伝承によって性が解放される祝祭としての歌垣の発想を持つ女だからこそ、仏の禁忌に対抗する力を得て聖を誘えたのではないかと思う。

誘われる聖にとっても、女の誘いに応じて禁忌を犯すことは非常に罪深いことであった。例えば「四分律」は「寧ろ男根を以て毒蛇の口中に著くるとも、持ちて女根の中に著けざれ、何を以ての故に、此の縁を以て悪道に堕せざるも、若し女人を犯せば、身壊し命終して三悪道に堕す、何を以ての故に、我れ無数に方便して断欲の法を説き、欲想を断じ、欲念を滅し、欲熱を除散し、愛結を越度せしむ[27]」と女色を犯すことを固く戒めている。女色への禁忌は、高徳の聖、僧侶である程、強かったであろう。『道成寺縁起絵巻』で女の愛欲の炎で焼き殺された若い僧侶、『今昔物語集』巻二〇第七話の説話で染殿后への愛執から鬼になった聖（紀僧正真済）、愛欲で身を滅ぼし悲惨な運命を辿った聖、僧侶の例は枚挙に暇がない。故に、聖を誘うという行為は、誘う女にとっても、誘われる男にとっても一層強い禁忌の犯しとなったのである。

池田三枝子氏[28]は、誘う女は男からすればまっとうな相手ではなく、普通の人間ではないという意味で異人性を持っていると指摘している。聖にとって自らに誘う行為をする女は危険な存在であり、それに加え禁忌の犯しを辞さない強い女の情熱は、常軌を逸した恐ろしいものであったろう。だから、女の情熱的な恋の誘いは成道を妨げるものとされた。異人性を持つ誘う女は、三〇三番歌で経典を引用して、人外の存在である天魔だと表現されたのだろう。

三〇二番歌は禁忌を挑発する女の恋歌であり、三〇三番歌は女を天魔と解釈して、誘惑に打ち克ち成道にいたる法文歌である。「聖」「柴の庵」と共通する語を介して連作として歌われながらも、二首からは恋と宗教の対立という構図を読み取ることが出来る。仏教への恋の禁忌を歌うということは、法文歌を数多く収める『梁塵秘抄』ならではの特色であろうと言える。

三〇二番歌で聖を誘惑する女[29]かは定かではないが、聖などの宗教者と関わりの深い女として、『発心集』の少将聖と室泊の遊女、『古事談』の書写上人と神崎の遊女など、遊女の存在を指摘しておく。

【注】

（1）新大系。
（2）渡邊昭五『梁塵秘抄の風俗と文芸』（一九八一年、三弥井書店）。
（3）同じ歌として「わが庵は三輪の山もと恋しくは疾う疾うきませ杉たてる門」（古今六帖・一三六四・三輪の御）、「わがいへは三輪の山もと恋しくは訪ひきませ杉たてる門」（和歌童蒙抄・七〇七・神女）がある。『古今集』の詠み手が隠遁者であったのに対して、『古今六帖』では三輪明神、『和歌童蒙抄』では神女の歌とされているのが大きな違いである。
（4）同じ歌として「恋しくはとぶらひきませ我が宿は三輪の山もと杉たてる門　三輪明神の御歌」（『袋草紙』）がある。『俊頼髄脳』とは、第三句のみが異なる。『古今集』九八二番歌とは、「我が庵は三輪の山もと」と「恋しくはとぶらひきませ」の位置が入れ替わっている。三輪明神の御歌として掲げられている点に注目。
（5）片桐洋一『古今和歌集全評釈』（一九九八年、講談社）、松田武夫『新釈古今和歌集』（一九七五年、風間書房）、竹岡正夫『古今和歌集全評釈』（一九八三年、右文書院）。
（6）新日本古典文学大系『千載和歌集』（一九九三年、岩波書店）脚注。

（7）新編日本古典文学全集『古今和歌集』（一九九四年、小学館）脚注。
（8）それ以前は、この三輪山の歌は、読み人知らず、或は三輪明神の神詠として扱われていた。
（9）志田延義『日本歌謡圏史』（一九六八年、至文堂）。
（10）本文引用は、新編日本古典文学全集『伊勢物語』（一九九四年、小学館）に拠った。
（11）伝大納言源経信『知顕集――伊勢物語知顕抄――』内閣文庫蔵・伴直方朱筆校本（竹岡正夫『伊勢物語全評釈』一九八七年、右文書院）。
（12）伊藤博『万葉集釈注』（一九九六年、集英社）。
（13）馬場光子『走る女――歌謡の中世から――』（一九九二年、筑摩書房）。
（14）鈴木日出男『王の歌――古代歌謡論――』（一九九九年、筑摩書房）。
（15）本文引用は、新編日本古典文学全集『源氏物語②』「賢木」（一九九五年、小学館）に拠った。
（16）中田幸司「女は誘う」（日本歌謡学会編『古代から近世へ　日本の歌謡を旅する』二〇一三年、和泉書院）。
（17）本文引用は、新編日本古典文学全集『催馬楽』（二〇〇〇年、小学館）に拠った。
（18）典侍の巫女性については、小嶋菜温子「光源氏と源典侍・再説――神歌をめぐりつつ」（『中古文学』五六号、二〇〇五年一一月、中古文学会）で指摘されている。新編日本古典文学全集『源氏物語①』（一九九四年、小学館）の頭注では、源典侍は、神の来臨を歓待する巫女のような趣で源氏を迎え入れているとしている。
（19）「紅葉賀」は、源典侍が桐壺帝の愛人だったこと（つまり父親の愛人と密通をした）、源氏が彼女と戯れたのは清涼殿の御湯殿の間で、共寝をしたのは賢所のある温明殿であることから、藤壺事件と類似した王権への禁忌性が瞥見されると、三谷邦明『物語文学の方法II』（一九八九年、有精堂）は分析している。
（20）『考』でも「聖」は高徳の僧侶として解釈をしている。
（21）渡邊昭五『梁塵秘抄の風俗と文芸』（注2参照）。

(22) 馬場光子「今様・女歌の恋――呪性から詩情へ」(『解釈』四一―一二号、一九九六年八月)。

(23) 『日本書紀』で、この歌は皇極二年一〇月条に、時の人曰く、蘇我入鹿(小猿)が山背大兄王(羚羊の翁)の斑鳩の宮を襲って焼くこと(米焼く)を予兆した童謡であると記されているが、歌垣の歌の語句を、山背大兄王の事件に付会した解釈で、「時人」に名を借りてこのような解釈をしたのは、『日本書紀』の述作者自身である、と土橋寛・池田彌三郎『鑑賞日本古典文学第四巻　歌謡I』(一九七五年、角川書店)は指摘している。

(24) 宇津木言行「聖を誘う」(注16参照)。

(25) 志田延義『梁塵秘抄評解』(一九七三年、有精堂)、『考』。

(26) 他にも同類の説話は、『今昔物語集』巻四・八話「優婆崛多、天魔を降せる事」がある。

(27) 本文引用は、竹村牧夫校訂『国釈一切経印度撰述部　律部一』(二〇〇〇年、大東出版)に拠った。

(28) 池田三枝子「源氏物語と万葉集――誘う女・追う女――」(『年報』第二九号、二〇一〇年三月)。

(29) 宇津木言行「聖を誘う」(注16参照)は、三〇二番歌の聖を誘う女(歌い手)に、「山林近く小屋掛けして、客を引いていたクグツのような遊女」の可能性を指摘する。

第三節　呪う女——恋の恨みと呪詛、三本角の鬼

一　はじめに

われを頼めて来ぬ男　角三つ生ひたる鬼になれ　さて人に疎まれよ　霜雪霰降る水田《みずた》の鳥となれ　さて足冷たかれ　池の浮き草となりねかし　と揺りかう揺り揺られ歩《あり》け

（四句神歌・雑・三三九）

男を呪う女の一首である。恋人である男の訪れが途絶えたのだろう、その時の女の激しい、押さえ難い怒りの感情が、剝き出しとなって男への「呪い」という形を取って表現されている。三三九番歌と対照的に、和歌では、恋の怨恨によって相手を呪う歌はなく、男の夜離れ、女の独り寝という当該歌と同様の内容を題材としたものは、恋の恨みとして優雅に詠まれた(1)。和歌では表現されない呪いをテーマにした当該歌は、特殊な一首である。

当該歌の第三句と第五句は、それぞれ第二句・第四句の繰り返しの形となり、「角三つ生ひたる鬼」「水田の

鳥」「池の浮き草」と呪詛を具体的に表す比喩を列挙し、末句で「揺りかう揺り揺られ歩け」と男の境遇の果てを呪う形で締めている。当該歌の特徴として、句の繰り返しによる歌い替えや、結句でも「揺り」が繰り返し歌われていること、「さて」「なりねかし」と和歌では用いられることのない口語的な表現が用いられていることが指摘できる。卑俗的かつ口語的であるという意味において、俳諧歌に一脈通じるところがあると言える。また七句中六句が全て命令形である。三三九番歌の繰り返し反復する歌型と、比喩の列挙、命令形の連発には、歌謡としての面白さの他に呪文歌であるかのような印象を受ける。ジャクリーヌ・ピジョー氏[2]は、物尽しの根底には、列挙による賛美があり、相手の美点を列挙することが祝詞の意味があり、それは裏返せば悪徳を数え上げるのは呪いに転化すると述べている。当該歌も比喩の列挙によって、物尽しの論理が基底にある呪いとなっていると言えよう。

当該歌の直前には、男の夜離れを詰り、罵声を浴びせる「巌粧《けしよう》狩場の小屋並び　暫しは立てたれ閨の外に、懲ろしめよ　宵の程　昨夜も昨夜も夜離れしき　悔過はしたりとも〳〵目に見せそ」（雑・三三八）という主題を同じくする一首が並ぶ。この今様の歌い手は、傀儡子或いは、遊女といった芸能者の女性であると推測されている。[3]この歌との関連から、当該歌も遊女の歌とされている。

三三九番歌で、列挙された三つの比喩「角三つ生ひたる鬼」、「霜雪霰降る水田の鳥」、「池の浮き草」は、実は相手への呪いであると同時に、歌い手である遊女の境遇にも重なるという二重性を有している。

それらが、呪いの比喩としてどのような意味を持ち、機能していくのかという問題と、何故、遊女の境遇に返っていくのかについて考察してみたい。最後に「角三つ生ひたる鬼」という特殊な鬼が、表象として、どのような意味を持ち、呪いの比喩となっていくのかを論じる。

二　呪詛する女の歌

それでは、具体的に呪いの比喩を読み解いていこう。

Ⅰ　霜雪霰降る水田の鳥

「霜雪霰降る水田の鳥となれ」の霜、雪、霰は、『枕草子』第二二三段「降るものは」では、情趣のあるものとして取り上げられている。

降るものは、雪。霰。霙は、にくけれど、白き雪のまじりて降るをかし。
雪は、檜皮葺、いとめでたし。すこし消えがたになりたるほど。また、いとおほうも降らぬが、瓦の目ごとに入りて、黒うまろに見えたり、いとをかし。
時雨、霰は板屋。霜も板屋、庭。(4)

降るものとしては、雪と霰が素晴らしく、板屋に降る霰の寂しげな音と、板屋と庭に霜が置いてあるものに趣があると述べている。霰の降る寂しげな音に美を見出している例に「あしぶきの宿にも音ぞ聞ゆなる木のはの上に霰降るらし」（月詣集・九二六・藤原定家）などがある。雪は花に見立てられて数多く詠まれ、霜は情景に寒冷の気を満たし、景物を変化させ晩秋や冬の、冷えた情景、冷寂の美を作り出すものとして、これも多く詠まれてきた。和歌の世界では、冬の冷寂の美を形成する景物であったものが、三三九番歌では、水田の鳥の足を凍りつかせる呪いの事物として機能している。

和歌の伝統的な言葉を詠み込みながら、逆に呪いを具象するための言葉として用いられている点が、この歌の大きな特徴の一つである。『梁塵秘抄』より時代は下るが、謡曲「恋重荷」に霜、雪、霰の例がある。

思ひの煙立ち別れ、思ひの煙立ち別れ、稲葉の山風吹き乱れ、恋路の闇に迷ふとも、跡弔はばその恨みは霜か雪か霰か、終には跡も消えぬべしや。これまでぞ姫小松[5]の、葉守の神となりて千代の影をも守らん。[6]

「恋重荷」は、弄ばれた恋の執念を主題とした作品である。[7] 庭番の老人が、美しい女御に恋をし、綾錦で包んだ重石を背負って御苑を千度廻れば女御の麗顔を拝ませてやる、という約束に目が眩み挑むが、叶うことなく恋死にした。死後、悪鬼になり女御を責めるが、忽ち転心して、葉守の神となって姫小松（女御）の守護を誓うという話である。

鬼になる対象が、「恋重荷」では老人、当該歌では相手の男という違いこそあるが、大きな共通点として、頼みにした相手に裏切られたときの恨みや嘆きが、相手への攻撃性として向けられていることが挙げられる。「恋の重荷」の老人も、恋死して鬼として登場した際に、「言寄せ妻の空頼め」と述べてから、女御を恨めしい、恨めしいと責め立てている。[8]

「恋重荷」の霜、雪、霰は、「消える」の縁語であり、それらが溶けるという性質から恋の恨みが溶けるという意味で用いられている。しかし三三九番歌の霜、雪、霰は「恋重荷」とは対照的に、頭上から降り注ぎ、水を凍りつかせ、一層、足を冷たくする呪いの言葉として発動している。

和歌で「水田」が詠まれるようになるのは、院政期以降である。そのうち、水田にいる鳥の例は「雁がねのうるへる翼うちたれて水田の穂立ち踏みし立つらん」（久安百首・五四〇・藤原隆季）がある。雁が水田の稲穂を踏む様を詠む一首である。季節は秋なので、水田を踏む雁の足は、当該歌の「水田の鳥」よりは冷たくないだろう。院政期前後では、水田と鳥を詠んだ例は、『久安百首』の歌以外には、管見の限りではない。「水田の鳥」は、和歌の語ではなく、歌謡独自の語である。

馬場光子氏[9]は、戸外にある水田を見る女、平安時代の女は家の内にあるものとする社会通念から外れ、尚且つ、戸外にいることを生業として、冬の水の冷たさを知る水辺の女として、遊女が想定できると述べている。『遊女記』には、江口、神崎、蟹島の川べりの遊女の生態が描かれている。それによれば「門を比べ戸を連ねて、人家絶ゆることなし。倡女群を成して、扁舟に棹をさして旅船に着き、もて枕席を薦む」と記述があり、旅船が泊に着くと、遊女たちは小端舟に乗って漕ぎ寄せて、川波の音に響かせて鼓を打ち、今様・雑芸を謡い、時には枕席を共にした。遊女たちは、定まった宿を持たない漂泊民であった。『梁塵秘抄』にも、遊女の習俗を謡った「遊女の好むもの　雑芸鼓小端舟　簦翳艫取女　男の愛祈る百太夫」（四句神歌・雑・三八〇）がある。また水上を漂う遊女の寄る辺のなさを謡ったものとして、「白浪の寄する渚によをすぐす海人の子なれば宿もさだめず」（和漢朗詠集・遊女・七二二・海人詠[10]）がある。水上で生活を営む水の女としての遊女は、馬場氏が指摘するように「水田の鳥」に結び付く存在であろう。

呪詛の比喩である「水田の鳥」は、遊女の視点で歌われたからこそ、己の侘しく辛い境遇が投影されたのではないか、と解釈できる。

Ⅱ　池の浮き草

「水田の鳥」に遊女への連想を重ねることによって、三つ目の「池の浮き草となりねかし」へ水辺に縁があるものとして、連想が繋がっていく。「浮草」とは水面に浮かんで成育し、根が水中で固定していない草の総称である。当該歌では、頼りがいのない男のことを根のない浮草に例え、[11]浮き沈みする生涯とその不安を象徴する語であるとされている。[12]「浮草」の例としては、小野小町の歌がある。

文室康秀、三河掾になりて、「県見には、え出でただじや」と言ひやりける返事によめる

わびぬれば身をうき草の根を絶えて誘ふ水あらばいなむとぞ思ふ　（古今集・雑・九三八・小野小町）

これは、文室康秀の誘いに対して、小町は心細く侘しい日々を送っているので、我が身を「憂きもの」と見て、「浮草」に例えて、「浮草の根が絶えているように、水の流れに身を任せて、あなたの誘いに乗って、三河国へお供しましょう」と応える。

片桐洋一氏[13]によれば、文室康秀のような都人にとって地方へ赴くことは、「宮廷文化とは絶縁した地方の生活をすることであって、耐え切れない精神的負担」であった。文室康秀も本来なら行きたくない場所へ誘うということは、小町が同意しないことを前提とした冗談めかした赴任の挨拶と見るべきだろう。それに対して、遠く離れた地方への誘いに応じた小町の我が身を根のない「浮草」に例えた歌は、寄る辺のない境遇の女の比喩としてだけでなく、後世、小町落魄説話、小町流浪説話の原点として据えられる。[14]小町の落魄・流浪説話が流布していた平安末期では、「浮草」は、流れのままに漂う不安定なものとしてだけでなく、落魄・漂泊の表象としての意

味を伴って、認識されていたと考えられる。

「池の浮草のなりねかし」という呪いの言葉は、更に「と揺りかう揺り揺られ歩け」と結ばれる。「ありけ」は、「あるく」の古い形で、平安時代では一般に見られる形ではあるが、徒歩についてよりも、うろつき回るという意で用いられる。『梁塵秘抄』の他例でも「わが子は十余になりぬらん　巫してこそ歩くなれ（後略）」（三六四）、「わが子は二十になりぬらん　博打してこそ歩くなれ（後略）」（同・三六五）など、歩き巫女や博打打ちになり流浪する我が子の状態を示す言葉としてうたわれている。

浮草のように水上を流れ漂う寄る辺のない身の上、あてどなく漂泊する身の上は、そのまま水上を漂白する遊女の境遇に当てはめられる。三つ目の呪いも、二つ目の比喩と同様に、遊女自身の辛い境遇を表す比喩であり、故に恨む男に自分と同じ目に遭わせたいという論理を持って発せられた、と考えられる。男への呪いをうたっても、結局は我が身の悲しさ、境遇の厳しさを相手に擬する外はなかったところに、呪詛者である遊女自身の悲哀も垣間見えるのだ。

三　三本角の鬼と女

ここでは、一つ目の呪い「角三つ生ひたる鬼になれ　さて人に疎まれよ」について考察をしていきたい。これまでの解釈では、三本角に鬼の例が見つからないことから、醜さ、怒りの誇張表現、即興的に歌ったとされていた。

鬼の姿を確認してみよう。平安初期頃まで、鬼は地獄の獄卒の牛頭・馬頭以外、具体的な姿は描かれていない。鬼の姿は院政期になると、はっきりとしたイメージを持って具体的に語られようになる。『今昔物語集』には鬼を描写した例が多くある。

①怖ゲナル鬼共ノの行ク也ケリ。或ハ目一ツ有ル鬼モ有リ、或ハ角生タルモ有リ、或ハ手数タ有モ有リ、或ハ足一ツシテ踊ルモ有リ。（巻一六第第三二話）

②見レバ、額ニ角一ツ生テ、目一ツ有ル者ノ、赤キ俗衣《たふさぎ》ヲシタル鬼也。（巻一七第第四七話）

③其ノ形、身裸ニシテ頭ハ禿也。長八尺許ニシテ、膚ノ黒キ事漆ヲ塗レルガ如シ。目ハ鋺ヲ入タルガ如クシテ、口広ク開テ剣ノ如クナル歯生タリ。上下ニ牙ヲ食ヒ出シタリ。赤キ俗衣ヲ搔テ槌ヲ腰ニ差シタリ。（巻二〇第第七話）

角を生やした恐ろしい貌で、褌を着用した鬼の姿は、現代の典型的な鬼のイメージとも重なる。人間離れした恐ろしい容貌の他に、鬼の持つ共通点は、人食いであり、「羅刹鬼、女ノ形トナリテ、（略）大口ヲ開テ僧ヲ噉ムト為ルニ」（巻一七第第四三話）、「鬼ノ人ノ形ト成テ、此ノ女ヲ噉テケル也ケリ。」（巻二七第第八話）のように、人に襲いかかった。

こうした説話に描かれた鬼のイメージは、絵巻の世界にも表現されていた。現存するのは平安末期・鎌倉初期以降の作品だが、代表的な絵巻である『地獄草紙』『北野天神絵巻』には地獄・餓鬼などの六道世界の鬼の姿が描かれており、これらによってほぼ鬼の映像イメージは固まったと言えよう。特に『地獄草紙』が、『梁塵秘抄』を編纂した後白河院の勅命によって制作されている点でも興味深い。鬼の姿が固定してくるのは、今様が歌われた時代とほぼ一致するのである。その意味で当該歌の呪いの比喩で鬼が出てくるのは、そのような当時の世相を反映していると言える。

だが、院政期は一本角、二本角の鬼だけでなく、四本角、七本角の鬼（『諸山縁起』）など多角の鬼もおり、鬼の角数は定まっていなかった。『梁塵秘抄』より時代が下ると、三本角の鬼が散見されるようになる。例えば『大江山絵詞』[17]（一四世紀頃）の酒呑童子には、三本の角が生えている。その内、二本は牛の角のようであり、真中の一本は、鹿の角に似ている。家来の鬼達は、皆、角が一本か二本であり、明らかに差異化をつけようとしている。酒呑童子の三つの角について、綿引香織氏[18]は、「逸翁本の酒呑童子のように鬼の中の王である者、元は人間であり、何らかの理由で鬼と化した者にふさわしいように思われるのである」と述べている。興味深い示唆であるが、三三九番歌とは直接の関係はないと思われるので、これ以上の言及は留めておく。他には、『融通念仏縁起絵』[19]や、『六道絵』[20]の等活地獄幅にも三本角の鬼が描かれている。

宇津木言行氏[21]は、鎌倉時代、法隆寺西円堂の修二会《しゅにえ》の追儺《ついな》に用いられた三角鬼を、女性芸能者と寺社との関係から、当該歌の三本角の鬼ではないか、としている。なるほど、確かに毘沙門天に追われる三本角の鬼の姿は、「さと人に疎まれよ」と人に追われる鬼のイメージとして重なり合うだろう。

しかし、当該歌の鬼を、必ずしも追儺の鬼だけに限定する必要はないのではないだろうか。無論、三本角の鬼のイメージには、追儺の三角鬼も含まれているだろうが、それだけではない。三三九番歌は、恋の恨みによる呪いの果ての鬼であることも見逃してはならないだろう[22]。

つまり、表象としての三本角の鬼は、人に追われる追儺の鬼のイメージだけでなく、恋の怨恨や呪いに関わる鬼のイメージも付随した重層的な意味を持つものではないか。二つ目、三つ目の呪いの比喩が呪詛者である女自身の境遇を投影していたことから、この「角三つ生ひたる鬼」も女自身の姿を投影していると考えられるのだ。

恋の恨み―女―（三角）鬼の連想を結び付けるものとして、想起されるのが、次の『平家物語』（第一〇八句・剣の巻）の鉄輪説話である。

嵯峨天皇の御宇、ある女あり。あまりにものを妬み、貴船の大明神に祈りけるは、「願はくは鬼となり、妬ましと思ふ者をとり殺さばや」とぞ申しける。神は正直なれば示現あらたなり。やがて都に帰り、丈なる髪を五つに巻き、松脂をもつてかため、五つの角をつくり、面には朱をさし、身には丹をぬり、頭に鉄輪をいただき、三つの足に松明を結ひつけ、火を燃やし、夜にだになれば、大和大路を南へ行き、宇治の川瀬に三七日（二十一日間）ひたりければ、逢ふ者肝を消し、やがて鬼とぞなりにける。「宇治の橋姫」とはこれなり。「にくし」と思ふ（相手の）女の縁者どもを取るほどに、残りずくなく失せにけり。京中、申の刻よりのちは門戸を閉ぢて音もせず。[23]

女は嵯峨天皇の公卿の娘であった。夫である男が他の女に心奪われたため、貴船詣をし、貴船明神に鬼となって、憎い恋敵を殺したいと祈りを捧げる。女は、鬼の形相を模倣することを願ったのは、人間から鬼へ変身することで憎い相手を殺せるようになるからだ。女は、鬼の赤い膚、赤い褌を模倣することによって、鬼への変身を遂げようとする。まず、朱丹で顔や身を赤く塗るのは、鬼の赤い膚、赤い褌を模倣することによって、呪力を得ようとしている。赤は呪力を持つ色とされていた。そして、髪の毛を松脂で塗り固めることにより、五つの角を作った。次に、女が被った「鉄輪」に注目をしたい。[24]鉄輪とは、鉄製の円い輪に三つの脚をつけ、炉や火鉢の中へ置いて鉄瓶などを掛ける為の道具である。その三つの脚がついた鉄輪を、女は逆さに被っているのである。鉄輪が、女が嫁した鬼の三本角の象徴となっている。

但し、『平家物語』は、五つの角の鬼と三つの角の鬼、二つの鬼が存在しており、いくつかの伝承が複合して生成されたと考えられる。例えば、『閑居友』「恨み深き女、生きながら鬼になる事」では、髪を結い上げて五つの角を作りあげているが、三本角の象徴である鉄輪を戴いていない。また宇治川に身を浸すという呪術も行っていない。『平家物語』の鉄輪説語は、この『閑居友』に代表される五つの角を作り鬼に変身する女の伝承と、鉄輪を頭に戴いて鬼に変身する女など、他系統の伝承の複合によって生成されたのだろう。当該歌にしても、『平家物語』は『梁塵秘抄』より後世のものなので、直接の典拠ではない。『平家物語』以前に派生していた鉄輪を頭上に戴き、自らを三本角の鬼に模し変身した女の民間伝承に着想を得たものと考えられる。

恋の恨みを晴らそうと、鉄輪を頭に戴いて、鬼の形相を模倣する女は、本物の鬼とならなくても恐ろしい。「角三つ生ひたる鬼」は、女のその鬼の形相を表象しているのである。一つ目の比喩には、恋しい男の夜離れが続いた結果、鬼になるまで追い詰められた女の苦しみ、恨みを、そっくりそのまま相手に味あわせてやりたい、という女の思いが込められている。恋の恨みによって、鬼になれ、と呪われる男と、自ら鬼になる女、「角三つ生ひたる鬼」は、コインの裏表のような二重性のある呪いの比喩となっているのだ。

女の呪いの言葉どおり、相手の男が恋の鬼となったら、どうなるのであろうか。鬼は第二章第一節で指摘したように、人里離れた「野中」、深い山中、「鬼が島」に代表される離島などの異界の住人であった。『閑居友』で鬼女になった女が「野中の堂」に住んでいたように、恋の鬼も例外ではない。鬼が異界に住んでいるのは、その恐ろしい容貌と性質ゆえに人と交わることが出来ない存在だったからだ。人と交わることが出来ないのは、鬼が人に疎まれていることを表している。ここに追儺の鬼の人に追われるイメージが、重なり響いてくるのである。

三三九番歌で呪いとして表現された恋の恨み、執念の世界は、説話を経て、謡曲として芸能の世界へと引き継がれていく。死後、鬼となって恋の恨みを晴らすべく、相手や恋敵を激しく責める「葵上」、「錦鼓」、「恋重荷」。そして「身には赤き衣を裁ち着　顔には丹を塗り髪には鉄輪を戴き　三つの足に火を灯し　怒る心を持つならばたちまち鬼神とおんなりあらうずるとのおん告げにて候[25]」と語られるように、生きながら恋の鬼になった女の謡曲、「鉄輪」に至るのである。

四　まとめ

当該歌の三つの比喩「角三つ生ひたる鬼」、「霜雪霰降る水田の鳥」、「池の浮き草」について、分析・考察してきた。「霜雪霰降る水田の鳥」、「池の浮き草」は、水辺で生活を営む遊女独自の発想による呪いの比喩であり、寄る辺のない侘しい遊女の境遇に重ね合わされたものであった。相手の男への呪いと、遊女の境遇を暗喩する二重性を有していた。「角三つ生ひたる鬼」は、鬼にされる男と、鬼になる女という二つの意味を持っていた。更に追儺の鬼、鉄輪を戴く女など三本角の鬼を想起させる複数のイメージを抱えた表象であった。三三九番歌でうたわれた「角三つ生ひたる鬼」は、後世に散見される三本角の鬼の系譜の（文献で確認出来る例として）源流に位置付けられるものであろう。但し、三本角の鬼は数少なく分流的なものであり、鬼の角数の主流は二本角であった。当該歌は、二本角の鬼が主流になる前、言わば過渡期にうたわれたことを反映した今様であった。「角三つ生ひたる鬼」は、文献には残されていない当時の三本角の鬼のイメージを集約させたものであり、「霜雪霰降る水田の鳥」、「池の浮き草」と遊女の境遇を重ね合わせた歌謡独自の表現をなしていた当該歌は、傑出した一首であると言えよう。

【注】

（1）和歌における恨みは、鈴木宏子『古今和歌集表現論』（二〇〇〇年、笠間書院）に詳しい。鈴木氏は、「うらむ」という言葉は、離れていこうとする恋人に柔らかく纏わりついて引きとめようとする力を持った、洗練された雅語であると定義付けている。

（2）ジャクリーヌ・ピジョー『物尽し　日本的レトリックの研究』（一九九七年、平凡社）。

（3）傀儡子とする説は、宇津木言行「呪詛（怒る）」（日本歌謡学会『古代から近世へ　日本の歌謡を旅する』二〇一三年、和泉書院）、遊女とする説は、新全集、大系、『全注釈』、『評釈』。

（4）本文引用は、新編日本古典文学全集『枕草子』（一九九七年、小学館）に拠った。

（5）「これまでぞ姫小松」は、「これまでぞ姫」と掛詞。「姫」は女御を指し、「姫小松」に例えた。

（6）本文引用は、『謡曲大観』第二巻（一九六四年、明治書院）に拠った。

（7）曲名についてだが、恋の苦しみを重荷を背負うことに例える発想は、古くからあり、「人恋ふることを重荷とになひてあふこなきこそわびしかりけれ」（古今集・雑躰歌・一〇五八・読み人知らず）に見ることが出来る。一〇五八番歌は、部立「俳諧歌」にある歌であり、「あふ」は朸（重荷を背負うための天秤棒）と逢う期が掛けられているだけでなく、恋を背負うものとした比喩となっている。

（8）現行の演出では行われていないが、本来の演出では実際に重荷を女御の肩に背負わせたとされている。小山弘志・北川忠彦他「恋の重荷」（『鑑賞日本古典文学第二二巻　謡曲・狂言』一九八五年、角川書店）参照。

（9）馬場光子『走る女――歌謡の中世から――』（一九九二年、筑摩書房）。

(10) 日本古典文学大系『和漢朗詠集』(一九六五年、岩波書店)の頭注によれば、底本に作者「海人詠」とあるが、これは歌によって後人が記したもので、本来は遊女の作であろうとしている。
(11) 『全注釈』。
(12) 新大系。
(13) 片桐洋一『古今和歌集全評釈』(一九九八年、講談社)。
(14) 片桐洋一『天才作家の虚像と実像　在原業平　小野小町』(一九九一年、新典社)。
(15) 『日本霊異記』「元興寺の強力童子」(上巻第三・三話)は、街の辻に埋められた寺の悪しき奴が霊鬼となり、夜毎、鐘堂の人間を殺している話だが、その姿の具体的記述はなく、ただ頭髪があることが示されている。「女人の悪鬼に点されて食噉はれし縁」(中巻第三三話)は、娘を食べた鬼は、鬼としての正体を見せずに、食い残した娘の頭と指だけを残して立ち去ってしまった。また『和名類聚抄』にも「和名於爾、或説云、浮字、音於爾訛也。鬼物隠而不欲顕形、故俗呼日陰也、人死魂神也」と、鬼は死人の魂だから、形姿を顕さずに隠すと記されている。
(16) 『今昔物語集』の本文引用は、新日本古典文学大系『今昔物語集　巻四〜五』(一九六四〜一九九六年、岩波書店)に拠った。
(17) 『続日本絵巻大成19　大江山絵詞』(一九八四年、中央公論社)。底本は、逸翁美術館蔵底本。
(18) 綿引香織「鉄輪説話をめぐる一考察――髪の表現を手掛かりにして――」(小峯和明編『『平家物語』の転生と再生』二〇〇三年、笠間書院)。
(19) 『続日本絵巻大成11　融通念仏縁起』(一九八三年、中央公論社)。底本は明徳版本。
(20) 梶谷亮治「六道絵の多彩な世界」(『週刊朝日百科　日本の国宝』四一号、朝日新聞社、一九九七年一一月)。国宝。聖衆来迎寺蔵本。鎌倉時代。
(21) 宇津木言行「呪詛(怒る)」(注3参照)。田吉明「付録エッセイ　風景」(植木朝子　コレクション日本歌人選25

『今様』二〇一一年、笠間書院）も、追儺や、『融通念仏縁起絵』の三角鬼に注目して、それら疫鬼としての角三つの鬼の造形が当該歌の鬼であるとしている。

(22) 馬場あき子『鬼の研究』（一九七一年、三一書房）は、当該歌を、『源氏物語』の六条御息所、『平家物語』の鉄輪説話、謡曲「鉄輪」などの男の心変わりを恨み、物の怪、鬼となる女たちの系譜上に位置付けている。

(23) 本文引用は、日本古典集成『平家物語　下』（一九八一年、新潮社）に拠った。

(24) 鉄輪は五徳ともいい、語源は鶏の五徳とその足の三爪から出たなど、諸説ある。『角川古語大辞典』参照。

(25) 本文引用は、日本古典集成『謡曲　上』（一九八八年、新潮社）に拠った。

第三章

「美女」の今様——何故、「美女」は魅力的か

第一節　中世における「美女」と今様——三四二番歌を視座として

一　はじめに

『梁塵秘抄』雑歌には、官能的に性を歌い上げる今様が幾つかある。次の一首もその一つである。

美女《びんでう》うち見れば　一本葛になりなばやとぞ思ふ　本より末まで縒られればや　切るとも刻むとも　離れがたきはわが宿世　（雑・三四二番歌）

この歌は「蔦葛に化して美女に絡みつきたいと、愛欲の火は燃え盛る」[(1)]のように先行研究[(2)]では愛欲の歌とされ、「一本葛」という歌語に着目したものが多い。

しかし本節で注目したいのは、「美女」という語である。当該歌の「美女」は、「びんでう」と読むが、これは「びぢょ」の転である。[(3)]「美女」は、諸注釈では単に美しい女の意で採っている。だが、実は中世において「美女」が美人の意で用いられている例は稀である。中世の美人としての「美女」の例は、『古今著聞集』巻一六「兵庫頭仲正美女沙金を秘蔵の事并びに佐実髻を切らるる事」などがあるが少ない。「美女」＝美人として一般的に用いられるようになるのは、江戸時代からだろう。

中世において「美女」は、「便女」とも記され一つの身分であった。平安末期以降の「美女」の在り方について、保立道久氏は[4]、地方の貴族・領主の館、鎌倉の御所では、京都の宮廷社会の女房組織を原型として、それをコピーした女房組織を作り出し、「美女」が女房よりも一級下の身分に属していたと指摘している。更に「美女」がいる領主の館は、諸階層の男を惹き付ける力を持っていたとしており、「美女」に対する恋愛感情、もしくは当該歌で歌われるような直裁的な愛欲の感情が芽生える背景があることを示唆している。

「美女」は、『吾妻鏡』など武士を主体とした文献に見られる。例えば鎌倉幕府の御所の盗人の嫌疑者とされている「その中に恪勤《かくごん》一人[5]。美女一人有疑胎有り」（『吾妻鏡』寛喜二年（一二三〇）五月六日条）という記事や、北条政子が父・時政への文使いとして「聊かこの子細を御書に載せ、美女に付して進ぜらる」（『吾妻鏡』建仁三年（一二〇三）九月二日条）とある。室町幕府の職制を記した『武家名目抄』には、上臈・中臈・末者の女房の下に「美女」という職名を揚げ、「按ずるに美女といへるは後の世にいふ女六尺のことなり。形容のそろへて見にくからぬを撰ばるる故に美女といふ称もいできしなるべし」と説明する[6]。

水原一、冨倉徳次郎、細川涼一の諸氏は[7]「木曽殿は信濃より、巴・款冬とて二人の美女を具せられたり」（『平家物語』巻九・木曽最期）、「幼少より召使ひしさいばら、そのこまと申しける二人のびぢょ」（『義経記』六・静鎌倉へ下ること）などを例に挙げて指摘している。諸氏共に「美女」について、出自の高くない召使の女性、女房と下女の中間の位置の女性と規定している。

このように身分としての「美女」についての先行研究、例があるのにも関わらず、『梁塵秘抄』三四二番歌の「美女」が相変わらず美人と読み解かれているのは再考の余地がある。三四二番歌の「美女」は、同時代の用法から読み解くべきであろう。そうすることで初めて「美女」が表象として持つ文化が浮かび上がってくる。そこには、職制の意味だけには留まらない「美女」の広がりがあり、今様の担い手としては遊女との重なりがある。しかし、今様を始めとした芸能の専門家であり、性を売り物とした遊女と、「美女」は違う。中世の遊女と「美女」の違いについても、見落としてはならないと思う。

本節では、中世における「美女」の例から、当該歌をどう読み解くことが出来るかという問題について論じていく。そして当該歌に限らずに、「美女」が遊女・白拍子といった芸能者にも仕えている事例にも着目して、今様の担い手でもあった表象としての「美女」の文化を読み解いていく。

二　美しい女としての「美女」

中世の「美女」を考察する前に、それ以前の「美女」の例を見てみよう。『梁塵秘抄』以前の美女の例は数少ない。その中で、古代の「美女」は、いずれも異国の女に対して用いられている。『日本書紀』では、「新羅人、美女二人を荘飾りて津に迎へ誘る」（神功皇后・摂政六二年条）[8]の「美女」は新羅の女であり、欽明天皇の御代に大伴連狭手彦が高句麗の宮殿から天皇に献上した「美女媛」（欽明天皇二三年八月条）は、高句麗の女であった[9]。『万葉集』の「美女」の例は、大伴家持の四三九七番歌の詞書の「館の門に在りて江南の美しき女を見て作る歌一首」がある。江南は、堀江の南の意であるが、「南国に佳人有り　容華桃李の若し」（『文選』雑詩）[10]を意識しており、家持は中国の江南地方の美人を連想していたとされている[11]。

平安時代初期の「美女」は、都良香が富士山の遠望と山頂に関する伝説を記した「富士山記」に見られる。

蓋し神仙の遊び萃まる所なり。（略）仰ぎて山峯を観ゆ。白衣の美女二人有り。双びて山嶺の上で舞ふ。

（『本朝文粋』巻一二）

富士山は神仙が来て遊ぶ場と述べており、山頂で舞う白衣の美女二人は仙女である。活火山であった富士の噴煙がたなびく有様を白衣の美女（仙女）が二人で舞うと表現している。この仙女である「美女」の神仙譚は、院政期の『夫木抄』の「ふじの根の風にただよふ白雲をあまつをとめが袖かとぞ見る」（一六五九一・源光行）の詞書や、『東関紀行』の浮島が原を過ぎながら富士山を仰いだ際の記事にも引用されており、そこでも白衣の「美女」という語を用いている。

他には、『文華秀麗集』に「美女」の例がある。

掖庭を拝み奉り、橘尚書に簡す。一首　小野岑守

朔平の門衛敢へて入らず、別に殊恩有りて掖庭を拝む。

美女の花簪芳命を伝ふ。一言猶し是れ粉骨の情。

小野岑守が掖庭（後宮）を拝見し、橘尚書（後宮女官）に手紙をつけて送った詩である。美女は、橘尚書を指す。美女は、美人の意で用いられているが、同時に女官という両義性を持つ。美女が、頭に挿す簪は、異国の女

が用いる装飾具である。美女は日本の女官であっても、異国の女の装いをする異国的情緒を持つ女である。

以上の例を見ると、古代から平安期までの「美女」は、異国の女、仙女といった漢籍の影響下にある女であり、対して異郷の女であっても木花之佐久夜媛などは「麗しき美人」（『古事記』）と表現されている。古代から平安期に連なる「美女」の例として『古今著聞集』巻三〇「或男朱雀大路にして女狐の化したる美女に遇ひて契る事」、『太平記』巻二三「自伊予国霊剣注進事[13]」、謡曲の「鉄輪[14]」、『曽我物語』巻八[15]が挙げられる。いずれも美しい女の意で用いられているように見えるが、その正体は女狐、鬼（鬼女）、人を取る橋姫などであった。正体が人外の者であるが故の美しさを持つ女を「美女」と表現したのだ[16]。「美女」は、変化の者である点で古代、平安の「美女」と繋がっていると考えられよう[17]。

三　中世の「美女」

『梁塵秘抄』以前の「美女」の例を見てきたが、いずれも美しい女としての「美女」しかなかった。職制としての「美女」が、保立道久氏が平安末期にあったことを指摘しているが、具体的に文献で確認できる職制としての「美女」の最も早い例は、管見の限りでは掲出の『平家物語』であることを前提としておく。

仕事をしているが故に男に見られ、身体を晒す存在であった采女・女房の表象性の流れにある中世の「美女」の在り方を考察していく。職務を行うことにより男たちに姿顔を晒し、注目を集める「美女」の例がある。『曽我物語』で源頼朝を宇津宮の女房と称される千葉介常胤の結城腹の娘が接待する場面である。宇津宮の女房の容姿は「芙蓉の眸」「宿殖得本の形」「衆人愛敬の姿」といった漢語によって賞賛される。その宇津宮の女房が、

我に劣らぬ女房美女三十二人を友として同色に装儀て御前に参りつつ、女房たちには酌取らせて

（『曽我物語』巻六・真名本[18]）

とある。「美女」が酒席に侍り、多くの武士の男たちに顔を見せている。宇津宮の女房に従い、酌をする「美女」は、雑事に従事する下位の女房としての職掌を示している。この場面は、酒宴の席をうたう「盃と鵜の食ふ魚と女子は　果てなきものぞいざ二人寝ん」（『梁塵秘抄』四八七）を連想させる。「いざ二人寝ん」と誘われている「女子」は、宴に侍る女とする説もある。[19]

身分としての「美女」は、女房の下位に属していた。『武家名目抄』に、「按ずるに美女といへるは後の世にいふ女六尺のことなり。形容のそろへて見にくからぬを撰ばるる故に美女といふ称もいできしなるべし」と記されているように、「美女」は、美を基準にして選ばれた故に「美女」であり、その上位に位置する女房も建前上は容姿が美しい筈であっただろう。「美女」でなければ女房になれなかったし、「美女」であれば上位の女房に出世できる可能性があったのである。[20]「美女」である巴御前も「色白く、髪長く、容顔まことにすぐれたり」と容姿が優れた女として描かれている。

容姿の美を基準に女を選ぶという問題について、菅野扶美氏[21]が「美女」ではないが半者・雑仕[22]を取り上げて論及している。院政期以降の半者・雑仕は若く美しいという「美女」と同様の価値基準で選ばれているとした上で、『古今著聞集』巻一六・五七五話[23]に着目している。説話には「堀川院の御時、中宮の御方の御半物に、沙金といひてならびなき美女ありけり」と、沙金という半物が登場する。その沙金について殿舎外にいる先駆の男たちが次のように語る。

（略）「一日内裏にて練り出でたりし、限あれば、天人もこれにはまさらじとこそ見えしか。」[24]

男たちの前に「練り出づ」という動きで身体を晒す沙金は、半物であるが故に外部から見られることもある生活を送る。視線に晒すことによって「天人もこれにはまさらじ」と見られる。沙金は天人という人外のものに喩えられる魅力があるからこそ「美女」と呼ばれたのだ。菅野氏は見られる身体性に並行して、「今様を歌う声の公開性」があるとする。『古今著聞集』の沙金は「美女」である。この「美女」は美人の意で用いられているのが前提ではあるが、それだけには留まらない重層的な意識が纏わりついている。漢籍の影響下にある「美女」の流れにある人外である故の魅力を持つ女、職制としての「美女」、この二つの意味が絡まり合って、「美女」の表象となっている。ここでは、美人の意に加えて中世的な表象性を帯びた「美女」も重なり合っていると考えられる。つまり沙金という「美女」は、半物でもあると同時に「美女」とも呼びうる置換性を有しているのだ。[25]

『古今著聞集』の沙金は、「兵庫頭仲正なん思て秘蔵しけり」とあるように愛妾でもあったが、「美女」は武士を中心とした権力者の愛妾という面も併せ持っていた。

①又、此人々の伯母婿に、三浦別当といふ者あり。片貝といひて、優なる美女をめしつかひけり。別当、をり〳〵情をかけたりしを

（『曽我物語』巻四・三浦の片貝の事）

②此後俊寛僧都ト成親卿ト殊更親ク昵ケル事ハ新大納言ノ内ニ松・鶴トテ二人ノ美女有ケリ。俊寛、彼ノ二人ヲ思テ通ヒケル程ニ

（『平家物語』第一本・延慶本）[26]

①の片貝、②の松・鶴といった「美女」が、三浦別当（三浦介義澄）、俊寛の寵愛を受けて愛妾となっている。②の松は、俊寛との間に男子を儲け、その子を与力にしたという。

愛妾としての「美女」の在り方は、貴人の愛妾となった遊女・白拍子とも通じている。院政期以降、上皇・法皇が遊女を寵愛し女房に取り立てることは公然と行われた。[27] 例えば後白河院の寵愛を受け承仁法親王を生み、「丹波局」の名をもらった江口の遊女、[28] 後鳥羽院の寵を受けた白拍子・伊賀局亀菊などがいる。他には上皇ではないが、太政大臣であった平清盛の寵愛を受けていた白拍子・祇王が有名である。[29]

だが、遊女たちと「美女」には違いがある。まず愛妾として仕えている主人の身分が、遊女・白拍子が上皇、もしくは太政大臣などの高位の貴族であるのに較べて、「美女」の相手は身分が低い武士が多い。[30] これは「美女」の主な出仕先が、鎌倉御所、地方領主の館と武士の領域であるからだ。それに対し、遊女の仕える相手は武士よりも高貴な相手であり、遊女は歌謡などの芸能と売色を以って高位の公家と結びついていた。この違いは、遊女と「美女」の組織としての在り方と階層性を示していると考えられる。

遊女は職能集団として独立した組織を作り、長者を頂点とする家制度に属していた。長者遊女には、天皇、貴族たちから特別な纏頭を与えられる権利他の特権を持っていたという。[31] だが遊女に対して「美女」は、武士階級に末端女房としてあくまで仕えているのみで、独立した組織を持っていたわけではない。常に誰かの従者なのである。遊女が職能民として、様々な場所に「推参」[32]し、歌謡を披露していた例は多くある。だが「美女」が主体的に歌謡をうたった例は、管見の限りない。「美女」は、今様文化の享受圏内にいたとは考えられるが、職能として今様を始めとする芸能を体得していた遊女・白拍子とは性質を異にする下級の存在だったと考えられる。

以上、中世における「美女」を考察してきた。職制上、人の目に触れる生活をしていたであろう「美女」は、人目を集め、男たちの憧れや、性的欲望の対象であった。当該歌以外に『梁塵秘抄』内で「美女」をうたう三八二番歌は、「ふしの様がるは　木の節萱の節山葵の蓼の節　峰には山臥谷には鹿の子臥し　翁の美女まりえぬひとり臥し」と明らかに「美女」を寝る対象としている。[33]「美女」は、武士階級の権力者の愛妾にもなることがある。「美女」は、誰かに仕えている存在、他者に従属する者であった。だから「美女」を使役していない側の人間にとっては、彼女らは憧れや性欲の対象であると同時に、常に誰かが所有する者であり手が出せない存在でもあった。「美女」は、遊女のように売春、芸能を職業的に行っていたわけではない。むしろ芸能者の階層としては底辺にいたものだったのだろう。「美女」は、下級の女房、愛妾と様々なものに変容可能な存在であった。また鬼といった外の者が変化した故の、あるいは天人のように人外の者にも喩えられる程の魅力を持つ女でもあった。このように越境性を持ち、何者にもなり得る可能性と魅力があったからこそ、「美女」の外側に位置する男から寝たい相手として認識され、当該歌や三八二番歌のように歌われたと考えられる。

四　今様の担い手としての「美女」

これまでは職制、表象としての「美女」を考察してきた。次に中世の「美女」の広がりの中にある今様の担い手としての「美女」を見ていきたい。「美女」は、白拍子、遊女といった芸能者に仕えている者もいた。[34]ただ注意しておきたいのが、芸能者としての「美女」を示す『義経記』『平家物語』といった文献は、『梁塵秘抄』より後世のものであること。特に室町時代初期成立の『義経記』は、今様がうたわれなくなって久しい時代の文献であるという二点である。

芸能者としての「美女」は、虚構の中のものと言えよう。しかし、虚構の中の「美女」も、これまで見てきた文学史の流れ上にあるものであり、連動している存在である。文学史の中で「美女」が、今様を担う芸能者として位置付けられてきたことは、重要視すべきであろう。では、具体的に例を見てみよう。

幼少よりして、前にありける、催馬楽、其駒と申しける、二人の美女も、主の名残を惜しみて、泣く泣く連れてぞ下りける。

（『義経記』巻六）

催馬楽、其駒という二人の「美女」は、白拍子、磯禅師の従者である。「催馬楽」は王朝時代に流行した歌謡の名であり、「其駒」の神楽歌の曲名である。「美女」たちの名は、芸能そのものと直結している。二人の「美女」は、単に従者であるだけではない。『貴嶺問答』[35]に「磯禅師の弟の舞女、祇候の由、これを承る」とあるように、磯禅師から幼少の頃から芸を仕込まれた弟子の白拍子でもあった[36]。前出の沙金同様に、白拍子と「美女」が重なり合っている。注意したいのは、この「美女」は規格外に芸能の専門家であるということだ。催馬楽、其駒は『義経記』において、従者として磯禅師に付き従っていると同時に、弟子の白拍子としても描かれている。ここでも「美女」の変容可能性が示されていよう。左衛門尉祐経、堀藤次の妻たちと磯禅師一行で催した酒盛の際には、

催馬楽、其駒も主に劣らぬ上手どもなりければ、共に歌ひて遊びけり。

と素晴らしい今様の歌声を披露している。その他には静御前が源頼朝の御前で舞を舞う時は、舞台の共演者とし

て廻廊の舞台に着座している。催馬楽、其駒の芸能の技能以上に注目したいのが、彼女らが従者として時には共演者として磯禅師、静御前の芸能を常に傍らで見聞きしていたことである。「美女」らが、磯禅師、静御前といった職能民が発せられる芸能を、見聞きしつつ自らも歌うことによって、新たに発信していたことも充分に考えられる。芸能者の従者であり、今様などの芸能の目撃者でもある「美女」の例は、他にもある。

女房（千手前）内へ入ヌ。其後年十六七計ナル美女、紫ノ小袖着テ、手箱ノ蓋ニ櫛入テ、持テ参タリ。

（『平家物語』巻五・延慶本[37]）

手越長者の君の娘である遊女・千手前に仕えている「美女」である。この「美女」については、これ以上の記述はないので、「美女」が単に下女というだけでなく、催馬楽、其駒のように千手前の弟子であったかは不明である。だが従者である以上は、当然この後の重衡卿との酒盛にいたであろう。そこで千手前が歌った「雖十悪猶引接ス」という朗詠と、「極楽へ参ラント人ハ皆」という今様を直接聴いている筈である。ここでも「美女」は、今様、朗詠といった芸能の目撃者として機能している。

また「美女」は、芸能の目撃者としてだけではなく、（催馬楽、其駒のような専門家は別として）自ら歌うこともあった。

大姫公の御方の山際の前栽において田を植ゑらる。美女等これを植う。皆歌を唄ふ。また壮士の中芸能あるの輩を召し出され、笛鼓の曲を事となすと云々。

（『吾妻鏡』文治四年（一一八八）六月一日乙丑条）

頼朝の娘・大姫の下で「美女」が田植えを行いながら歌をうたう。歌とともに笛、鼓も奏されたというのだから、労働としての田植え歌というよりも田楽だったのだろう。「美女」はおそらく田植笠を被って早乙女の装束を纏っていたのだろう。[38]『栄花物語』（御裳ぎ巻）にも土御門第で彰子が田植を見る記事があるが、田植女に従事していたのは「若うきたなげもなき女ども五六十人ばかりに」とあり容姿の優れた若い女が選ばれている。当時の「美女」は、容姿の魅力だけでなく田植歌を歌う能力すなわち芸能の嗜みがあったことが分かる。「美女」は、酒席に侍ること多かったので、場を盛り上げる遊興としての今様の嗜みも一般の者より取得していたのだろう。

白拍子、遊女といった芸能者に従事し、そこから直に今様を享受することが出来る立ち位置にいた「美女」の行動範囲は、実は広い。「美女」は下女として使いの役目をして出歩くこともあった。『曽我物語』巻五で梶原景季が化粧坂の遊女に親しみ、浜辺で遊んでいる時、腰の刀を忘れ、それを「女の美女をしてをくる」と「美女」が届けている。『平家物語』巻四「還御」では、

ふみもったる便女がまゐって「五条大納言殿へ」とてさしあげたり

と、厳島内侍の文使いとして五条大納言（藤原邦綱）に手紙を渡す「美女」（便女）が参上する。「美女」（便女）が仕える厳島内侍は、厳島神社の巫女として神事に携わる一方、同神社の貴人の旅情を慰めるために今様を歌い、舞楽などを行った。この「美女」（便女）も厳島内侍の今様、舞楽を直接享受し、今様の受信者としての機能を持っていたと考えられる。ここに登場する厳島内侍は、平清盛の寵愛を受けて安芸御子姫君を生んだ女性でもあ

る。「美女」は、貴人の愛妾にも仕え、貴族への文使いなどにも従事しており、武士階級だけには留まらず貴族階級にも入り込んでいたことが、この記事から伺える。

他に貴族階級に仕える「美女」は、『中務内侍日記』正応元年（一二八八）一〇月二一日条の記事に、

女御代の御車立てられたり。出車、色くに見えて、便女雑仕、車の前に立つ。空薫物の匂ひ、心憎くゆり満ちてなん。(39)

とあり、女御代（従一位准大臣堀河基具女）という高貴な女性の車の前に立つ「美女」（便女）の姿が見られる。

遊女、白拍子といった歌の専門家としての芸能者に仕える「美女」と、貴族社会の下層にも属する「美女」を確認してきた。「美女」たちは、今様の発信源である遊女、白拍子といった芸能者の周縁や、武士階級だけでなく貴族階級にも仕え、幅広い社会層に属していた。その中で、直接的あるいは間接的に今様を享受し、その今様をいつも傍らで聞いて、時には歌うこともあった。「美女」が今様を愛好することが結果的に今様を広めたのではないか。つまり今様の文化圏内にいながらも、技を極めるのではなく、今様の発信源である遊女、白拍子から受信した今様を、流通させる担い手として重要な位置にいたのだ。「美女」たちの中には、『義経記』の催馬楽、其駒のような芸能者予備軍の者もいたかもしれない。先述したように、これらの「美女」たちは、『梁塵秘抄』より後世の文献のものである。けれども、流行歌謡として当時の言葉の最先端を反映していた『梁塵秘抄』だからこそ、文学史上における今様を担う「美女」の源流にあった可能性も充分に考えられる。

中世における「美女」の存在を今様文化圏内で再認識することによって、底辺層に属する女たちが享受してい

た今様の広まりを照射することが出来たのではないかと思う。「美女」の表象としての在り方だけでなく、今様の流行の担い手として歌う存在としての「美女」だったからこそ、『梁塵秘抄』の中に表現されたかもしれない。

【注】

(1) 新全集。

(2) 男が頭の先から足先まで蔦葛のように絡まり合いたい、と愛欲の象徴となっている「一本葛」に注目した吾郷寅之進『中世歌謡の研究』(一九七一年、風間書房)。近年では馬場光子「『梁塵秘抄』に見る性の世界」(『解釈と鑑賞』第六九巻一二号、二〇一二年四月)が、三四二番歌は特定の個人に向けられた情動ではない。美しい女一般への、したがって男というものの性的情動を具体的にイメージにして結んだところに一首の手柄がある。この世俗的表現の発想の根底には仏教思想が働いており、『往生要集』の衆合地獄の刃葉林地獄を引用して、「切るとも刻むとも」と仏教的罪障観との繋がりを指摘している。

(3) 新全集などが指摘。底本の竹柏園文庫本(『天理図書館善本叢書　古楽書遺珠』一九七四年、八木書店)には、「美女」の横に「びんでう」とルビが振られている。

(4) 保立道久『中世の女の一生』(一九九九年、洋泉社)。

(5) 親王・摂関家などに近侍して宿直・警固・雑役を勤める下級武士。

(6) 他にも『民経記』安貞元年一二月記紙背文書(『大日本古記録』二六六頁)に「□殿女房御所祇候美女字竹馬」という記事がある。

(7) 水原一『延慶本平家物語論考』(一九七九年、加藤中道館)、冨倉徳次郎『平家物語全注釈(下)』(一九七四年、

角川書店)。細川涼一『平家物語の女たち』(一九九八年、講談社)など。

(8) 『日本書紀』の訓読は、新編日本古典文学全集『日本書紀』(一九九四年、小学館)に拠った。

(9) 他にも『日本書紀』の用例に「能く我を祭らば、美女の睩如す金・銀多なる眼炎く国を以ちて、御孫尊に授けむ」(仲哀天皇九年一二月条)があり、この「美女の睩」は、「茲の国に愈りて宝有る国、譬えば処女の睩如す向つ国有り」(仲哀天皇八年九月条)を踏まえたものである。元々、美人の眉を示す「柳眉」「蛾眉」は漢籍を典拠とした表現である。

(10) この詩は、『玉台新詠』にもある。

(11) 小島憲之『上代日本文学と中国文学(中)』(一九六四年、塙書房)。

(12) 富士山の伝承については、久保田淳『富士山の文学』(二〇〇四年、文芸春秋)に詳しい。

(13) 正体を現した鬼に対する大森盛長の台詞「さては先度美女に化けて、我を嚱さんとせしも」。

(14) 「鉄輪」上ゲ歌より「言ふより早く色変はり　言ふより早く色変はり　気色変じて今までは　美女の形と見えつる」。

(15) 巻八「箱根にて暇乞の事」に「一八九計なる美女一人、橋の上にあがりて」とある。

(16) 人外の存在としての美女の例に、明恵の『夢記』(承久二年(一二二〇)一一月六日条)に、毘盧舎那仏の化身である「美女」が登場する。

(17) 『歌仙落書』で源定長の歌風を「風体あてやかにうつくしきさまなり、よわき所やあらむ、小野小町が跡をおもへるにや、美女のなやめるをみる心地こそすれ」と評している。この「美女」は、小野小町である。美人として名高い小町が「美女」とされたのは当然ではある。しかし小町自身の出自・身分などは不詳で、仁明天皇の更衣だったとする説もあるが、中世では落魄して浮浪した女性というイメージが強い。故に美人ではなく敢えて「美女」とされた可能性も有る。

(18) 本文引用は、『真名本　曽我物語』（一九八八年、平凡社）に拠った。
(19) 『全注釈』、集成。
(20) 保立道久『中世の女の一生』（注4参照）。
(21) 菅野扶美「半物・雑仕・主殿司・厨女――今様周縁の女の層をめぐって――」（『日本文学』第五六巻七号、二〇〇七年七月）。
(22) 半者・雑仕は「美女」より下位の下女。『武家名目抄』には、「美女」身分の下に「半者」がある。
(23) 「兵庫頭仲正美女沙金を秘蔵の事并びに佐実髻を切らるる事」。
(24) 本文引用は、日本古典文学大系『古今著聞集』（一九六六年、岩波書店）に拠った。
(25) 美人の意に表象性が加わる「美女」の例に、『義経記』巻六に静御前を評して「能は天下第一の美女なり」とある。
(26) 本文引用は、『延慶本平家物語』（一九六五年、古典研究会）に拠った。
(27) 脇田晴子『女性芸能の源流　傀儡子・曲舞・白拍子』（二〇〇一年、角川書店）。
(28) 「今日法皇若宮、建春門院御猶子、実遊女一臈腹、合丹波局、御年七歳、蔵人右少弁親宗奉養之」（『山槐記』安元元年（一一七五）八月一六日条）。
(29) 清盛の芸能者としての白拍子好みについて、馬場光子「平家物語と白拍子」（『平家物語　研究と批評』一九九六年、有精堂）は、新興芸の男舞というモダンな芸能者白拍子との取り合わせが、新興実力者であった清盛と均衡を保っていると指摘している。
(30) 江口の遊女丹波局が生んだ子どもが法親王と高貴な身分になったのに対して、「美女」松の子どもは、与力という低い身分である。
(31) 楢原潤子「中世前期における遊女・傀儡子の『家』と長者」（『日本女性史論集　性と身体』（一九九八年、総合女性史研究会)、豊永聡美「中世における遊女の長者について」(『中世日本の諸相 下』一九九二年、吉川弘文館)。

(32) 「推参」は芸能者にとって権利の一つであった。阿部泰郎『聖者の推参 中世の声とヲコなるもの』(二〇〇一年、名古屋大学出版会)。

(33) 『梁塵秘抄』内で同じく若く美しい女を歌う「楠葉の御牧の土器造 土器は造れど女の貌ぞよき あな美しやな」(三七六)、「住吉四所の御前には顔よき女帝ぞおはします」(二七三)のように「顔が良い」美人は寝たいと表現されていないことを指摘しておく。

(34) 磯禅師に二人の従者がいたように、遊女も三人一組で行動するという古形態を持つ。「遊女の好むもの 雑芸鼓小端舟 翳艫取女 男の愛祈る百大夫」(『梁塵秘抄』雑・三八〇)の翳艫取女、『法然上人絵伝』で鼓を持った遊女に大傘をさしかける遊女も「美女」であったかもしれない。

(35) 平安時代末期に書かれたとされている往来物。著者は中山忠親と言われている。

(36) 池田英悟「『梁塵秘抄』底辺の女たち」(『解釈と鑑賞』第七一巻一二号、二〇〇六年一二月)は、「磯禅師は、娘の静御前の他に其駒・催馬楽という非血縁の娘を伴い、幼少の頃から芸を仕込んだという。このように女系による芸能伝承を維持するために非血縁の養女を育成していた」とする。

(37) 本文引用は、『延慶本平家物語』(一九六五年、古典研究会)に拠った。

(38) 早乙女の描写ついては、他に『枕草子』二一〇段に詳しく記されている。又、『梁塵秘抄』と近い時代の絵画資料として『法然上人絵伝』(堂本本)がある。

(39) 本文引用は、新日本古典文学大系『中世日記紀行集』(一九九〇年、岩波書店)に拠った。

第二節　越境者としての翁——翁の性愛と寿ぎ、笑い

一　はじめに

『梁塵秘抄』には、前節の三四二番歌以外にもう一首「美女」をうたうものがある。

ふしの様がるは　木の節萱の節山葵の蓼の節　峰には山伏谷には鹿の子臥し　翁の美女まりえぬひとり臥し（雑・三八二）

「ふし」の物尽し歌である。第二句に、「木の節」「萱の節」「山葵の蓼の節」と山の植物を列挙し、第三句の峰の山伏を導き出している。ここから「節」ならぬ「ふし」（伏・臥）の言葉遊びになっていく。峰に対して「谷には鹿の子臥し」と、同じく山関連のものとして、植物から山に伏す山伏、動物へと連想が続いていく。雌鹿を求めて奥山で独り寝する牡鹿[1]の「臥し」繋がりから最後の「翁の美女まりえぬひとり臥し」と人事に及び、独り寝

をする翁で歌い終わる。(2) 従来、「翁の美女まりえぬひとり臥し」の翁は、一人寝をする老いの侘しさと共に滑稽化され、笑いの対象となっていると解釈されてきた。(3)

だが、この翁は本当に滑稽の対象でしかないのだろうか。直前まで山伏、鹿など山関連の物尽しによる発想の連鎖を考えるならば、この翁も同じく山から導かれたものであり、山の翁ではないだろうか。当時の山の翁といえば、表象としては山の神を意味する。(4)

院政期を境に中世には、神としての翁が多く現れるようになる。説話集、寺社縁起、絵巻では、山中に現れる翁の正体が地主神や山神であったりする場合が少なくなかった。(5) 例えば『梁塵秘抄』と同時代では、『今昔物語集』に、その例が散見される。巻一一第二九「天智天皇建志賀寺語」での篠波山の洞の前にいた翁、巻一一第三五「藤原伊勢人始鞍馬寺語」の鞍馬山の地主神として翁の姿で現れた貴船明神などがある。後述するが、『一遍上人絵伝』(6) とその模本である『遊行上人縁起絵』(7) に熊野権現が山伏の翁として示現している場面がある。この山伏の翁は、当該歌の典拠ではないが、「峰には山伏」と翁の連想を結びつける存在であろう。

院政期以降の説話伝承では、翁は山の神として描写されていた。同時代に歌われていた当該歌の翁は、これらの表象としての翁の意味を受けていたのでないか。翁を山の神として捉えるならば、従来指摘されてきた艶笑譚で笑い者にされる翁という単面だけではなく、性、笑い、神性、芸能といった複数の意味を内包している。それら複数の意味が出会う場所として、翁の表象がある。

折口信夫「翁の発生」(8) は、山の神は土地の精霊であり、異郷から来訪した「まれびと」であるとした。「まれびと」が「いはひ詞」(9) を述べる＝祝福を授ける為に祭りの場に来臨する時には、翁の姿を取るとしている。更に寿ぎをする翁は、謡曲「翁」の白式尉の翁、その擬きをして笑いを起こす黒式尉の翁へと繋がってゆく芸能史を描き出している。

翁とは、謡曲「翁」の白式尉に代表される祝福する神としての性質、黒式尉のように笑われ者としての性質、この二つを兼ね備えている存在である。当該歌の翁も、実はこの両義性を持った存在であることを本節では指摘したい。それを論証するために、「翁」が持つ神の翁、笑い者の翁、芸能者としての翁という三つの意味に着目をする。特に注目をしたいのが、笑い者としての翁である。当該歌の翁は笑い者の対象として解釈されているが、表象から見た時にどのように捉え直すことが出来るのか。翁が笑い者になる場合、その多くは恋愛の場であり、性愛が絡んでいる。本来ならば、性的能力が衰えて恋愛の場から退けられる存在であるはずの翁が、性愛と結びついているのは何故か、ということを翁の艶笑譚から考察していく。それを読み解くことによって、当該歌で翁が何故「美女」と対になって歌われているか、ということについても言及していきたい。

二　神としての翁

山関連の物尽しの関連で、山の神としての連想が働く翁であるが、『一遍上人絵伝』第一巻第二段には、熊野権現が白髪の山伏の姿で一遍の前に示現した場面が描かれている。この山伏の翁は、三八二番歌の翁と直前の「峰には山伏谷には鹿の子臥し」の結び付きを想起させる。詞書には、「御殿の御戸ひらけて、白髪なる山臥のけたかくきよけなるか、長頭巾かけて出給」とあり、白衣を纏った山伏姿の翁が描かれている。翁の前に跪く黒衣の僧は、一遍である。この場面については、山折哲雄氏(10)が詳しく論じており、山伏の翁について「翁の白衣はその白髯とともに無性化した生命の微光を周囲に放っている」と評している。

他に山伏姿の翁として示現する神は、「酒呑童子絵」(11)に見られる。それは源頼光一行が道中、出会った三人の翁であり、その内の一人が山伏の姿をしている。この三人の翁の正体は、住吉、八幡、熊野の御神である。物語中では、それぞれの翁が何の神であったかは語られてはいないが、前の『一遍上人絵伝』の例や、熊野が山伏といった修験者たちの聖地であることを考えれば、山伏姿の翁は、熊野権現であろう。『梁塵秘抄』三四三番歌との繋がりを連想させる熊野権現である山伏姿の翁であるが、『一遍上人絵伝』の詞書には「白髪なる山臥のけたかくきよけなるか」とあるように神々しい翁として、「酒呑童子絵」の挿絵では頭巾を被った高雅な印象の人物に描かれており、両者とも神の示現した姿として相応しく描かれている。

山伏姿ではないが、他に山の神としての翁を見てみよう。中世の寺院縁起伝承には、地霊・地主神としての翁が多く登場する。地主神・地霊としての翁の姿は、土地に長い間棲みついていたという年月の長さを象徴している。[12] 一例として『今昔物語集』巻一一第二九「天智天皇建志賀寺語」の篠波山の洞の前にいた翁がいる。天皇が夢中で僧のお告げを聞き、勝地を訪ねると一人の年老いた翁がいた。翁の様子は次のように描写される。

年老タル翁ノ帽子シタル有リ。其形チ、頗ル怪シ。世ノ人ニ不似、眼見賢気ニシテ、極テ気高シ。（略）錦ノ帽子ヲシテ、薄色ノ襴衫ヲ着タリ、形チ髪サビ気高シ。[13]

錦の帽子（頭巾）を被り、薄色の襴衫を着けた翁は、神さびて気高かった。天皇は、この翁と出会った場所を霊所として、寺を建立したという。翁の正体は具体的には記されていないが、篠波山に長年住んでいた地主神すなわち山の神であろう。[14] この翁には頭巾を被る、気高い様など山伏姿の翁と共通点がある。ここでは翁の様子は「髪サビ」と記されている。つまり翁であること=人間離れして神さびていることだと描写されている。以上、確認してきた山の神としての翁は、いずれも気高く神々しい存在とされていた。

折口信夫は、山の神を土地の精霊であると規定する。その上で「まれびと」として来訪する山の神は、寿ぎを授ける存在である。その中に猿楽の翁の原型があり、能楽「三番叟」の黒尉の翁の烏滸・擬きへと繋がっているとしている。折口氏の指摘は、翁の表象性と照らし合わせれば、頷けるものである。翁は祝福を授ける者として、めでたい存在であると同時に、烏滸・擬きに連なる存在として滑稽の対象として笑われる要素も持っているということだ。

では烏滸の系譜にある翁としての道祖神を見てみよう。道祖神とは、村、集落、都の境界を司り、疫神の侵入を妨げる路傍の神である。境界である辻、衢などに主に石像・石碑の姿で祀られる。その神の形は、古くから男女一対で、抱擁交合する形で陰陽の形を表したものであった。[15] そこから零落した最下位の神と見做され、侮蔑の対象となる翁であった。

『法華験記』第一二八「紀伊国美奈部郡の道祖神[16]」を例に挙げる。天王寺の僧道公は、熊野に参詣し安居修行を終えて、帰路の途中であった。美奈部郷の海辺にある巨樹の下で宿を取っていると、夜半に「騎に乗りたる人二、三十騎」が現れ、その内の一人が「樹の下の翁侍ふかといふ。（略）早に罷り出でて、御共に侍ふべし」という。それに対し翁の声が「駄の足折れ損じて、乗り用うること能はず。（略）年齢老衰して行歩すること能はず」と同行不可能であることを訴えるものであった。翌朝、道公が樹の下を見ると、古く朽ちた道祖神の像があった。しかし、男の形はあるが、女の形はなく、板の絵馬は前足が破損していた。

翁の正体は道祖神であり、「騎に乗りたる人二、三十騎」は行疫神であった。この説話の中で翁は、道祖神の本来の役目として侵入を妨げるべき疫神に酷使されており、神としての無力さを露呈する。その上、男神一人で配偶神を欠く状態で、奉寶の絵馬も朽ちて破損していて霊力を失い、零落している。[17]

道祖神は零落した下級神としてだけでなく、性とも密接な関わりがある。例えば『宇治拾遺物語』巻一第一話「道命、和泉式部の許に於いて読経し、五条の道祖神聴聞の事」では、和泉式部との性交を終えた道命阿闍梨の前に五条道祖神が翁の姿で現れる。道命が翁に今夜に限って姿を現した理由を尋ねると次のように答えた。

清くて読み参らせ給ふ時は、梵天、帝釈を始め奉りて聴聞せさせ給へば、翁などは近づき参りて承るに及び候はず。今宵は御行水も候はで読み奉らせ給へば、梵天、帝釈も御聴聞候はぬひまにて、翁参り寄りて承りて候ひぬる事の忘れがたく候ふなり。

和泉式部との性交による道命の不浄を梵天、帝釈が厭った為に、最下位の神である道祖神が法華経を聴聞することが出来たという。僧の破戒によって道祖神の翁が救済されるという皮肉な構図となっている。道命の不浄すなわち性の力が、翁を引き寄せたとも言えよう。

元々、道祖神はその像そのものが男女の抱擁交合する形、あるいは性器の形そのものであることから、境界を守る神であると同時に性愛を司る神として信仰されていた。[18] 道祖神が性愛と結び付く源流を遡れば古代に行き着く。『日本書紀』には道祖神そのものではないが、「衢神」（道の神）である猿田彦大神が登場する。猿田彦大神は、瓊瓊杵尊の降臨を最初は妨げようとするが、屈服した後に「吾先立ちて啓き行かむ」と先導する。この猿田彦大神は、「衢神」つまり衢にいる神であり、遮る神であり、境界を越える神として描かれている。注目したいのは、猿田彦大神の容姿についての描写である。

一の神有りて、天八達之衢に居り。其の鼻の長さ七咫、背の長さ七尺餘り。當に七尋と言ふべし

(『日本書紀』神代下)[19]

猿田彦大神は、長さ七咫という異様な鼻を持っている。この猿田彦大神の鼻については、舞楽の陵王面、鼻天狗との関わりが指摘[20]されている。しかし、男性器の象徴という面も併せ持っていよう。[21]何故ならば鼻自体が元々、男性器の象徴であることは本より、猿田彦大神と対になって登場する天鈿女が、「及ち其の胸乳を露にかきいでて、裳帯を臍の下に抑れて、咲噱ひて向きて立つ」と性的所作を行う、つまり性器を露出する女神であるからだ。[22]道祖神の特徴の一つである男女二神の源流にいる猿田彦大神、天鈿女は、共に性を象徴する存在であると考えられる。

神としての翁は、山の神が「神さび」た翁の姿で示現したように気高い、聖なる存在としての面があった。だが、その一方で、零落した神の翁である道祖神が侮蔑の対象であったように、笑われ者・烏滸としての要素も持ち合わせていた。道祖神自体が性愛とも関わりがあり、複数の意味を含む存在であった。神としての翁は、神性、烏滸、性愛、芸能といった複数の意味が複雑に絡み合って、翁としての表象を形成していたのだった。

三　和歌における翁の恋

『梁塵秘抄』三八二番歌での翁の恋は、「翁の美女まりえぬひとり臥し」と歌われている。美女と翁という組み合わせの不釣合いさを滑稽とし、笑っている表現である。動詞「まる」は、共寝をして女性を抱く意の「枕・

娶・婚く」の転語である。『文明本節用集』には、「婚　マグ　男女交合義也」とあり、性交そのものである。当該歌においては、翁の恋は性愛と直結しているが故に笑われている。このように翁の恋愛において性愛が前面に押し出されているが、現実的には老いることは性の力が衰え、生殖能力がなくなることであった。[23]翁の恋は、性愛と性の力の衰えという、この相反する両面を内包している。

老いて性的能力がなくなるということは、本来は恋愛の場からの退場を意味する。それにも関わらず、恋をしてしまうことが、和歌では「老後恋」として歌題となり、院政期以降、多く詠まれた。それ以前に翁の恋は早くから『万葉集』で詠まれていたが、[24]歌題として詠まれるのは、『出観集』[25]の「老後恋」が初出である。それ以降、『六百番歌合』『千載集』『林葉集』などで詠まれるようになった。当該歌の翁の恋のベクトルが性愛に向かっているのに対し、和歌の「老後恋」は逆のベクトルであり、自らの老いらくを嘆くものが多い。翁と性愛の結びつきを考察する前に、性的能力を失い、嘆老する翁の恋を和歌で確認したい。

老恋

色に染む心は同じ昔にて人のつらさに老を知るかな

（六百番歌合・恋五・八四二・藤原隆信）

「色」は女性の美しさを指し、「染む」の縁語である。歌意は、美しい女性に惹かれる心は、今も昔と変わらないが、相手にされない辛さに自分の老いを感じると、老いを嘆く。[26]老人が美しい女性に心惹かれ、相手にされないという点は、『梁塵秘抄』三八二番歌と同じである。しかし、当該歌が翁の性愛を前面に押し出しているのに対し、藤原隆信の歌は老人が恋愛の場から拒絶される悲しみを詠んでおり、対照的である。他に老人であるが故に拒絶されることを前提として詠まれた歌は、同じ歌題で詠まれた「相見ても身にやは年の積るべき我老いらくになしと答ふな」（六百番歌合・恋五・八四三・源有家）がある。恋する相手に、老いた我が身を嫌って「なし」と答えて拒絶しないでほしい、と訴えている歌である。次は、老いらくを嘆く歌ではないが、思いがけない恋に戸惑う「老後恋」の歌である。

うゐのおのこども、老後恋といへる心をつかうまつりけるによませ給ける
思ひきや年の積るは忘られて恋に命の絶えむものとは
（千載集・恋四・八六六・後白河院）

「年の積るは忘られて」とは、恋をすると自らの老いを忘れてしまう、つまり恋をするのは若いことであるという認識が前提となっている。そのような年甲斐もない若々しい恋のために命が絶えることになろうとは思いもがけなかったと、「老後恋」の驚きと嘆きが切実に詠まれている。「老後恋」の和歌は、いずれも老いたら恋はしないという発想に支えられている。「老後恋」の和歌では、老いることは恋愛の場からの退場、拒絶といった発想を基盤にして、老いの嘆きが表現されていた。

恋愛の場では、マイナスでしかない老いは、長寿としてめでたいものでもあった[27]。例えば「君を祈る年の久しくなりぬれば老の坂行く杖ぞうれしき」（後拾遺集・賀・四二九・慶暹）など、年を経る喜びを詠む賀歌にもそれが現れていよう。老いは、忌避したいもの、嘆くものであると同時に長寿の象徴、めでたいものとして両義性を持っている。老いを嘆く歌は、寿ぎと表裏一体の関係にあることを指摘しておく。和歌での翁はめでたいものであるが、そのめでたさは性を経由していない。

四　翁の恋と性愛

老いたら恋はしないという発想を基盤にして和歌で詠まれた翁の恋がある一方で、『梁塵秘抄』三八二番歌のように性愛を前面に押し出し、笑われる存在となる翁がいる。しかし、和歌には翁の恋を詠んでも、性愛を前面にしたものはない。同時代の和歌には見られない翁の恋と性愛の結びつきは、何なのであろうか。まずは、翁の恋の例として早い『万葉集』巻一六、三七九一〜三八〇二番歌の題詞に登場する竹取翁を見てみよう。

昔老翁あり、号を竹取の翁といふ。この翁季春の月に、丘に登り遠く望す。忽ちに羹を煮る九箇の女子に値ひぬ。百の嬌は儔なく、花の容は匹なし。ここに娘子等、老翁を呼び嗤ひて曰く、「叔父来れ、この燭火を吹け」といふ。ここに翁唯唯といひて、漸くに趨き徐に行き、座の上に着接きぬ。（略）竹取の翁謝まりて曰く「非慮る外に、偶に神仙に逢ひぬ。迷惑ふ心、敢へて禁むる所なし。近づき狎れぬる罪は、希はくは贖ふに歌を以てせむ」といふ。　即ち作る歌一首并せて短歌

この竹取の翁は、春の丘で羹を似る九人の「神仙」である美しい仙女と出会う。仙女たちは、「老翁を呼び嗤ひて曰く」とあるように、竹取の翁を笑いながら誘う。若い女に笑われるにも関わらず、翁は「唯唯」と答えながら、近づいて歌を交わそうとしていると描かれている。この題詞の後には、次の翁の反歌二首がある。

死なばこそ相見ずあらめ生きてあらば白髪児らに生ひざらめやも　（三七九二）

白髪し児らに生ひなばかくのごと若けむ児らに罵らえかねめや　(三七九三)

歌の中で翁は老いの象徴としての白髪を自嘲し、うら若き仙女たちに笑われようと、率先して烏滸的な振る舞いをしている。竹取の翁は、自ら笑い者になっている。竹取翁譚の背景には、春の山遊びの中で行われた古い歌垣があり、翁が「遠望す」したとある所から、国見的要素も入っているとされている。[28] 馬場光子氏[29]は、『梁塵秘抄』三八二番歌の翁の恋の源流に、竹取翁に代表される歌垣・国見的発想があると指摘する。歌垣などの祝祭の場は、性が解放される場であった。勿論、性愛の歌謡も多く歌われ、その中には老人も登場した。土橋寛氏[30]は、祝祭の場で老人が登場する意味として性交をして子孫を反映させるようにと若者を寿ぐ役割があると指摘している。翁は若者に性の予祝を与える存在であり、つまり祝福を授ける山の神と同様の役目を果たしていたと言えよう。

『万葉集』より時代は下るが、性の寿ぎをする翁自身が性の力を持つ例が『小右記』に見られる。

長元二年（一〇二九）九月廿四日条、乙卯。今暁夢想す、清涼殿東廂に関白下官共に烏帽子をせず、懐抱し臥す間、余の玉茎木の如し、着す所の白綿の衣大凡なり。恥の如しと思ふ程に夢覚めおはりぬ。若しくは大慶有るべしか。

この記事は、七〇歳を過ぎた藤原実資の夢を記したものである。三五歳年下の関白頼通と清涼殿で抱き合ったという夢を「若しくは大慶有るべしか」（吉兆かもしれない）と判断しているのである。実資がこの夢を吉兆とした理由については、人事権を握る頼通、除目を行う清涼殿東廂と人事に関する夢であったから昇進の吉夢と予測したと、倉本一宏氏[31]は言及している。

翁と性の結びつきを考えるならば、注目したいのは「余の玉茎木の如し」という表現である。自ら玉茎（男根）を直立した固い木になぞらえている。七〇歳を過ぎても昇進を望む上昇志向の実資は、「木の如し」と記された自身の玉茎もめでたいもの、吉兆だと認識したのではないだろうか。何故ならば、本来、老人は生殖能力が衰える筈であり、「老後恋」の和歌のように恋愛の場では老いを嘆くしかなかった。それが老齢にも関わらず、玉茎が「木の如し」と若々しい性の力に溢れていることは生命力に溢れていることでもあり、めでたいことであったからだ。

物語の中でも、性的能力を保持する翁が登場する。若く美しい女性に性欲を露にして、懸想する翁である。それらの翁は、いずれも意中の女性と思いを遂げることなく逃げられ、徹底的に、侮蔑され笑われる存在となっている。好色な翁の例として、『落窪物語』巻一に登場する典薬助という翁がいる。物語の主人公である落窪の姫君は、継母・北の方の奸計により、典薬助と結婚させられそうになる。北の方から姫君を与える旨を言われた典薬助は、

〈いともいともうれし。いみじ〉と思ひて、口は耳もとまで笑みまげてゐたり。[32]

と、好色性を露にした笑みを浮かべる。この笑みは、翁が若い女性への性欲を示す類型的表現で[33]、他の物語の翁にも描写されている。姫君の部屋に侵入した典薬助は、「胸かいさぐりて手触るれば」と女の乳房を触った挙句に、「翁、装束解きて臥して、かき寄すれば」とあるように装束を脱ぎ、姫君と共寝をしようとする。翁による露骨な性的描写は、通常の若い男女の共寝の描写からは、大きく逸脱していると言えよう。この場面では、典薬

助は終始、性欲を前面に押し出している。だが結局は、それを逆手に取られ、姫君の貞操を守ろうとする侍女あこぎの機転に翻弄され、滑稽な姿を繰り返し強調して描かれていく。典薬助は最後まで、落窪の姫君と性交することなく、最後は下痢をもらすという醜態を晒して退散することになる。ここでは、装束を解く、女の胸をまさぐる、口を耳もとまで歪めて笑うなど、翁の身体的性がクローズアップされている。翁の恋愛が性愛と直結し、女と共寝をすることなく笑われ者になるという艶笑譚の典型的な例であろう。

他には『今昔物語集』巻二四第八話「女行医師家治瘡逃語」に登場する典薬助の例がある。物語は、典薬助を「此ノ典薬助ハ本ヨリ遣シク、物目出シケル翁ニテ」と好色で多情な翁と設定している。この典薬助は、若く美しい女房を見た瞬間に、忽ち愛欲の心が生じる。

「何様ニテモ此ハ我ガ進退ニ懸テムズル者ナメリ」ト思フニ、歯モ無ク極テ萎ル顔ヲ極ク咲《ゑみ》テ、近ク寄テ問フ。(34)

この女を何としてでも自分のものにしたいと、『落窪物語』の典薬助と同様の好色性を露にした笑みを浮かべる。ただ、その描写には好色性だけではなく、顔は歯も無く皺だらけであると老醜も加えられている。典薬助は、腫れ物治療に訪れた女房の陰部を診察のため、女の性器そのものを直接、見て触るなど、性交に近い行為を行っている。皺々の顔に笑みを浮かべる、女の性器に触れるなど、ここでも翁の身体性と性的描写は繋がっている。

この翁も『落窪物語』同様に、性交未遂のまま女に逃げられて、笑い者となっている。これらの翁は、従来、老人の分際で好色であり、若い女性を前に老醜や痴態を晒す滑稽かつ侮蔑される存在として位置付けられてきた。身体性と性的描写が結びつく翁は、年齢にそぐわない過剰な性の力を有している存在として捉え直すことが出来よう。[35]翁の艶笑譚において、いずれも性交に失敗している。過剰な翁の性の力は、直接の生産性には繋がらない。しかし翁は、繰り返される身体的描写によって翁の持つ性の力を取り出して、露出していく。性の力は、和歌や物語では隠すべきものである。見せるべきものではないものを取り出して、露出して強調していく。それが烏滸・笑いへと繋がっていくのである。

過剰な性的能力を持つ翁とは、どういう存在なのだろうか。性の力とは、生産性であり、生命をもたらし、子孫繁栄に繋げる力である。それは、本来ならば若者が持つ力であり、祝祭の場で予祝を籠めて解放されるべきもので、恋愛の場においては色好みとして評価された。老いるとは、その力を失うという一つの論理がある。和歌の翁はこの論理にしたがっていた。表象としての翁に、若者が有するとされた性の力が付与されているのは何故なのだろうか。

翁と若い童が置換可能であることを指摘した諸氏の論がある。[36]例えば黒田日出男氏[37]は、神が示現する時に翁と童の姿を取ることが多いことに着目して、翁と童は、死の世界に近接している故に人として見做されない、神に近しい無性化した存在であるという。神であった山の翁のように無性化している表象もあるのに、これまで見てきた翁は、性が前面に押し出され協調されている。しかしその場合でも性交は失敗している。過剰に描かれる翁の性の力は、子孫を残す性交には結びつかない。しかし、翁は性的エネルギーを身体性で以って取り出していく。取り出して翁の周囲に見せていくという行為は、性の力を与える寿ぎへと繋がっていく。だから翁の性は、めでたいのではないかと考えられる。寿ぎを与える翁は、芸能の翁への問題とも連鎖している。

五　越境者としての翁と芸能

日本には早くから「翁舞」の伝統があった。『続日本後紀』承和一二年（八四五）正月一〇丁巳日条（仁明天皇）には、当時一一三歳だった尾張浜主[38]が、清涼殿で舞を舞い、仁明天皇から御衣を下賜された記事がある。「長寿楽」という舞楽と翁の芸能が習合した早い事例である。

天皇、清涼殿前に尾張連濱王を召す。長寿楽を舞はせしむ。舞ひおはりぬ。濱主即ち和歌に奏して曰く。
於岐那度天。和飛夜波遠良无。久左母支毛。散可由留登岐尓。伊天弖万田比天牟。
（翁とてわびやは居らむ草も木も栄ゆる時に出で舞ひてむ）[39]
天皇賞嘆す。左右に涙を垂る。御衣一襲を賜る。罷り退かせしむ。

歌は、仁明天皇の御代を寿ぐものであり、翁であるからといって気落ちばかりしていられようか、草も木も栄えている御代に、私も晴れの場に出て舞ってみようの意である。折口信夫「翁の発生」は、和歌の「翁」もただの老い人ではなく、翁舞を舞う演者としての翁の意であるとする。それは翁が持つ男性性の強調によって、性の力を身体的動作で表現している。折口氏は、他にも「翁舞」の例として、「翁さび」という語に着目して、『伊勢物語』第一一四段に出ている歌を取り上げている。

翁さび人なとがめそ狩衣けふばかりとぞ鶴も鳴くなる

物語中では、「仁和の帝」（光孝天皇）が芹河に行幸なさった時に、ある年老いた男が鷹飼いの役でお供をして詠んだ歌と説明されている。この歌は、『後撰集』『古今六帖』にも在原行平の歌として入集している。折口氏は、行平の歌とする以前から、翁舞の芸能として流布していたものだと考えている。これについては、『伊勢物語』の「翁」に着目した中田武司氏[40]の指摘がある。中田氏は、『伊勢物語』の和歌を詠む翁は、単なる老い人ではなく、巡行する神を演じる芸能者としての翁であると規定している。第一一四段の一首も、「翁」も又、天皇に「たづ（田の神）」として寿ぎを授けている。まさに祝福する神として、翁が立ち現れているのである。[41]

翁は、芸能において白式尉に代表される祝福する神としての性質だけではなく、黒式尉のように笑われ者としての性質を示していく。例えば笑われ者の翁の例として、[42]『伊勢物語』第八一段「塩竈」で左大臣家の庭で行われた宴で、「板敷の下に這ひありきて」と奇妙な動作をして、和歌を詠んだ「かたゐのおきな」（乞食爺）などは、その典型である。自らの身体性によって翁は、明らかに烏滸として振舞っている。神としての翁と笑われ者の翁という両義性が「かたゐのおきな」にも存在している。笑われ者と神が内在する翁は、他に『宇治拾遺物語』「鬼に瘤取らるる事」の瘤取りの翁がいる。この翁は、「人に交じるに及ばねば、薪をとりて世を過ぐる程に、山へ行きぬ」とあるように山に住む山の翁であった。この文脈の中での翁は、表象として山の翁になりうる存在である。この翁は、「右の顔に大きなる瘤ありけり」という異形の者である。瘤取り翁は、鬼たちの宴に、木のうつほから飛び出し、

木のうつほより烏帽子は鼻に垂れかけたる翁の、腰に斧《よき》といふ木伐る物さして、横座の鬼のゐたる前に躍り

出でたり。（略）翁伸びあがり屈まりて、舞ふべき限り、すぢりもぢり、ゑい声を出して一庭を走りまはり舞ふ。[43]

と、滑稽な振る舞いをして舞を披露する。芸能の場における瘤取りの翁は、神の翁が持つ高貴さ、威厳には程遠く、その過剰な振る舞いは、まさに滑稽で烏滸そのものである。この笑われ者の翁は、鬼たちには福の神として扱われ、「瘤は福の物なればそれをや惜しみ思ふらん」と福の象徴としての瘤を結果的に与えている。瘤取り翁は、異界から訪れ、祝福を授ける山の神と同義的な意味付けをされている。[44]

以上、駆け足であるが翁と笑いの芸能史を確認した。翁は芸能の場において笑い、余興を引き起こす来訪神であった。翁が笑い者になるのは、老醜、老耄を嘲笑されるという単純な問題ではない。古代から中世という長い時間をかけて醸成されて、複層的な意味を持つ翁の表象性が、聖俗、笑い、性を引き寄せていくのだ。

表象としての翁は、芸能史にも大きな影響を与え、謡曲「翁」に代表される翁の芸能という一つのジャンルを確立させていた。翁は謡曲「翁」に象徴されるように、白い翁、黒い翁にもなれるという意味で越境者であった。白黒になっているのは、両者が神、笑い者という正反対の性質を持っているからだ。相反するコインの裏表を抱えている翁の在り方が、越境性である。

芸能史上にある『梁塵秘抄』三八二番歌の「翁」も、「美女」に相手にされない、「まりえぬ」つまり共寝をすることが出来ないという意味で笑い者であった。しかし、それだけには留まらない表象性を持っている。山関連の物尽しからの連想に拠る山の翁、つまり神としての翁、「まりえぬ」という性的動作による笑い者としての意味である。「まる」という性的動作は、芸能史の祝福者としての翁につながっていく。例えば翁猿楽では、老夫婦の性交の態によって豊饒性、生産性を表現する場合がある。性的能力を失った老夫婦は、実際には子孫を残す生産力はない。それにも関わらず、性交をもどく、物真似をしていく、実態をもたない性的能力を取り出して強調していくことに笑いが発生するのである。

当該歌の翁は、「まりえぬ」という語を軸にして、山の神としての翁、笑われる芸能者としての翁という両面を一首の中でも越境していると言えよう。神、笑い、芸能者といった翁の表象性は、この一首から立ち上がっていくのだ。歌謡を含めた芸能者の翁は、越境性を持っている。翁の表象性は、芸能の中だからこそ表現できたのだろう。

白い翁にも黒い翁にもなれるという越境性を持ち、芸能とも深い関わりがある表象としての翁だったからこそ、同様に何者にもなれる越境性、芸能との関わりを持つ表象としての「美女」と対で歌われたのではないだろうかと考えられる。

【注】

（1）古来より妻を求めて鳴きながら奥山に入り、独り寝をする牡鹿の姿は、「よなばりの猪養の山に伏す鹿の妻呼ぶ声を聞くがともしさ」（万葉集・巻八・一五六一番・坂上郎女）、「妻こふる鹿ぞ鳴くなる独り寝の床の山風身にやしむらむ」（金葉集三奏本・秋・二二九・三宮大進）などの様に詠まれてきた。

（2）秘抄内の翁用例は、当該歌以外に四例ある。仙人として長寿の象徴とされている「頭は白き翁ども　佛事を勤めよ千歳は」（三五四）、老醜の様を笑う「可笑しく屈まるものはたゞ（略）翁の杖突いたる腰とかや」（三九一）がある。他二例の姫と翁を対比させた「鴬佐保姫翁草」（一三）、憎らしいものとしてうたわれる「頭白かる翁どもの若女好み」（三八四）の翁は、若い女性と対になって歌われているという点で、当該歌と同じである。

（3）馬場光子『今様のこころとことば――『梁塵秘抄』の世界――』（一九八七年、三弥井書店）は、当該歌の翁の恋は「あはれ」ではなくて、嘲笑の対象にし切っているとする。

（4）先行研究では、『全注釈』のみが、翁の神性について指摘している。

（5）山と翁について言及した研究は、金賢旭『翁の生成――渡来文化と中世の神々――』（二〇〇八年、思文閣出版）、山折哲雄『神と翁の民俗学』（一九九一年、講談社）など。

（6）『一遍上人絵伝』（『日本の絵巻』第二〇巻、一九八八年、中央公論社）。底本は歓喜光寺本。

（7）『遊行上人縁起絵』（『新修日本絵巻物全集』第二三巻、一九七九年、角川書店）。底本は光明寺本。

（8）折口信夫「翁の発生」（『芸能史六講』一九九一年、講談社）。

（9）精霊の代表が仲間の精霊に対して述べる呪詞。（『折口信夫大事典　増補版』一九九八年、大修館書店、「翁」項目参照）。

（10）山折哲雄『神と翁の民俗学』（注5参照）。山折氏は山伏の翁の白衣と一遍の黒衣の白黒のコントラスにも注目している。白黒の対比といえば、謡曲「翁」の白式尉の翁と黒式尉の翁を髣髴とさせる。

（11）新編日本古典文学全集『室町物語草子集』（二〇〇二年、小学館）。

（12）金賢旭『翁の生成――渡来文化と中世の神々――』（注5参照）。翁の姿が時間の長さの象徴であることを端的に示しているのが、『太平記』巻一八「比叡山開闢の事」の白鬚の翁（白鬚明神）の伝承である。白鬚明神は、自ら比叡の地を六千年守護してきた地主神であると名乗る。

（13）本文引用は、新編日本古典文学全集『今昔物語集①』（一九九四年、小学館）に拠った。

（14）『三法絵詞』下「志賀伝法会」に同じ説話がある。こちらでは「翁」ではなく、「優婆塞」として登場する。『今昔物語集』の翁、『三法絵詞』の優婆塞は異形の神人である。

(15)『本朝世紀』朱雀天皇・天慶元年（九三八）九月二日条に洛中に祭られる男女一対の道祖神の記事がある。「近日。東西両京大小路衢刻木作神。相対安置。凡厥躰像髣髴丈夫。頭上加冠。鬢辺垂纓。以丹塗身。成緋衫色。起居不同。逓各異皃。或所又作女形。対丈夫而立之。臍下腰底刻絵陰陽。搆几案於其前。置坏器於其上。児童猥雑。拝礼慇懃。或捧幣帛。或供香花。号曰岐神。又称御霊。未知何祥。時人奇之」。

(16)同説話として『今昔物語集』巻一三第三四話「天王寺僧道公誦法華救道祖神語」にある。

(17)阿部泰郎『湯屋の皇后』（一九九八年、名古屋大学出版会）。

(18)『新猿楽記』第一の本妻には、六〇過ぎの老女が男の愛を祈願する為に道祖神を祭る記事が見られる。『梁塵秘抄』にも「遊女の好むもの（略）男の愛祈る百大夫」（雑・三八〇）の歌がある。百大夫は道祖神の別称。

(19)本文引用は、日本古典文学大系『日本書紀　上』（一九六七年、岩波書店）に拠った。

(20)柴田實「猿田彦考」（小松和彦編『怪異の民俗学⑤　天狗と山姥』二〇〇〇年、河出書房新社）。

(21)本位田重美「続道祖神考」（『人文論究』第二五巻三号、一九七五年一二月）は、「長い鼻も生産力を象徴する陽物を象ったものと考えることが出来る」としている。

(22)天鈿女は、天照大御神の天岩屋隠りの際にも、胸乳、性器を露出する女神として描かれている。

(23)翁ではなく嫗であるが、『古事記』の引田部の赤猪子は、雄略天皇に求愛されたが、再会した時には八〇歳の老婆であったので性交が出来なくなってしまっていた。

(24)「事もなく生き来しものを老いなみにかかる恋にも我はあへるかも」（万葉集・巻四・五五九・大伴宿禰百代）など。

(25)覚任法親王（大治四年（一一二九）〜嘉応元年（一一六九））の私家集。「老後恋」で「あはれにも思ひたつかなにしきぎのちつかまつべきわがよはひかは」（七一三）。

(26) 和歌ではないが、老い故に若い女性に拒絶される例として、「花の色は粟のごとし　俗呼ばうて女郎となす　名を聞きて戯れに偕老を契れむとすれば　恐るらくは衰老の首の霜に似たるを悪まむことを」（和漢朗詠集・女郎花・二七九・源順）がある。
(27) 『梁塵秘抄』には、老いの象徴である白髪頭を、長寿の象徴としてめでたいものとして扱う「頭は白き翁ども仏事を勤めよ千度は　頭白かる鶴だにも　沢には千歳年経なり」（雑・三五四番）がある。
(28) 渡邊昭五『歌垣の民俗学的研究』（一九六七年、白帝社）。
(29) 馬場光子『今様のこころとことば――『梁塵秘抄』の世界』（注3参照）。
(30) 土橋寛『古代歌謡と儀礼の研究』（一九六五年、岩波書店）。
(31) 倉本一宏『平安貴族の夢分析』（二〇〇八年、吉川弘文館）。倉本氏は、「余玉茎如木」は　当時恥じることではなく、むしろめでたいことであったと指摘している。
(32) 『落窪物語』の本文引用は、全て新編日本古典文学全集（二〇〇〇年、小学館）に拠った。
(33) 『住吉物語』上巻には、「年七十ばかりの翁」である主計頭が、継母から姫君と結婚させてやろうと言われた際に、「いとうれしくこそ。疾く疾く」と言へば（略）主計頭、世にあさましく恐ろしき顔つき、皺うち寄り、歯一つもなき口つき見苦しきを、笑みて」とある。
(34) 本文引用は、新編日本古典文学全集『今昔物語集③』（二〇〇一年、小学館）に拠った。
(35) 永井和子『源氏物語と老い』（一九九五年、笠間書院）は、平安仮名文学の中での「翁」について、異質性を持つ、この世離れした存在として描かれているとした上で、翁の持つ力を老人の中の老衰・老弱・老耄・老醜・滑稽というマイナスの像に終わるのではなく、老人である故に持ち得る一種の積極的な力として把握されるとしている。
(36) 金賢旭『翁の生成――渡来文化と中世の神々』（注5参照）など。

(37) 黒田日出男『境界の中世　象徴の中世』（一九八六年、東京大学出版会）。

(38) 天平五年（七三八）生、没年未詳。奈良時代から平安時代前期にかけての楽人。

(39) 括弧内の和歌は、万葉仮名で記されていたものを筆者が適宜訓読に改めた。

(40) 中田武司「歌物語と「翁」の芸能」（『芸能』第三二巻第三号、一九九〇年三月）。

(41) 寿ぎを授ける翁としては、『伊勢物語』七九段「千ひろあるかげ」で、生まれたばかりの在原貞数親王に祝い歌を詠む祖父である「翁」などがいる。『伊勢物語』以前にも「翁さび」の和歌がある。「針袋これを賜りぬすり袋今は得てしか翁さびせむ」（万葉集・巻一八・四一三三・大伴池主）は、当時「翁」とは、ほど遠い年齢だった池主が、いかにも老人らしく振舞おうと詠んだ歌である。

(42) 池田彌三郎解説『近代日本思想大系22　折口信夫集』（一九七五年、筑摩書房）。

(43) 本文引用は、新編日本古典文学全集『宇治拾遺物語』（一九九六年、小学館）に拠った。

(44) 森正人「宇治拾遺物語瘤取翁譚の解釈」（『国語と国文学』第八〇巻第六号、二〇〇三年六月）参照。笑われ者の翁の源流を遡れば、芸能との関わりはないが、『日本書紀』神武天皇（即位前紀戊午年九月条）の老父《をきな》の姿に扮装した椎根津彦がある。

第四章

物語の中の表象——中世王朝物語と近世の物語

第一節　『いはでしのぶ』における物尽し
――王朝なるものへの回帰方法として

一　はじめに

『いはでしのぶ』とは、物語後半部分の本文が散逸しているが、[1]『風葉集』（文永八年（一二七一））以前に成立した中世王朝物語の一つである。中世王朝物語とは、『源氏物語』の影響を受けた姫君と貴公子の恋物語としての王朝物語で、[2]平安後期から鎌倉、室町時代に至るまで次々と生産された作品群である。『いはでしのぶ』は後嵯峨朝文芸復興期の作品で、天皇とその周辺、摂関家を中心にした家門復興の物語であることが指摘されている。[3]

本節で注目したいのは、ヒロインの女一品宮の美しさについての描写である。女一品宮とは、白河院の鍾愛の姫君である。彼女は白河院王権を象徴する皇女であり、主人公・二位中将（以下、中将と表記）の秘かな想い人でもある。[4]最高位の皇女として尊貴の存在である彼女の美しさは、冒頭で「花は匂ひ限り有りて、えしも並び聞えさせずかし」（巻一・一三五）[5]とあるように、花（桜）の美を超越したものとされている。この「匂ひ限り有」る花（桜）の比喩を超えた美の境地は、『源氏物語』の紫の上が、死の直前において到達したものであった。[6]姫宮の美しさは、最初から紫の上を越えるものとして、花（桜）では比喩不能とした上で、[7] 月の喩を用いて描かれる。本節では、次の記述に注目してみたい。

げに、そもいと理に、限りなき姫宮の御有様なるや。（略）行き交はる折節の花紅葉も、準ひに聞えぬべきもなし。ただ照る月の光の宮、春の夜の霞の下におぼろに見ゆる影よりはじめ、もりくる月は心尽くしに、曇らぬ半ばの秋の光にも、異ならず。大方いゐいゐの思ひは、折節の心変はるとも、ただ此の光計ぞ、つれなく見えし有明迄も、寄そへられぬべき御有様成りける。（巻一・一五二）

女一品宮の美しさを「行き交はる折節の花紅葉も、準ひに聞えぬべきもなし」と花紅葉では喩えられないとした上で、「照る月の光（の宮）」「春の夜の霞の下」「もりくる月」「曇らぬ半ばの秋の光」「有明迄も」と月の喩を並べて述べていく。この月の喩の列挙は、いわゆる物尽しという表現形式である。物尽しの定義については、後で詳述するが、吉川三枝子氏[8]は、物尽しを「意識的にある種の効果を狙って、何らかの共通性を有する語句や文を、類聚列挙した構成形態」と定義づけている。この定義に従えば、『いはでしのぶ』の月の喩の列挙も物尽しの一つと言えよう。

物尽しという表現方法は、物語の中では特殊である。『いはでしのぶ』においても、この女一品宮の美しさを描写する場面にのみ、月に関わって特別に使われている。『源氏物語』『狭衣物語』などの『いはでしのぶ』が回帰しようとした王朝物語ではまず見られない。物尽しは、中世歌謡に多く用いられた表現方法で、院政期の『梁塵秘抄』、鎌倉後期の早歌、室町後期の『閑吟集』といった歌謡史の流れにおいて独自に展開した。歌謡の物尽しについては、既に諸氏の論がある。[9] 志田延義氏[10]は、『梁塵秘抄』の物尽しについて、後来の歌謡の一つの型として伝存され、影響を与えたと指摘している。物尽しそのものは芸能的表現であるが、歌謡に限らず、軍記、御伽草子といった文学の中にも特色の一つとして用いられている。例えば『平家物語』「海道下」の地名尽し、御伽草子の『浜出草紙』の鎌倉名所尽し、『小町草紙』の文尽しなどが挙げられる。[11] 従来、芸能的表現であるとされている物尽しは、『いはでしのぶ』といった王朝物語をはじめ、軍記、御伽草子などの散文にも見られ、歌謡には留まらない中世文学の表現形式である。

本節では、この物尽しという表現形式に着目したい。『いはでしのぶ』は、女一品宮の描写において、物尽しという特異な表現を何故、必要としたのか。この問題を、列挙された月の諸相が、女一品宮のイメージをどのように形成しているのかという問題と併せて、考察する。そして『いはでしのぶ』での物尽しによる女一品宮という中世の姫君の描かれ方について、言及していきたい。

二　女一品宮と月が持つ王権の比喩

月の物尽しの描写を考察する前に、作中における女一品宮の位置付けと月の関係について述べておく。女一品宮は、視点人物としての主人公・中将をはじめとする男たちによって、常に客体として見られる存在である。[12] 足立繭子氏[13]は、『いはでしのぶ』は、皇女をめぐる男たちの視線のドラマであり、皇女争奪ゲームと述べる。男たちの争奪の対象は、勿論女一品宮である。

見られる存在である女一品宮は、三田村雅子氏[14]によれば「各天皇の御代に一人しかいない、王権にとって、斎院や斎宮と同格、またはそれ以上の禁断の処女」であり、白河院系統の王権の象徴でもあった。助川幸逸郎氏[15]

は、女一品宮を手に入れることは王権の奪取を意味すると述べている。女一品宮とは、皇女である事自体によって王権の象徴であり、それ故に男たちから欲望の対象として見られる存在なのだ。

女一品宮と月の関係に着目した三田村氏は、女一品宮に用いられる「月」「光」といった表現に注目して、姫宮のかぐや姫としての特質について言及している。かぐや姫も又、地上の男の求愛を拒み、満月の夜に昇天する月の女である。(16)

勝亦志織氏(17)は、月に喩えられる女一品宮は、月が日々や時刻によって変化していくように、変幻自在の美しさを付与されており、天上の月のように手に入れることが出来ない至高の皇女として設定されているとしている。勝亦氏は、それを示唆するものとして兄嵯峨院が詠んだ「思ひきや雲井に月の影たえて霞のうちを眺むべしとは」（巻一・二三六）を挙げている。(18)

この歌は、女一品宮を月に喩えて、それを霞の彼方に見るものである。本来、雲井（宮中）に輝く月（女一品宮）は、そこにあるべきものという前提で詠まれている。雲井の月（女一品宮）は、父・白河院系統を継ぐ兄・嵯峨院の王権を照らす輝く月なのだ。前掲の助川氏は、女一品宮は「奪取」される存在としている。女一品宮は一見、大将に奪取されたように見える。だが、結局は大将と離婚、出家して雲井（宮中）に回帰する存在である。

女一品宮が出家し、中将の恋が実らずに終わることが明らかになった九月一六日という日付は、名月の日であり、かぐや姫が昇天した八月一五日の満月の日から一月と一日ずれた月の美しい夜という日付である。この日付も、月に比喩される女一品宮が、かぐや姫に準拠する存在であることを示している。

王権の象徴としての皇女に、地上の人間（客体としての女一品宮を見つめる中将）は見上げるだけで決して手に入れることが出来ない故の月の美しさが加えられている。

月そのものが、『いはでしのぶ』以前より物語や和歌で王権の喩であった。『源氏物語』における王権と月の喩については河添房江氏[19]の詳しい論考がある。王権の喩としての月の例を幾つか見てみよう。

月影は同じ雲居に見えながらわが宿からの秋ぞかはれる

（『源氏物語』鈴虫巻・光源氏）

この一首は、冷泉院からの消息に「雲の上をかけ離れたる住みかにももの忘れせぬ秋の夜の月」と書かれた月見の招待歌に答えた光源氏の返歌である。「月影」は、冷泉院を指し、上句は院の栄えは変わらない、と寿ぐ。引用は割愛するが、『源氏物語』には他に冷泉帝、朱雀帝を月に喩えた歌が散見される[20]。

敦成親王（後一条天皇）の誕生祝いに詠まれた次の賀歌もある。

後一条院生まれさせ給ひて七夜に人々参りあひて、さか月いだせと侍りければ

めづらしき光さしそふさか月はもちながらこそ千代もめぐらめ

（後拾遺集・賀・四三三・紫式部[21]）

次代の天皇である親王の誕生を月の光の比喩で表現している。「めづらしき」は、素晴らしい月光の意に、親王誕生の栄光の意を掛けて二重の意味を持つ。「さか月」は、「月」と「盃」の掛詞。続く第四句「もちながら」も、「（盃を）持ちながら」「望月」の「望ち」の掛詞である。「千代もめぐらめ」は、盃が一座の者の間を巡る意に、月が大空をめぐる意を掛ける。更に「光」「さしそふ」「めぐる」は、月の縁語という凝った一首となっている。王権を寿ぐ最たるものである大嘗会和歌においても、月は天皇、もしくは天皇の御代の恵みとして比喩に用

いられた。[22]

久寿二年大嘗会悠紀屏風に、近江国鏡山をよめる

曇りなき鏡の山の月を見てあきらけき代をそらにしる哉

（新古今集・賀・七五一・藤原永範[23]）

歌意は、曇りのない鏡山に照る月を見て、わが君（後白河天皇）の御代が英明なる聖代であることが、澄んだ空から推し量れよう、である。鏡山は近江国の歌枕。鏡山には地名の意味だけでなく、静謐の世の比喩としての鏡の意味も籠められている。静謐な世の比喩の鏡は、「四海の安危は掌の内に照らし　百王の理乱は心の内に懸けたり」（和漢朗詠集・帝王・六五五・白居易[24]）の玄宗の祖、太宗が人を鏡として善い政治をしたという故事に拠る。鏡山に照る月は、後白河天皇その人を指す。月の光は、後白河天皇の御代の恵み、王権の光である。

以上、確認したように月は、王権の喩としての意味を持っていた。そのような月に喩えられる王権を象徴する存在、女一品宮。『いはでしのぶ』において、月は手に入れられない天上の景物であったからこそ、人の手で摘むことが出来る地上の花よりも上位の美しさを持つものとされた。その月に喩えられる女一品宮も、作中では最高の身分と美しさを持つ姫君とされた。中将にとって、最後まで獲得することが出来ない姫宮は、まさに天上の月の女であったろう。そういう月を用いて、女一品宮は物尽しで描写されている。月の物尽しが、作中において女一品宮にどのような意味を与えているのか、次で考察していく。

三　月の物尽し

まず、物尽しとは何かについて、先行研究の見解を示しておく。物尽しとは、厳格な定義は未だ定まっていないが、意識的にある効果を狙って、物の名を列挙する表現形式である。[25]その効果の一つとして、詞章に心地よい歌謡的なリズムともいえる流れを生み出す。ジャクリーヌ・ピジョー氏[26]は、列挙は美文の核をなしていると指摘する。例えば『平家物語』「海道下」の地名尽し[27]は、地名を次々と列挙することによって文体に躍動感とリズムが付与されている。『いはでしのぶ』においても、歌謡的なリズムを文体にもたらしていたということは言えよう。

文体を韻文化、あるいはリズムをもたらすといった表層的なことだけでなく、物尽しには、列挙による寿ぎという特質がある。外村南都子氏[28]は、早歌の物の徳を歌う曲群に注目して、早歌の物尽しの原点として、佳例をあげることによって賛嘆し、祈願の成就を願うという根本的精神があり、列挙は寿ぎであるとしている。物尽しの寿ぎという点について、高階秀爾氏[29]は、次のように言及する。物尽しの基底には、言葉を並べることによって神を喜ばせる祝祭性があり、物尽しとは「言葉のポトラッチ」であると。

このような特質を持つ物尽しは、『いはでしのぶ』の月と女一品宮では、どのように働いているのだろうか。両氏が指摘した善きことの並び立てによる言葉の祝祭性という特質を考慮するならば、月の物尽しによる女一品宮描写は、彼女への寿ぎであったと言えよう。この寿ぎは、月そのものとされた姫宮の美しさを賛美するだけでなく、その姫宮の背後にあった白河院皇統への寿ぎと考えられる。作中世界で皇女を誉めることを通じて、父から兄へと繫がる白河院皇統を誉めるのだ。

しかし、物尽しが『いはでしのぶ』にもたらしたものはそれだけだろうか。物尽しは、諸氏が指摘するように列挙に拠る対象者への寿ぎが基盤としてあるだろう。その上で、筆者は、物尽しの特質は次のように考えている。例えば「心の澄むもの」の物尽しとして「心の澄むものは　秋は山田の庵ごとに　鹿驚かすてふ引板の声　衣しで打つ槌の音」（『梁塵秘抄』雑・三三二）の一首がある。[30]「心の澄むもの」として列挙された「秋は山田」「庵」「鹿」「引板」「衣しで打つ槌の音」は、それぞれが秋の景物として定着しており、和歌において伝統的な歌語である。これら秋の美的情趣を持つ個々の歌語が「心の澄むもの」という言葉から連想されるイメージとして、拡がるものとして列挙されている。逆に「心の澄むもの」という言葉を視点にして見た場合、「心の澄むもの」という言葉自体が鹿、引板、衣を打つ槌の音といったイメージを引き寄せていると言えよう。ある語について分類したイメージの拡がりと集約は、コインの裏表の関係なのだ。分類されたイメージを集約して引き寄せていく、それが物尽しではないか。[31]

こういう視点から月の物尽しを捉えなおした時に、具体的にどのようなイメージや意味が浮かび上がり、引き寄せられるのか、和歌の伝統的表現から読み解いていく。女一品宮の美しさは、月の物尽しによって、月そのものであることが強調されていく。

ただ照る月の光の宮、[I] 春の夜の霞の下におぼろに見ゆる影よりはじめ、[II] もりくる月は心尽くしに、[III] 曇らぬ半ばの秋の光にも、[IV] 異ならず。大方いゐいゐの思ひは、折節の心変はるとも、ただ此の光計ぞ、つれなく見えし有明迄も、[V] 寄そへられぬべき御有様成りける。（巻一・一五二）

Ⅰ「照る月の光」、Ⅱ「春の夜の霞の下」、Ⅲ「もりくる月」、Ⅳ「曇らぬ半ばの秋の光」、Ⅴ「有明迄も」と列挙されたように月の美しさは、不変不動のものではなく、変幻自在で多様である。

Ⅰ　照る月の光の宮

「照る月の光」は、月光である。しかし一言で月光といっても様々である。「照る月の光冴えゆく宿なれば秋の水にも氷ゐにけり」（金葉集・秋・一九三・皇后宮摂津）では、月光の寒々とした感じを氷と表現している。「秋の夜の月の光は清けれど人の心のくまは照らさず」（後撰集・秋中・三二三・読み人知らず）では、冴え冴えとした秋の月光を詠む。冬と秋、季節は異なるが、二首とも月光は冷たく清澄なものとして表現されているという共通点がある。冴え冴えとした冷たい月光のイメージが、女一品宮像の一部になっているのであろう。

その一方、「照る月」で見ると、天皇、もしくは天皇になる人物に比喩として用いられている例がある。(32)『狭衣物語』巻四の冒頭に、堀河大臣の夢の中で、貴人の姿で示現した賀茂明神が狭衣の危急を知らせるべく、次の一首を詠む。

光失する心地こそせめ照る月の雲かくれ行くほどを知らずは　（『狭衣物語』巻四・賀茂明神(33)）

「照る月」は、狭衣大将の喩えである。その「照る月」（狭衣）が、出家によって雲隠れしようとしている、と暗に狭衣の出奔を阻止せよと警告しているのである。「照る月」が狭衣の比喩であるのは、彼が神意によって次の天皇になる人物だからである。狭衣は、巻四の終わりで天照大御神の託宣により帝位に着く。大嘗会和歌においても「照る月」が天皇、もしくはその王権を指す例がある。

後朱雀院御時、大嘗会御屛風歌

照る月の桂の山に家ゐして曇りなきよにあへる秋かな

（大嘗会和歌・後朱雀天皇　七六・藤原義忠）

この賀歌でも、「照る月」は、後朱雀院を指す。続く第二句の「桂」は、山城国の歌枕であるが、「月の桂」として月中にある桂の木の意味も有している。その「月の桂の山」に家居（住居を作って住むこと）をして、「曇りなきよ」である後朱雀院の聖代にあっている秋であることよ、と祝意を屛風歌に書かれた風景に託して詠んでいる。

「照る月の光の宮」は、和歌で詠まれてきた冴え冴えとした月光のイメージを持つ女一品宮として描こうとしている。だが、「照る月」が持つ天皇の比喩性を考慮するならば、「照る月の光の宮」という表現には、月光のイメージだけでなく、月が比喩として持つ王権との関わりという二重性が潜んでいる。

Ⅱ　春の夜の霞の下におぼろに

「春の夜の霞の下におぼろに」とされる春の夜の景物は、ほんのりと霞む朧月である。春霞の下の朧月を詠む早い例として、春霞のかかった月の世界にも花は咲いているだろうか、と見ることができないものに思いを馳せた「春霞たなひきにけり久かたの月のかつらも花や咲くらん」（後撰集・春上・一八・紀貫之）、浅緑の空も咲き匂う花も霞に溶けて朧に見える春の夜の月が素晴らしいとした「浅緑花も一つに霞つつおぼろに見ゆる春の夜の月」

（『更級日記』・作者）などがある。いずれも朧にかすんだ春の月、薄絹でも垂れたような、柔らかな甘い霞んだ感じを表現している。

朧月を詠んだ有名な和歌は、

照りもせず曇りも果てぬ春の夜の朧月夜にしく物ぞなき　（大江千里集・七二）

であろう。朧月夜こそ最高に美しいと詠んだこの一首は、『源氏物語』花宴巻で「朧月夜に似るものぞなき」と、朧月夜によって口ずさまれた。春の夜に登場する朧月夜は、大江千里の引き歌によって華やかで甘く霞んだ印象が付与されている。女一品宮の「春の夜の霞の下におぼろに」も、千里の「照りもせず」の歌が想起された筈だ。千里の歌から、『源氏物語』の朧月夜も間接的に導き出していたと考えられよう。女一品宮に王朝物語のイメージを引き寄せている例として、春の朝観行幸の際に桜の衣装を纏う女一品宮の記述が挙げられる。

御扇に紛らはしつつ御座しますかたわらめ、はづれたる御面付きの美しさ。樺桜の御衣のすぎすぎ幾重ともなきに、紅の御単、やがて桜萌黄の五重の御表着、紋の織様もみな同じ花にて、赤色の御唐衣に、白くて異に織り浮かされたる花の枝ざしなど、春の心はのどけからましと（略）　（巻二・四二七）

「樺桜の御衣」「桜萌黄の五重の御表衣」「紋の織り様」「花の枝ざし」と様々な桜の衣装が挙げられている。衣装だけではなく、「春の心はのどけからまし」は、「世の中にたえて桜のなかりせば春の心はのどけからまし」

（古今集・春上・五三・在原業平）を引き歌にして桜のイメージを導く。『古今集』の歌は、散りやすい桜を詠むが、ここでは美しい姫宮が、美しい桜の衣装を纏っていることが、心落ち着かないと述べている。[34]皇女が桜の衣装を身に纏う例としては、『源氏物語』若菜上巻で「花の雪のやうにかかれば」と舞い散る満開の桜の下で、「桜の織物の細長」を身につけていた女三宮のイメージが想起される。桜を纏う皇女は、「花といはば桜にたとへても」（若菜下巻）、「なかなかこの世の花のかをりにもよそへられたまひしを」（御法巻）のように、繰り返し容姿を桜に喩えられた紫の上のイメージも、引き寄せていよう。王朝ルネッサンスの作品としての『いはでしのぶ』[35]は、桜の衣装を描写したこの場面で、女一品宮のイメージに女三宮、紫の上といった物語の姫君を引き入れ、王朝的な理想性を示しているのだ。中世王朝物語で桜が紫の上に結び付く例として、『とりかへばや物語』巻一でヒロインである中納言（男装の姫君）の容姿を「夕暮れのたどたどしき霞の間より匂ひこぼれたる桜の花も匂ひ圧さるるまでめでたきを」[36]と桜の花に喩えたものがある。この描写は紫の上の「春の曙の霞の間より、おもしろき樺桜の咲き乱れたる心地す」（野分巻）を連想させる。[37]中世王朝物語において桜＝紫の上という連想が典型化していることを示していよう。

巻一の月の物尽しでは、朧月夜のイメージを引き寄せ、巻二の桜の衣装描写では、紫の上、女三宮という二人の姫君のイメージが『いはでしのぶ』の姫宮に付与されていた。紫の上、女三宮、朧月夜といった複数の王朝物語の姫君のイメージが、女一品宮の理想性を示すものとしてあるのだ。逆に、複数の王朝物語の姫君の美点を集約した女一品宮だからこそ、『いはでしのぶ』中において、最上の美質を持つ姫君として提示されていると言えよう。

女一品宮に付与された表象としての月、それを基盤に姫宮は色々なものを美点として引き寄せていく。月よりも劣っている花（桜）も引き入れて、姫宮のイメージを累加していく。

Ⅲ　もりくる月

「もりくる月」の引き歌は次の一首である。

木の間よりもりくる月の影みれば心づくしの秋は来にけり　（古今集・秋・一八四・読み人知らず）

木の枝から漏れる細く弱弱しい初秋の月光に、しみじみとした悲哀を感じている。直前の甘く華やかな「春の夜の霞の下におぼろに」とは、一変して淋しさをもたらす月の光である。冴え冴えとした氷のような月光とはまた違う趣を持つ、か細い月光も、多面的な魅力を持つ女一品宮の一面として列挙された。「もりくる月」は、木の間から幽かに漏れてくるだけでなく、「雨ふればねやの板間もふきつらんもりくる月はうれしかりしを」（後拾遺集・雑一・八四七・藤原定頼）のように、屋根板の葺目が荒れているあばら屋から漏れるものとして詠まれた。この一首では、「もりくる月」の光は、あばら屋の夜をなぐさめる趣の有るものとして位置付けられている。木々の間、あばら家から細く幽かに「もりくる月」の光が持つ風情、趣は、中世の幽玄、わび、さびといった美意識に近い。

Ⅳ　曇らぬ半ばの秋の光

初秋の心細げな月光から、秋という連想で繋がりながら、「曇らぬ半ばの秋の光」は、輝く秋の月を引き出す。

秋の月は、他の季節より殊更に趣深いものとされてきた。「天の原思へばかはる色もなし秋こそ月の光なりけれ」（新勅撰集・秋上・二五六・藤原定家）は、秋こそ月光を明るく輝かせるという、秋の月の姿の本意を詠んだものである。

「曇らぬ」という表現を用いた秋の月の歌は、秋の夜、曇ることなく夜露を照らす月を詠んだ「秋の夜の露も曇らぬ月を見ておきどころのなきわが心かな」（詞花集・秋・一〇三・隆縁法師）などがある。[38]

ここでは、「もりくる月」を挟んで、「春の夜の霞の下におぼろに」の春の朧月と、「曇らぬ半ばの秋の光」の照り輝く秋の月を列挙することによって、春秋の月を対比させる構図となっている。春秋の月の優劣を競うことは、物語、日記の中でもしばしば行われていた。『源氏物語』若菜下巻では、光源氏（六条院）と夕霧が、秋の月と春の月では、どちらが楽の音色を合わせた情趣が勝るのかという談義をしている。『更級日記』では、作者が女房たちと春の夜と秋の夜、どちらがより心が惹かれるかという問いに、春秋の月の歌を詠み交わしている場面がある。春秋の月の対比という構図は、物語や日記で行われてきた優雅な春秋の競い合いを想起させ、引き寄せているのだ。

V　つれなく見えし有明迄も

有明の月は、その美しさ自体が注目され、「月は　有明の、東の山ぎはに細くて出づるほど、いとあはれなり」（『枕草子』二三五段）[39]と繊細な情趣が捉えられている。だが、「つれなく見えし」と詠まれた有明の月は、美しいものではなく冷淡なものとされていた。

有明のつれなく見えし別れより暁ばかり憂きものはなし　（古今集・恋三・六二五・壬生忠岑）

この『古今集』の歌は、素っ気無い態度で別れた恋人の姿を有明の月に重ね、その無情を嘆くとされている。[40]「つれなく」とされているように有明の月は、無情で、冷淡な女のイメージを抱えている。この「つれなく」とされた有明の月を、『いはでしのぶ』は女一品宮＝月の美しさの総合性を補完するものとして列挙している。恋歌の中で、「つれなく」と特徴的に詠まれた有明の月のイメージは、中将の恋心に決して応えることなく出家してしまう女一品宮と中将との関係性を示唆している、と考えられる。主人公の中将は終始、恋情を抱きながらも、月である姫宮を見つめているだけである。月は、見上げるだけで、決して手に入れられない天上の景物である。だから、地上の人間であるところの主人公にとっては、「つれなく見えし」なのである。

有明の月そのものは、「もみぢ葉の散り来る見れば長月の有明の月の桂なるらし」（後撰集・秋下・四〇一・読み人知らず）のように九月のもの、晩秋の景物として儚げな姿が詠まれ、『新古今集』では「志賀の浦や遠ざかりゆく波間より氷りて出づる有明の月」（冬・六三九・藤原家隆）のように凍りついたような冬の月を詠んだものがある。特に氷の刃のような初冬の有明の月は、「つれなく」とされた冷淡な女のイメージとも視覚的に重なってこよう。

以上、駆け足であるが、月の物尽しに列挙されたⅠ「照る月の光」、Ⅱ「春の夜の霞の下」、Ⅲ「もりくる月」、Ⅳ「曇らぬ半ばの秋の光」、Ⅴ「つれなく見えし有明迄も」が和歌の中でどのように詠まれ、具体的に各の「月（の光）」がどのようなイメージの拡がりを持っているかを確認した。

月の列挙による女一品宮の美しさの描写は、物尽しという方法で和歌の伝統的表現を中心に、その周辺にあった物語や登場人物（朧月夜）も巻き込んで、一つの世界を織り成していた。最初は、冴え冴えとした月光を挙げ、次に春の甘く霞んだ朧月、木の間から漏れてくる弱弱しい初秋の月光、秋の連想で繋げた明るく輝く秋の月、最後に恋歌における冷淡な夜明けの月、初冬の氷のような月と言葉の連想と連想を繋げて、月のイメージを広げていた。月の物尽しの中で、春、初秋、中秋、（晩秋）、初冬と季節の移り変わりも表現されていた。それらが全て中世王朝物語の姫君の理想性を示すものとして、女一品宮に集約されているのだ。

四　物尽しがもたらしたもの

月（の光）の種々相を列挙することによって、月の総合性を捉えていたことを明らかにすることが出来た。月に喩えられる皇女の美しさが、遍く世を照らすことを示している表現であろう。月の物尽しとして列挙された「月（の光）」は、単なる事物ではなく和歌の伝統的表現を引き寄せている。それは、女一品宮に和歌の表現における理想的な美を集約させているとも言い換えられる。

女一品宮描写では、ありとあらゆる月が挙げられ、網羅されていた。そして列挙された「月（の光）」は、それぞれ和歌の伝統的表現、朧月夜、女三宮、紫の上などの姫君の王朝的な美のイメージを引き寄せて拡散していた。挙げられた「月（の光）」は、それぞれが拡がるイメージの発生源であり、王朝的な美意識、理想性を確認するための共有化された記号であった[41]。

物尽しの共有性について志田延義氏[42]は、「平安貴族の教養が、記誦とその賢明なる活用を生命とする為に、列挙法が学習の手段として尊重された」と、貴族の教養の共有化であると定義する。これと同質のことを馬場光子氏[43]が、物尽しの連想によって折を外さず感動を共有することが、宮廷貴族の雅な精神文化の支えになったと述べている。物尽しで列挙された事物（記号）から想起されるイメージを共有化することによって、受け手（貴族階級）の共同体としての連帯も強まっていたのではないかと考えられる。[44]『いはでしのぶ』が物尽しによって王朝の理想性を示した女一品宮にも同様のことが言える。女一品宮の美質（理想性）として列挙された月の事物が引き寄せるあらゆるイメージを確認する中世の読者である貴族階級。彼らによる教養の確認に拠る結束、連帯感の強化は『いはでしのぶ』の時代に、既に失われてしまった王朝を取り戻そうとした動きであった。

だが、一度分類し集約された時点で、物尽しに挙げられた事物は、既に王朝のものとは似て非なるものとなった。それは、物尽しそのものが、王朝物語では用いられない表現方法であることが、根幹にあろう。物尽しは、物尽しである故に、月の景物を並べた女一品宮描写に、装飾過剰と歌謡的な表現であるという印象、俗に言えば、平安期の王朝物語よりも格調が劣る印象をもたらしたのではないだろうか。そこに『いはでしのぶ』が回帰しようとした王朝物語との差異が発生したのであろう。

王朝的なものの理想への回帰として示されたヒロイン女一品宮は、月、桜から引き寄せられた紫の上、女三宮、朧月夜といった複数の王朝物語の姫君のイメージを内包していた。姫宮自体が『いはでしのぶ』の中で、王朝なるものを連想させる表象となっていたと言えよう。物尽しは、そうした新しいヒロイン像の獲得方法であり、失われた王朝に回帰しようとした王朝ルネッサンスとしての試みだったのである。

【注】

（1）『いはでしのぶ』の成立、書誌、伝本については、小木喬『いはでしのぶ物語　本文と研究』（一九七七年、笠間書院）の解説に詳しい。

（2）大槻修・神野藤昭夫編『中世王朝物語を学ぶ人のために』（一九九七年、世界思想社）。

（3）助川幸逸郎「『恋路ゆかしき大将』における〈王権物語崩し〉――『いはでしのぶ』との差異が物語るもの」（『国文学研究』第一三六号、二〇〇二年三月）。

（4）題名『いはでしのぶ』は、一品宮に秘かに恋慕する二位中将の独詠歌「思ふことといはでしのぶの奥ならば袖に涙のかからずもがな」（巻一）に拠るものである。

（5）『いはでしのぶ』本文引用は、全て小木喬『いはでしのぶ物語　本文と研究』（注1参照）に拠り、一部、漢字、歴史的仮名遣いなど私に表記を改めた。括弧内の漢数字は頁数である。

（6）「来し方あまりにほひ多くあざあざとおはせしさかりは、なかなかこの世の花のかをりにもよそへられたまひしを、限りもなくらうたげにをかしげなる御さまにて、いとかりそめに世を思ひたまへる気色、似るものなく、心苦しく、すずろにもの悲し」（『源氏物語』御法巻）。

（7）三田村雅子「いはでしのぶ物語」（三谷栄一編『体系物語文学史　第四巻』一九八九年、有精堂）。

（8）吉川三枝子「物尽しの体系的研究」（『日本歌謡研究』第一三号、一九七四年三月）。

（9）乾克己「宴曲考――物尽しの系譜――」（『国学院雑誌』第五六巻第四号、一九五五年一一月）、外村南都子「早歌における物尽しの展開」（『国語と国文学』第九七三号、二〇〇四年一二月）など。

（10）志田延義『日本歌謡圏史』（一九五五年、至文堂）。

（11）散文の中で用いられている物尽しと歌謡性について言及したものに、伊藤慎吾「お伽草子における物尽し――歌謡との関係を通して――」（『国学院雑誌』第一一〇巻第一一号、二〇〇九年一一月）がある。

（12）三田村雅子「いはでしのぶ物語」（注7参照）。

（13）足立繭子「いはでしのぶ」（神田龍身・西沢正史編『中世王朝物語・御伽草子事典』二〇〇二年、勉誠出版）。

（14）三田村雅子「いはでしのぶ物語」（注7参照）。

(15) 助川幸逸郎「『恋路ゆかしき大将』における〈王権物語崩し〉――『いはでしのぶ』との差異が物語るもの」（注3参照）。

(16) 女一品宮は、「光ことに」（巻一・二二四、巻二・二九二）、「かかやく」（巻一・一六八）「きらめき」（巻一・一七三、巻三・四七八）という「光」に関する表現が多い。これら「光」の表現も、光る聖女としてかぐや姫性に繋がっていよう。かぐや姫と光の喩については、小嶋菜温子『かぐや姫幻想　皇権と禁忌』（一九九五年、森話社）に詳しい。

(17) 勝亦志織『物語の〈皇女〉――もう一つの王朝物語史――』（二〇一〇年、笠間書院）参照。

(18) 『いはでしのぶ』で女一品宮を月に喩えた和歌は、「行方もしらずながめし月影の入れど入さの山ぞ恋しき」（巻一・大将・二〇〇）がある。

(19) 河添房江『源氏物語表現史　喩と王権の位相』（一九九八年、翰林書房）。

(20) 冷泉帝を月に称えた「久方の光に近き名のみして朝夕霧も晴れぬ山里」（『源氏物語』松風巻・光源氏）、朱雀帝を月によそえた「九重に霧やへだつる雲の上の月をはるかに思ひやるかな」（『源氏物語』賢木巻・藤壺）など。

(21) 『紫式部日記』の詞書は「宮の御産養、五日の夜、月の光さへことに隈なき水の上の橋　に、上達部、殿よりはじめ奉りて、酔ひ乱れののしり給ふ盃のをりに、さし出づ」とあり、歌の本文は「千代をめぐらめ」となっている。

(22) 大嘗会和歌で天皇の比喩に月を用いた例に「曇りなき君が御代に鏡山のどけき月の影も見えけり」（鳥羽天皇天仁元年・悠紀・六九・大江匡房）、「久方の天の岩戸の山のはに常闇はれて出づる月影」（花園天皇・悠紀・九九・日野俊光）など。

(23) この歌は『大嘗会和歌』五五番歌として入集している。

(24) 本文引用は、日本古典文学大系『和漢朗詠集』（一九六五年、岩波書店）に拠った。

(25) 外村南都子「早歌における物尽しの原点――藤三品作詞の三曲をめぐって――」(『国文白百合』第二二号、一九九一年三月)、ジャクリーヌ・ピジョー『物尽し　日本的レトリックの伝統』(一九九七年、平凡社)。

(26) ジャクリーヌ・ピジョー『物尽し　日本的レトリックの伝統』(注25参照)。

(27) 『平家物語』「海道下」は、道行文の典型的なもので、韻文体。

(28) 外村南都子「早歌における物尽しの原点――藤三品作詞の三曲をめぐって」(注25参照)。

(29) 丸谷才一・高階秀爾・小島孝之・田中優子「座談会　尽くしの宴」(『日本の美学』第三二号、二〇〇一年四月)。

(30) 『梁塵秘抄』三三二番歌は、馬場光子『今様のこころとことば――『梁塵秘抄』の世界――』(一九八七年、三弥井書店)に詳しい。

(31) 語がもたらすイメージの連想、イメージのグループ分類といった物尽しの特質は、和歌の縁語にも共通しているものであり、興味深い問題である。筆者が提言したイメージの拡散性については、丸山圭三郎『言葉・狂気・エロス――無意識の深みにうごめくもの』(一九九〇年、講談社)がメトノミー(換喩)という語を用いて説明している。丸山氏によればメトノミーとは、白→白帆→帆船というイメージの移行(=置き換え)である。

(32) 詞書「堀河院、隠れさせて給ひて後、百首歌よみ侍りけるに」、「照る月の雲居の影はそれながら在りしよをのみこひわたるかな」(万代集・雑五・源国信)。堀河院を「照る月」によそへて崩御を嘆く。

(33) 本文引用は、新編日本古典文学全集『狭衣物語②』(二〇〇一年、小学館)に拠った。

(34) 桜は、女一品宮の父、白河院の皇統を象徴する花でもある。横溝博「『いはでしのぶ物語』の表現機構――皇統譜の喩としての桜――」(『早稲田大学大学院文学研究科紀要』第四五輯、二〇〇〇年)参照。

(35) 『いはでしのぶ』の成立年代は、『無名草子』(鎌倉初期)以降、『風葉集』(一二七一年)以前ではないかとされている。『風葉集』が編纂された後嵯峨天皇の御代もしくはその前後は、『新勅撰集』『続後撰集』といった勅撰集が編纂され、『石清水物語』『風につれなき』といった数多くの中世王朝物語も生まれた。このように多くの文学作品が生まれた背景として、実質、鎌倉幕府に政権を掌握されていた貴族階層が、文化の中で在りし日の王朝の栄華、王権を示そうとした文芸復興の動きがあった。

(36) 本文引用は、新編日本古典文学全集『とりかへばや物語』（二〇〇二年、小学館）に拠った。

(37) 友久武文・西本寮子『中世王朝物語全集12　とりかへばや』（一九九八年、笠間書院）の補注は紫の上についての描写「あさぼらけの樺桜」を意識したか、としている。

(38) 「曇らぬ」表現を用いた例は、「秋の夜の月は曇らぬ真澄鏡影を浮かぶる水はあらじな」（堀河院百首・秋二十首・七九六・永縁）がある。

(39) 本文引用は、新編日本古典文学全集『枕草子』（一九九七年、小学館）に拠った。

(40) 『古今集』六二五番歌は解釈が分かれている。定家は『顕註密勘』でつれなく見えたのは有明の月だけで、女は冷たくないと有明の月と女を切り離して考える。竹岡正夫『古今和歌集全評釈（下）』（一九七六年、右文書院）、片桐洋一『古今和歌集全評釈（中）』（一九九八年、講談社）などは、つれなく見えたのは月と女、両者であると解釈。筆者はこの説を採った。

(41) 中世の文学の特質として、中世から古典文学の受動形態は、どれだけ記憶のデータベースを共有しているかということに重点を置いていた。よって貴族的な教養を共有していないものを排除してきたということにあると前田雅之『記憶の帝国「終わった時代」の古典論』（二〇〇四年、右文書院）は言及している。

(42) 志田延義「梁塵秘抄」（『岩波講座日本文学』一九三一年、岩波書店）。

(43) 馬場光子『今様のこころとことば――『梁塵秘抄』の世界――』（注30参照）。

(44) 『いはでしのぶ』もその傾向があり、作中に散りばめられた引き歌、『源氏物語』『狭衣物語』といった先行する時代の物語の模倣を読み解くということは、貴族階級の読者による教養の共有化であった。

第二節　『風に紅葉』の道行文——和歌の表現から読み解く

一　はじめに

中世は道行文の開花期である。早歌（宴曲）の「海道」「熊野参詣」、謡曲「百万」「熊野」、『平治物語』『平家物語』『太平記』などの軍記物語、御伽草子の『横笛草子』『小町草紙』『雀の発心』など中世の道行文の例は枚挙に暇がない。[1]道行文は、中世文学の大きな特色の一つであろう。

中世文学の代表的な表現形式であるところの道行文は、前節の物尽しと同様に中世王朝物語の中では非常に特殊である。管見の限りでは、中世王朝物語の道行文は、『風に紅葉』の難波下向の道行文のみであった。つまり物語では通常、用いられない道行文という表現形式が、何故『風に紅葉』において用いられたのか、という問題が浮かび上がってくるのだ。

『風に紅葉』は、中世王朝物語末期の作品で、『風雅集』（貞和五年（一三四九））以降、そこからさほど隔たらない時期、つまり南北朝期の成立ではないかとされている。[2]

物語の内容を簡単に述べておく。主人公二位の中将（以下、中将）は、関白左大臣家の息子で、妹は東宮に女御として入内、宣陽殿女御と呼ばれる。中将自身は帝から鍾愛の娘である一品宮を妻に与えられ、満ち足りた生活を送っていた。ところが、妹の女御が出産の折、病に伏してしまう。中将は、高僧を招請するために住吉まで赴いた際に、女装した美少年と出会う。少年に心奪われ、男色関係を結び、倒錯的な愛に耽るのであった。ここから中将は、にわかに波乱に満ちた破滅的な人生を歩んでいく。実はこの少年は、中将の亡き異母兄の息子であった。少年は中将と瓜二つの容貌に成長し、成人後は関白家の次男としての地位を得る。二条京極邸で仏道修行に入った中将と入れ替わるようにして、少年は社会的地位、関白左大臣家の繁栄を享受し、あまつさえ中将の妻・一品宮とも性的関係を結ぶ。それらは全て中将による計らいであった。少年の子を宿した一品宮は、深く苦悩し、出産後に絶命する。その死を嘆き悲しんだ中将は、出家を決意するものの、結局は出家しないというところで物語は終わる。(3)

本節では、二度目の懐妊の身であり、日々容態が悪くなる妹・宣陽殿女御のために、中将が霊験あらたかと評判の唐の聖を迎えるべく難波に下向する場面に着目したい。

御傅《めのと》の民部卿、その子ども、さらでもむつましき殿上人二、三人にて、八月二十日あまりの有明の月とともに、御舟に召す。鳥羽田の面、淀のわたり、長柄の橋の古き跡、今津、柱本ほどなく過ぎて、渡辺や大江の岸に着きぬれば、雲居に見ゆる生駒山など、ならはずめづらしうおぼす。いまだあかきほどに、難波の寺に参り着き給へり。「東門中心の思ひなし」といひ、心の塵をすすぐらん亀井の水をむすびあげても、ものごとに御心澄みつつ、かの聖尋ねさせ給へば、住吉に侍るよし申せば、次の日ぞ御馬にて渡り給ふ。薄・刈萱など秋の草どもも、都よりはほのかにあはれげにて、道すがら心細し。阿倍野王子などいふわたり過ぎて参り着き給へれば、朱の玉垣神さびて、「さこそは厳重なるらめ」と、まことに信もおこりぬべし。海面に、形のごとくなる庵、薄・刈萱などを、かごとにむすびてぞありける。
（『風に紅葉』巻一・三五）[4]

中将が京を出発し、唐の聖に出会う住吉までの旅程を、「鳥羽田の面」「淀のわたり」「長柄の橋の古き跡」など多くの地名を列挙し、和歌の引歌や縁語を織り交ぜながら述べている。このような表現形式を道行文という。道行文とは、ある地点から出発して、ある地点に到るまでの旅の経過地名を枕詞・掛詞・縁語といった、修辞を駆使して旅情と空間的移動を示す詞章であった。[5]

『風に紅葉』の道行文については、先行研究に岸本いく恵氏の論[6]がある。岸本氏は、列挙された地名の詳細を述べた上で、この場面の典拠は、『源氏物語』若紫巻冒頭で光源氏が瘧病を患い、北山の聖を訪れる次の場面であると指摘する。

御供に睦ましき四五人ばかりして、まだ暁におはす。（その寺は）やや深う入る所なりけり。三月のつごもりなれば、京の花、盛りはみな過ぎにけり。山の桜はまだ盛りにて、入りもておはするままに、霞のたたずまひもをかしう見ゆれば、かかるありさまもならひたまはず、ところせき御身にて、めづらしう思されけり。寺のさまもいとあはれなり。峰高く、深き岩の中にぞ、聖入りゐたりける。[7]

若紫巻では、季節は春、到着地は山、景物は桜の花であるのに対して、『風に紅葉』では、季節は秋、到着地は海、景物は薄、刈萱などの秋草と対比関係になっている。だが、ここで注目したいのは対比関係ではなく、若紫巻と『風に紅葉』の共通点である。それは、物語の鍵となる人物と出会う直前の場面であるということだ。

若紫巻で出会う相手は、光源氏の生涯の伴侶となる紫上である。若紫巻における北山への旅の場面については、これまで様々に論じられ[8]、光源氏の初めての洛外への旅であり、紫上と出会う重要な役割を担っていると位置付けられている。一方、『風に紅葉』は、女装した若君が出会う相手である。この美少年（実は中将の甥）は、中将の人生に大きな影響を与え、長く男色関係を結ぶことになる。やがて中将と瓜二つに成人した少年は、中将の「かげ」（分身）とも言うべき存在となるのだ[9]。

『風に紅葉』の道行文は、中将が自分の分身的存在である少年と出会う旅であり、重要視すべき場面であろう。そのような場面で、物語においては特殊な道行文という表現を何故用いたのであろうか。『風に紅葉』において、道行文は何をもたらしたのか、どういう役割があったのかという問題についてさらに論じていきたい。

二　道行文と歌語が持つイメージ

道行文の特色は、旅路の地名を、修辞法を駆使しながら挙げることによって、旅の進行過程と叙情性を重層的に表現することである。挙げられた地名の多くが、歌枕であることが指摘されている[10]。『風に紅葉』の道行文の地名は、単なる地名もあるが「鳥羽田」「長柄の橋」「生駒山」「住吉」「難波」と歌枕もしくは和歌の名所が多く並べられている。

歌枕といった和歌の名所と道行文の関係については、既に深沢昌夫氏[11]が「道行文の文体構成要素」としての歌枕を採り入れたことにより、歌枕に付随する和歌の伝統的イメージ、ならびにそれらと連関する歌語、和歌的修辞技巧も取り込み、道行文の表現空間をより美的に、叙情性を豊かにしたと論及している。

つまり、歌枕そのものが和歌の伝統的表現および周辺にあるイメージを引き寄せる表象として、重層性を持っている。その重層性こそが道行文の世界を豊かにしているのだ。[12]

掲出の『源氏物語』若紫巻は、道行文のように具体的な地名こそ挙げられていない。しかし、「北山」が花や紅葉のイメージと結び付き、北山の代表的な地である鞍馬の印象をもたらし、「花」「霞」などの語が、『古今集』の桜の歌を導くことが小町谷照彦氏[13]によって既に論及されている。景物の連鎖が、それらに纏わるイメージを引き寄せて、物語世界を重層的に表現しているのである。[14]旅の経過で挙げられた語が、景物と地名という違いこそあるものの、表象としての語が持つイメージの喚起力に拠って旅の空間を表現するという点において、道行文と『源氏物語』は共通しているだろう。

『風に紅葉』の道行文に話を戻そう。岸本いく恵氏[15]は、『風に紅葉』の道行文は、掛詞、縁語等が見当たらない、淀川下りの道順が、本来（実際）のものと則していないことから、あまり評価出来ないとしている。だが、本節では実際の道順、進行性といった問題よりも、地名として列挙された歌枕および和歌の名所、その周辺にある歌語などが持つ表象性という視点から、道行文を捉えてみたい。それらが表象として喚起するイメージは、道行文の中でどのような世界を作り上げたのかという問題を、和歌の伝統的表現を中心に読み解いていくことによって、先に述べた『風に紅葉』における道行文の意味も明らかにすることが出来るだろう。

全体的に見れば、鳥羽田の面〜難波の寺まで中将一行の舟による旅路の進行を表しており、挙げられる歌語（地名）は、水辺にちなむものが中心となっている。難波の寺（四天王寺）では、「心の塵をすすぐらん亀井の水」、「御心澄み」などと中将の仏道心を強調する描写が目立つ。翌日の馬での移動では、薄・刈萱の秋の景物が繰り返し記され、阿倍野王子を経て、住吉社に到着して道行文は終わりとなる。では、個別の歌語（地名）を具体的に見てみよう。

三　道行文が引き寄せる和歌のイメージ

Ⅰ「鳥羽田の面」～「雲居に見ゆる生駒山」の秋と水辺の風景

八月二〇日の夜明け、舟に乗った中将一行が、最初に目にするのが「鳥羽田の面」である。鳥羽田は、山城国の鳥羽（京都市伏見区）の田圃で和歌の名所である。鳥羽は、『最勝四天王院障子和歌』の一つにも選ばれた地名であった。渡邉裕美子氏[16]によれば鳥羽田が多くの歌に詠み込まれるようになるのは、鳥羽殿造営後、特に後鳥羽院時代であるという。「鳥羽田の面」の早い例は、秋風が鳥羽田の稲穂をそよがせる初秋の田園風景を詠んだ「山城の鳥羽田の面を見渡せばほのかに今朝ぞ秋風は吹く」（詞花集・秋・八二・曽禰好忠）である。この歌は、以後の和歌に多くの影響を与えた[17]。「鳥羽田の面」は、『詞花集』の歌が代表的なものの一つであるが、院政期以降に多く詠まれるようになった歌語である。その意味で中世的な語と言えよう。

例えば稲をなびかせる秋風を詠んだ「秋風の鳥羽田の面吹くなへに穂波に続く淀の川水」（夫木抄・秋三・五〇〇八・行意）がある。他に秋の月の下で羽を休めようとしている雁の声を聞く趣を表現した「大江山かたぶく月の影冴えて鳥羽田の面に落つる雁がね」（新古今集・秋下・五〇三・慈円）などがある。これらに見られるように「鳥羽田の面」は秋の歌語として定着しており、秋風、そよぐ稲穂、雁、月といった秋の景物を引き寄せる語であった。「鳥羽田の面」という歌語が喚起させるイメージは、作中で中将が見た「鳥羽田の面」の風景と重なり合っていく。

「淀のわたり」は、桂川・宇治川・木津川が合流する辺り、山城国淀津の舟渡し場で、河川交通の要である。「淀のわたり」が、中世において水路として、石清水、熊野、住吉などの参詣の際に用いられていたことは、「八幡へ参らんと思へども　賀茂川桂川いと速し　あな速しな　淀の渡りに舟泛けて　迎へたまへ大菩薩」(梁塵秘抄・四句神歌・二六一)[18]とうたう今様の一首からも明らかである。「淀のわたり」を単に舟着き場として見るだけでなく、和歌の表現から捉えれば、菖蒲・菰・霧が詠み込まれている。[19]「淀のわたり」は、歌語としては「鳥羽田の面」同様に院政期以降に多く詠まれた語である。「淀のわたり」が導き出す『風に紅葉』の情景としては、立ち込める川霧が想定されよう。だが「鳥羽田の面」からの繋がりを考えるならば、風に秋の訪れを感じる「風の音は鳥羽田の面に先立ちぬ淀の渡りに秋やきぬらむ」(拾玉集・百番歌合・一七五七)が挙げられる。この歌は、和歌における「鳥羽田の面」のイメージを形成した『詞花集』の歌と、初秋の風という情趣が共通しており、それを以って「鳥羽田の面」「淀のわたり」をイメージ的に連結させているのだ。[20]

次の「長柄の橋の古き跡」の「長柄の橋」は、摂津国の歌枕で、淀川支流の長柄川に架けられた橋で和歌の名所として名高い。長柄橋は、和歌では古いもの、壊れたものの象徴である。[21]和歌において「長柄の橋」と「古き跡」を共に詠んだ例はなかったが、「長柄の橋」と「昔」「ふる」「跡」という組合せで読まれたものがある。それらから「古き跡」とは、長柄橋の朽ち残った橋柱を指していることが分かる。例えば、「葦間より見ゆる長柄の橋柱昔の跡のしるべなりけり」(拾遺集・雑上・四六八・藤原清正)[22]のように、橋そのものが朽ちても橋柱だけが残っている景が詠まれた。「長柄の橋の古き跡」は、単に古くて壊れた橋という景物としてだけでなく、それにまつわる逸話を想起させる語である。例えば、能因法師が長柄橋を作ったときに出た鉋屑を大事にしていた話、[23]後鳥羽院が橋柱から和歌所の文台を作ったという話[24]などがあるほどに、歌人たちにとっては憧憬の的であった。そのような中世における「長柄の橋」の歌枕としての価値も見逃してはならないだろう。

「今津」「柱本」は摂津国・淀川沿いの地にある河津の一つ。「柱本」は、院政期以降、港湾集落であり[25]、「柱本」付近は、「今津」とも呼ばれていた。[26] これらの地名は、和歌で詠まれておらず、難波に行く途中地点の船着き場として挙げられている。

「渡辺や大江の岸に着きぬれば、雲居に見ゆる生駒山」の一文は、

津の国に下りて侍るけるに、旅宿遠望心をよみ侍ける
渡辺や大江の岸に宿りして雲居に見ゆる生駒山かな
（後拾遺集・羇旅・五一三・良暹法師）

の一首をほぼそのまま引いている。「渡辺」「大江の岸」は、いずれも摂津国の歌枕で、淀川河口に開けた船の渡し場、港であった。京から舟で淀川を下り、四天王寺・住吉・熊野などを参詣する都人は、ここから上陸して向かった。言わば、この場所は、旅路における水路から陸路への切り替え地点であった。生駒山は大和国の歌枕で、奈良県と大阪府の境目に位置する山である。『後拾遺集』の歌は、旅中の良暹が遥か彼方の生駒山を遠望しての詠で、雲の立つ天空のそびえる生駒山に感嘆している。中将の「ならはずめづらしうおぼす」という感慨も、良暹の感動に重ねて述べられている。

Ⅱ「難波の寺」と「心澄む」

舟を降りた中将一行は、「難波の寺」に到着した。「難波の寺」とは四天王寺のこと。この「難波の寺」＝四天王寺の描写は、「東門中心の思ひなし」、「心の塵をすすぐらん」、「御心澄み」といった仏教色が強まっていることが特徴的である。これらの表現は、四天王寺の表現としては、常套的なものである。[27]「東門中心の思ひなし」は、四天王寺西門は極楽の東門に当たるという信仰が反映された言葉である。四天王寺が極楽の入り口であるという信仰は、平安末期から中世の浄土教の普及に伴って発生した。当時の信仰の反映の一つとして「極楽浄土の東門は　難波の海にぞ対へたる　転法輪所の西門に　念仏する人参れとて」（梁塵秘抄・極楽歌・一七六）[28]という今様が歌われている。中将一行が四天王寺に到着した「いまだあかきほどに」とある夕方は、日想観[29]が行われる時間である。「いまだあかきほどに」「東門中心」という二つの言葉から、『風に紅葉』においても難波の海の彼方に沈み行く荘厳な夕日の情景が浮かび上がってくるのだ。

「心の塵をすすぐらん亀井の水をむすびあげても」について述べよう。これは、『栄華物語』殿上の花見巻にある長元四年（一〇三一）九月二九日の記事、四天王寺参詣の際に上東門院彰子が詠んだ次の和歌を踏まえている。

濁りなき亀井の水をむすび上げて心の塵をすすぎつるかな

「亀井の水」は、四天王寺境内から沸き出でている井水で、歌枕である。「心の塵」は、煩悩のこと。清らかに澄んだ亀井の水を掬い上げて、煩悩を洗い清めたいと詠む。このように中将の仏道心が、ここでは二度に渡り強調されていることに留意しておきたい。「ものごとに御心澄みつつ」の「澄み」は、「水」の縁語であり、同時にこの後の「住吉」のスミの音を響かせるといった和歌の修辞も仕掛けられている。

Ⅲ 「住吉」と薄・刈萱の暗喩

翌日、尋ね求める唐の僧が、「難波の寺」（四天王寺）でなく「住吉」にいることが分かり、馬に乗って向かう中将一行は、「薄・刈萱など秋の草」という景物に目を留め、物寂しく思う。薄、刈萱は、『徒然草』第一三九段では、家にありたき秋草として、「秋の草は萩・薄・桔梗・萩・女郎花・藤袴・紫苑・吾木香・刈萱[30]」と名を列ねる。薄、刈萱は、秋の景物として代表的であるが、中将一行住吉到着後にも描かれている。何故、『風に紅葉』の道行文で二度も描かれているのだろうか。

最初の薄、刈萱を検討しよう。この後に「都よりはほのかにあはれげにて、道すがら心細し」という一文が続く。実は、この一文に和歌の技法が潜んでいる。例えば秋の薄を詠んだ次の一首がある。

小倉山麓の野辺の花薄ほのかに見ゆる秋の夕暮　（和漢朗詠集・秋晩・二三二・読み人知らず）

これは、小倉山の麓の秋草の野辺一面の花薄が、夕暮れの中にほのかに見えるという幽玄な趣を持つ歌である。薄は、「穂」の縁語であることから、「ほのか」を導き出す歌語である。「ほのか」には、「穂」が掛けられている。『風に紅葉』の道行文にもこれらの修辞が散りばめられている[31]。

秋の風物としての刈萱は、「いかなれば上葉を渡る秋風に下折れすらむ野辺の刈萱」（千載集・秋上・二四六・読み人知らず）と詠まれた秋風になびき、茎が折れて下に垂れた様や、「刈萱の身にしむ色はなけれども見ですぎがたき露の下折れ」（壬二集・四一・藤原家隆）のように露と合わせて詠まれることも多い。そのような風になびく野辺の薄、刈萱といった秋の寂しげな風景が、「あはれげ」というしみじみとした趣あるものとされ[32]、旅中の中将の「道すがら心細し」という心象風景として重なり合っていくのだろう。

「道すがら心細し」について、少し補足しておく。薄、刈萱が一面に群生していた野辺は、道筋的に阿倍野だと推測される。阿倍野は四天王寺から住吉大社に至る街道沿いの原野で、軍記物語では戦場にもなった場であった[33]。都人である中将が「心細し」と感じたのは、単に寂しい場所というだけでなく、そのような場所柄の背景もあったと考えられる。

「阿倍野王子」は、四天王寺と住吉社の中間に位置し、阿倍野街道（熊野街道）に面する熊野九十九王子の第二社である。「阿倍野王子」は、和歌の例はないが、早歌「熊野参詣」に熊野王寺社の一つとして歌われている[34]。

「阿倍野王子」を通過した中将は、ようやく目的地である住吉社に到着し、朱の玉垣の神々しさに心打たれ、信心も起こりそうだと思う。「朱の玉垣神さびて」は、

住吉にまうでてよみ侍ける
住吉の松の下枝に神さびて緑に見ゆる朱の玉垣
（後拾遺集・神祇・一一七五・蓮仲法師）

を引き歌にした表現である。住吉の松の緑と、朱の玉垣の対比によって、住吉社の松が持つ神々しさ、神域の美しさを称えている。この一首を引き歌にすることによって、「さこそは厳重なるらめ」とされた住吉社の神々しさを、具体的なイメージを以って読者に想起させる。

さて、「阿倍野王子」の前で秋の景物として登場した薄、刈萱が住吉に到着後も「海面に、形のごとくなる庵、薄・刈萱などを、かごとにむすびてぞありける」と、庵の素材として描かれている。道行文の最後に薄、刈萱で編んだ海辺の庵が、聖の住処として提示されているのだ。

深沢昌夫氏[35]は、道行の本質として歩くことによって「浄化《カタルシス》の機能」を持つとしている。なるほど、『風に紅葉』においても、道行文で社寺を経て「心澄む」「神さび」などの表現によって示される中将の信心の高まりは、心の浄化として読み取れよう。聖がいる宗教的な場としての庵が終着点である道行文は、一見すると異性（女装の若君）との出会いが全くなさそうである。

しかし、「海面に、形のごとくなる庵、薄・刈萱などを、かごとにむすびてぞありける」に描かれる薄・刈萱は、海辺に結んだ庵の素材としては、（茅・蘆などが一般的なのに）不自然である。それにも関わらず薄・刈萱が道行文に再提出されているのである。海辺の粗末な小屋ならば、苫屋を詠むのが自然であろう。住吉の海辺の苫屋を詠んだ「旅寝する磯の苫屋の村時雨あはれを波のうちそへてける」（住吉社歌合・九〇・藤原実家）など、海辺の苫屋の例は数多くある。逆に庵は海辺ではなく、山の景物として詠まれることが多い。住吉の景物ならば、松が一般的である。しかし、何故、（庵の素材という前提があるけれど）薄・刈萱なのか。物語の中では、敢えて松、苫屋といった景物を切り捨てて、薄・刈萱を二度も登場させ、重要な景物として扱っているのである。

薄・刈萱は、単に庵の素材、住吉の景物としてだけでなく、何らかの意味を持っているのではないだろうか。その意味を読み解くために、和歌における薄が持つ女性的なイメージ、刈萱の心を喩える表現に着目したい。薄は「花薄」「尾花」とも詠まれ、薄の穂が風に揺れる様を、女性が人を招き寄せる仕草に見立てて多く詠まれた。

女の家に男いたりて、まがきの尾花のもとに立てり
吹く風になびく尾花をうちつけに招く袖かと頼みけるかな
（貫之集・巻二・一一二）

女の家を訪れて垣根を見た男が、薄の穂が出て、それが人を招く袖のようだと尾薄を袂に見立てている。この招く尾花は、男を家に招きいれる女性の喩にもなっている。『貫之集』の歌と同様に、風になびく花薄を、人を招く袖に見立てた「秋の野の草の袂か花薄穂に出でて招く袖と見ゆれむ」（古今集・秋上・二四三・在原棟梁）などがある。近藤みゆき氏は[36]、『古今集』の薄を詠んだ和歌で「見る」「招く」「なびく」といった表現に注目して、薄は女性のメタファーであると指摘している。『古今集』以降も、薄を女性のイメージで詠む和歌は数多くある。[37]

物語においても秋風になびく薄は、男を招く女性の喩とされている。例えば『うつほ物語』俊蔭巻では、俊蔭女がいる家の垣にある「いとめでたく色清らなる尾花」を見た太政大臣の子、若小君（藤原兼雅）は、同行していた兄・兵衛佐と花薄の歌を詠む。[38]

吹く風の招くなるべし花すすきわが呼ぶ人の袖と見つるは

と、兄が風になびく薄の様子を自分を招く女の袖に見立てたのに対し、若小君は、

見る人の招くなるらむ花すすきわが袖ぞとはいはぬものから

薄がなびくのは風のせいではなく、兄が世話していた女が招いているのだと応じる。いずれも薄は女性性を持つものとして扱われている。これらの歌は、掲出した『貫之集』、『古今集』の歌を踏まえた表現となっている。この歌を詠んだ後、若小君は、美しい俊蔭女を垣間見て、後日契りを結ぶ。

『風に紅葉』においても、住吉の庵に結び付けられた薄は、景物ではなく招く女性の喩として用いられていたと考えられる。中将を招く女性は、女装した美少年である。この少年は、中将と初対面の際は、「限りなううつくしげなる女のささやかなるぞゐたる」（巻一・三五）と女性として扱われ、その夜同衾する。彼は、中将と共に帰京しても、成人するまで女装を続けていく。薄は、このような少年の女性性を暗喩していた。薄が、女装をしている男性の女性性を示す例として、『とりかへばや物語』の美しい姫君（実は女装の若君）の描写がある。

御髪は丈に七八寸ばかり余りたれば、花薄の穂に出でたる秋の景色おぼえて(39)

これは、姫君（男）の髪を花薄に喩えており、髪の裾が穂の出た薄のようにふさふさとして毛先が揃っていることを誉めているのである。

他には女装こそしていないが、薄＝少年を示す例に、一四世紀初めの『続門葉集』に次の一首がある。

七月の比、蓮蔵院の徳寿丸をみて同宿の実禅阿闍梨がもとへ申しつかはしける

初秋のはつかに見えし花薄まねかぬ袖も露ぞこぼるる

（続門葉集・六一五・亮深）

実禅阿闍梨が、垣間見た他人の稚児に恋情を訴える歌である。男に見られる対象物である花薄は、稚児をさす。見る、招くといった語が詠み込まれ、掲出の『貫之集』の歌、『古今集』の歌などの薄の女性性を示す表現とも一致している。田中貴子氏は[40]、女性とほとんど変わりない外見を持つ稚児は、女性に極めて近く、稚児と女性は互換的な存在であると言及している。『風に紅葉』で、薄の暗喩によって中将を招く少年は、女装していることも併せて、物語の中で、女性とほぼ同一に扱われていたと言えよう。

一方、刈萱は、風に乱れやすいことから、心の乱れに多く詠まれた[41]。

秋来れば思ひ乱るる刈萱の下葉や人の心なるらむ　（千載集・秋上・二四二・源師頼）

風に乱れる刈萱の下葉で女心を喩えた男性の詠嘆歌。「秋」に「飽き」を懸け、男性と相手の女性の心が乱れやすいことを嘆く。他には、「うら枯るる浅茅ヶ原の刈萱の乱れて物を思ふ比かな」（新古今集・秋上・三四五・坂上是則）があり、刈萱の風に乱れる様子を、「乱る」の語を伴って、自分の心の有り様と重ねている。これらの歌で詠まれているように、刈萱は心の乱れを導く歌語であった。『風に紅葉』において刈萱は、少年との出会いによって、愛欲に溺れていく中将の心の乱れを暗示しているのではないかと考えられる。

『風に紅葉』は、庵の素材、住吉の景物として、あまりそぐわない薄、刈萱をあえて用いることによって、和歌の伝統的表現のイメージから浮かび上がる、なよやかで頼りない薄のような女性（実際は女装の美少年）との出会い、刈萱が風に乱れる様から中将が恋に乱されていくといった物語展開を、読者に予想させていくのである。

四　『風に紅葉』の道行文の役目

以上、『風に紅葉』の道行文で列挙された歌枕、和歌の名所としての地名、歌語について、和歌的表現を中心にどのようなイメージを持っていたのかについて考察してきた。歌枕、歌ことばが道行文にもたらす効果の一つとして、平安時代からある有名な歌枕、和歌の名所、古歌など古いものを挙げることによって、平安王朝的な雰囲気を作中に与えようとしたのだろう。

だが、道行文という中世の特色である表現技法が、『風に紅葉』にもたらしたのは、文学的イメージによって平安王朝的な美しい雰囲気を作るだけではない。例えば、最初の「鳥羽田の面」、「淀のわたり」、「長柄の橋の古き跡」という三つの地名は、和歌の伝統的表現から、舟から眺める稲葉がそよぐ初秋の鳥羽田の風景、秋風になびく淀川の波、立ち込める河霧、古く朽ちた長柄の橋と、秋と水辺の美しい景色を描き出している。しかし、これらの語は、院政期以降に多く詠まれた歌語であり、中世において価値が高まった歌枕であった。中世的な特色を示している語と言えよう。

他に道行の過程に挙げられたものには、中世ならではの特色を示すものがあった。それは、中世の信仰が反映された複数のものであった。途中の生駒山の引き歌表現から、旅程における水路から陸路への切り替えがなされ、難波の海の入日、四天王寺の清らかな亀井の水、阿倍野一面の薄、刈萱の風景、阿倍野王子を経て、住吉社の神々しい松、寺社を中心に表現されていた。浄土教の普及に伴い、極楽浄土とされた四天王寺、そこで行われる日想観、熊野信仰が興り、熊野王寺社の一つとなった阿倍野王子、院政期以降、海の神としてだけでなく和歌の神としても信仰を集めた住吉大神がいる住吉社。『風に紅葉』は、中世における宗教の場としての地名を入れることによって、中将の信心を随所に強調していた。この鳥羽から舟で淀川を渡り、四天王寺、阿倍野を経て、住吉という経路は、当時の旅の道筋としては、一般的であった[42]。

地名経過によって住吉社の朱垣と松に神域の厳かさを感じ、中将の心が浄化されて、最後に出家者である聖の住処として、薄・刈萱の庵を示すことによって、一見、無常観を印象付けていた。しかし、和歌の表現から読み解けば、海辺の庵を結ぶ薄・刈萱は、男（中将）を招く女装の少年の存在と、これから起こる中将の恋の乱れを暗示する喩として提出されていたのだ。

『風に紅葉』の道行文を、挙げられた地名、事物を一つ一つ丁寧に和歌の表現から読み解くことによって、和歌の伝統的表現を踏まえて書かれ、引き歌だけではなく、掛詞、縁語といった和歌の修辞が散りばめられていたこと、薄・刈萱が少年の存在と今後の展開を示唆していたことを解き明かした。それだけでなく、それぞれの語から喚起される連想を網の目上に繋げて、文学的イメージを増幅していた。道行文には、和歌の伝統的なイメージだけに留まらない、中世という時代性を反映した歌語もたくさん散りばめられていた。このように和歌の修辞を駆使し、豊かな世界を織り成していた『風に紅葉』の道行文の価値は、もっと見直されるべきであろう。

最後に、和歌の表現による読み解きから、海辺の薄・刈萱＝少年の存在をほのめかす暗喩であることが明らかになった。このことから、『風に紅葉』の道行文は、単に聖を求める旅ではなく、中将にとって宿命的な相手である少年との出会いを導く旅、言うなれば中将と少年の特殊な関係性が始まる前奏曲という重要な役目も果たしていたことも改めて浮かび上がってくるのである。

【注】

（1）各分野の道行文の先行研究は、馬場光子「道行文の方法――『文机談』「孝行帰洛事」風俗歌道行文をめぐって――」（日本歌謡学会編『日本歌謡研究大系下　歌謡の時空』二〇〇四年、和泉書院）、鈴木孝庸「軍記ものの道行文と語り」（梶原正昭先生古稀記念論文集刊行会『軍記物語の系譜と展開』一九九八年、汲古書院）、外村南都子「早歌と道行文――〈進行性の表現〉に着目して」（『国文白百合』第三三号、二〇〇二年三月）など。

（2）鈴木泰恵「風に紅葉」（神田龍身・西沢正史編『中世王朝物語・御伽草子事典』二〇〇二年、勉誠出版）。

（3）近年における『風に紅葉』の主な先行研究は、歴史物語との関連について言及した鈴木泰恵「『風に紅葉』と『今鏡』――歴史物語の射程をめぐって」（『歴史物語論集』二〇〇一年、新典社）、『風に紅葉』における『いはでしのぶ』『恋路ゆかしき大将』という中世王朝物語からの影響、『風に紅葉』の完結性になどついて指摘した辛島正雄の一連の論考『中世王朝物語史論　下巻』（二〇〇一年、笠間書院）、作品内の少年愛（男色関係）について論述した神田龍身『物語文学、その解体――『源氏物語』「宇治十帖」以降』（一九九二年、有精堂）など。

（4）『風に紅葉』本文引用は、中西健治校訂・訳注『中世王朝物語全集15　風に紅葉　むぐら』（二〇〇一年、笠間書院）に拠った。括弧内の数字は頁番号。

（5）『日本古典文学大辞典　第五巻』（一九八六年、岩波書店）六〇一頁の角田一郎執筆「道行」項を引けば、文学における道行は二種ある。一種は文体についての名称。旅の経過地名を修辞法によって列ねつつ旅の進行性と旅情を表現する韻文とする。『風に紅葉』の道行文はこの一種に該当する。

（6）岸本いく恵「『風に紅葉』の道行文をめぐって」（『相愛国文』第二号、一九八九年三月）。

（7）本文引用は、新編日本古典文学全集『源氏物語①』（一九九四年、小学館）に拠った。

（8）北山の描写が仙境的世界を描いていると指摘した金秀美『源氏物語空間表現論』（二〇〇八年、武蔵野書院）、王権の予祝空間という意味づけをした河添房江『源氏物語表現史　喩と王権の位相』（一九九九年、勉誠出版）、和歌的表現に着目した小町谷照彦『源氏物語の歌ことば表現』（一九八四年、東京大学出版会）など。

（9）少年の分身性、中将との鏡像関係性については、神田龍身氏の『物語文学、その解体――『源氏物語』「宇治十帖」以降』（注3参照）、「風に紅葉物語」（三谷栄一編『体系物語文学史　第四巻』一九八九年、有精堂）、『源氏物語とその前後』（一九八六年、桜楓社）など一連の論考に詳しい。

（10）鈴木孝庸「軍記ものの道行文と語り」（注1参照）。

（11）深沢昌夫「道行文試論」（『日本文芸論叢』第八号、一九九〇年三月）。

（12）歌枕を用いた中世の道行文と連動するかのように、一一世紀後半の院政期ごろ和歌の中で名所が注目されるようになったと指摘しているのは、渡邉裕美子『歌が権力の象徴になるとき――屏風歌・障子歌の世界』（二〇一一年、角川書店）である。渡邊氏は、特に院政期以降の名所詠の場合、多くの歌の集積によってイメージを築き上げてきた名所であればこそ、一つの名所を口にすれば、たちまち過去のさまざまな歌が呼び寄せられ、イメージを重層させ、複雑な情緒や言外の余情を一首の歌に与えられる。そんな魅力があったとしている。

（13）小町谷照彦『源氏物語の歌ことば表現』（注8参照）。

（14）男が聖に出会うために赴いた場所で女と出会うという『風に紅葉』同型の例は、『源氏物語』橋姫巻にも見られる。そこで描かれる宇治の景物「雲」「霧」といった景物は、孤独や憂愁の印象を持った宇治の風土に因む歌語である。『源氏物語』と景物の関係の研究で新しいものとして、松井健児「風景和文の変容――『源氏物語』の景物と構成――」（『文学』第一二巻第一号、二〇一一年一月）などが挙げられる。

（15）岸本いく恵「『風に紅葉』の道行文をめぐって」（注6参照）。

（16）渡邉裕美子『最勝四天王院障子和歌全注釈』（二〇〇七年、風間書房）、『歌が権力の象徴になるとき――屏風歌・障子歌の世界』（注12参照）。

(17) 『詞花集』八二番歌を本歌取りしたものに「山城の鳥羽田の早苗とりあへず末越す風に秋ぞほのめく」（秋篠月清集・夏・一〇八四）がある。

(18) 『梁塵秘抄』二六一番歌については、小島裕子「石清水八幡文化圏と今様――淀の渡り、八幡への道行――」（日本歌謡学会編『日本歌謡研究大系上　歌謡とは何か』二〇〇三年、和泉書院）の研究があり、院政期の淀川の水路交通の実態について言及している。

(19) 「あやめ草たづねてぞ引く眞菰刈る淀のわたりの深き沼まで」（『栄花物語』歌合巻・作者名欠）、「真菰草淀のわたりに刈りにきて野飼ひの駒をなつけてしかな」（相模集・中夏・二四四）、「朝霧に淀のわたりを行く舟の知らぬ別れも袖は濡れけり」（続千載集・羇旅・七七二・土御門院）など。

(20) 「淀のわたり」との組合せではないが、「鳥羽田の面」と「淀」を詠んだ例に「秋風の鳥羽田の面吹くなへに穂波に続く淀の川水」（夫木抄・秋三・五〇〇八・行意）がある。

(21) 「世の中にふりぬるものは津の国の長柄の橋と我となりけり」（古今集・雑上・八九〇・読み人知らず）、「我ばかり長柄の橋は朽ちにけり難波のことも古るる悲しさ」（後拾遺集・雑四・一〇七三・赤染衛門）など。

(22) 『拾遺集』四六八番歌の詞書に「天暦御時御屏風の絵に長柄の橋柱のわづかに残れる形ありけるを」とあり、天暦年間（九四七〜九五七）では既に長柄橋の朽ち残った橋柱は、絵に描かれ、歌材になっていたことが分かる。

(23) 『袋草紙』上巻。

(24) 『明月記』（元久元年（一二〇四）七月一六日条）、『家長日記』「長柄の橋柱の事」（元久元年条）。他に「長柄橋」の説話として、康資王母が永縁僧正に、仏像開眼供養のお布施に長柄橋の木切れを奉納した話がある（『宇治拾遺物語』巻三之一〇「同人仏事の事」）。

(25) 「宿柱本辺、今夜密召江口遊女於舟中」（『台記』久安四年（一一四八）三月二一日条）の記事がある。

(26) 「柱本」付近を「今津」と呼称していた例に「未剋於古河乗船、於今津日入、秉燭之後、留船於柱本差饌、月出々船」（『山槐記』治承四年（一一八〇）七月一八日条）がある。

(27) 四天王寺の類型表現の例として、「薪つき煙もすみて去にけむ是や名残と見るぞ悲しき」（千載集・釈教歌・一二〇九・瞻西上人）、「さはりなく入日を見ても思ふ哉これこそ西のかとてなりけれ」（新勅撰集・釈教歌・六二二・郁芳門院安芸）、「万代を澄める亀井の水やさは富の小川の流れなるらん」（後拾遺集・雑四・一〇七一・弁乳母）など。

(28) 『梁塵秘抄』一七六番歌および四天王寺と極楽の関係については、植木朝子「四天王寺西門信仰と今様――『梁塵秘抄』一七六番歌をめぐって――」（『日本歌謡研究』第四七号、二〇〇七年一二月）に詳しい。

(29) 『観無量寿経』に記されている極楽浄土を見る一六の行法の一つ。西に沈む太陽を見て、その丸い形を心に留める修行法。日想観は、平安末期から鎌倉時代にかけて流行した。四天王寺西門を西方浄土の霊地と憧憬する多くの人々が、難波の海に沈む入り日を拝んでいた。『栄花物語』殿上の花見巻では、上東門院彰子が「天王寺の西の大門に御車とどめて、波の際なきに西日の入りゆくをりしも、拝ませたまふ」とある。『古今著聞集』巻一三・四六九話では出家し四天王寺にいた藤原家隆が臨終の際に「契あれば難波の里に宿りきて波の入日をおがみつる哉」と詠んでいる。

(30) 本文引用は、新編日本古典文学全集『徒然草』（一九九五年、小学館）に拠った。

(31) 散文の中に「ほのか」の掛詞が用いられている例に、「小倉山の篠薄のほのかなるほどにもあらず」（『狭衣物語』巻二）がある。

(32) 謡曲「松虫」の舞台は、秋の阿倍野であり、松風が吹き、虫の声が響く露に濡れた秋野という幽玄な世界となっている。

(33) 「熊野の路に討手に向ふが、摂津国、天王寺、阿倍野の松原に、陣を取りて」（『平治物語』上）、「五月二二日和泉の境阿倍野にて討ち死にし給ひければ」（『太平記』巻一九）など。

(34) 宴曲「熊野参詣」の研究に藤井奈都子「宴曲『熊野参詣』考——地名・王子・歌枕を中心として——」(『文学史研究』第三一号、一九九〇年一一月)があり、地名の和歌的表現、つながりといった問題について注目している。

(35) 深沢昌夫「道行文試論」(注11参照)。

(36) 近藤みゆき「古今集の「ことば」の型」(国文学研究資料館編『ジェンダーの生成 古今集から鏡花まで』二〇〇二年、臨川書店)、『古代後期和歌文学の研究』(二〇〇五年、風間書房)。

(37) 「さだめなき風の吹かずは花薄心となびくかたは見てまし」(後拾遺集・秋上・三二五・藤原経衡)、「野辺ごとにおとづれわたる秋風をあだにもなびく花薄かな」(新古今集・秋上・三五〇・八条院六条)など。

(38) 本文引用は、新編日本古典文学全集『うつほ物語①』(一九九九年、小学館)によった。

(39) 本文引用は、新編日本古典文学全集『とりかへばや物語』(二〇〇二年、小学館)に拠った。

(40) 田中貴子『性愛の中世』(二〇〇四年、筑摩書房)。

(41) 刈萱を女性に見立てたものに、「七の君、刈萱のなまめかしきさまにこそ、弘徽殿はおはしませ」(『堤中納言物語』「はなだの女御」)が挙げられるが、刈萱=女性というイメージは一般的ではない。刈萱=乱れのイメージが一般的。

(42) 藤原定家の『後鳥羽院熊野御幸記』によれば、後鳥羽院四回目の熊野参詣(建仁元年(一二〇一)一〇月条)は、鳥羽~石清水~窪津王子~四天王寺(泊)~阿倍野王子~住吉社と『風に紅葉』の道行文の経路と似ている。他には貞治三年(一三六四)の将軍足利義詮の住吉詣(『住吉詣』)では、淀の渡しから舟に乗り、長柄橋を経て、四天王寺に立ち寄り、亀井の水を眺めた後、住吉に到着している。中世の参詣路については、小山靖憲『熊野古道』(二〇〇〇年、岩波書店)参照。

第三節　鹿角の蛇――神話的イメージの継承と創造

一　はじめに

『雨月物語』「蛇性の婬」には、蛇神の化身である真女子が鞍馬寺の法師の前にその正体を顕す一場面がある。

閨房のあくるを遅しと、かの蛇頭をさし出して法師にむかふ。此頭何ばかりの物ぞ。此戸口に充満て、雪を積たるよりも白く輝《きらきら》くしく、眼は鏡の如く、角は枯木の如、三尺余りの口を開き、紅の舌を吐て、只一呑に飲らん勢ひをなす。(1)

本節では、蛇の「角は枯木の如」という描写に注目したい。この蛇の姿について、近世文学研究の立場からは以下のように言及されている。鵜月洋氏(2)は、『警世通言』第二八巻「白娘子永鎮雷峯塔」(3)の「血紅の大口を開き、雪白の歯を露出し、来りて先生を咬む」を踏まえているとする。また高田衛・稲田篤信氏(4)の「悪神の恐ろしい伝統的な形姿」という指摘もある。更に古代神話との繫がりについては、阿部真司氏[5]が『常陸国風土記』行方郡に登場する夜刀の神の形容「俗云はく、蛇を謂ひて夜刀の神と為す。その形蛇の身にして頭に角あり」との重なりを指摘しているが、阿部氏は古代の神話よりもむしろ蛇の姿の直接的イメージは『道成寺縁起絵巻』の道成寺で若い僧侶が隠れ籠もる鐘に巻き付き焰を吐く大蛇の姿にあると述べる[6]。しかし蛇の角に冠せられた「枯木の如」という形容については、近世文学研究からの言及は未だ見られない。この「枯木の如」という角は何を指すのか。近世という枠組を離れて、古代に遡ってこの一文を捉えなおすならば、新たな視点を切り開けよう。実は、「枯木の如」という角にこそ古代の神話・説話のイメージとの接点があるということを本節では論じていこうと思う。

「蛇性の婬」で「枯木の如」と記述される角は、『古事記』『日本書紀』においては鹿の角に与えられた描写である。

戴げたる角、枯樹の末に類たり。（『日本書紀』雄略天皇即位前紀条[7]）

指擧げたる角は枯樹の如し。（『古事記』下巻[8]）

いずれも、雄略天皇が市辺押磐皇子を鹿狩りに誘う描写の中のものであるが、『古事記』では「枯樹[9]」、『日本書紀』では「枯樹の末」と形容される。枝分かれした豪壮なる雄鹿の角はいかにも、枝を残したまま葉を落とした「枯木」の姿を連想させる。鹿が持つ大きな枝角は、茶色味を帯びた色といい、枝が四本ある形状といい「枯木の如」という表現に合致する[10]。

角の生えた蛇の姿を見渡せば、阿部真司氏が指摘するように古代に行き当たる。しかし、どうして蛇と鹿の角が結びつくのであろうか。「蛇性の婬」の鹿の角を生やした蛇の姿は、古代における角の生えた蛇と鹿の関係を確認することによって読み解けると考える。

『雨月物語』の作者、上田秋成には深い古代の知識があった。周知のように、秋成は賀茂真淵の高弟である加藤宇万伎に師事し、『古事記』『日本書紀』『万葉集』などを主とした国学を学び、古代神話に対する素養が充分にある人物であった。その素養が、「蛇性の婬」の中に活かされていることについては、「蛇性の婬」と古代神話との関係性について述べた近年の研究[11]によって既に言及されている。しかし、それらは熊野三輪崎、石榴市、吉野などの地名や、三輪山伝承の異類婚など大きな枠組みを解き明かしたものであり、真女子の蛇身の描写というような細部については指摘されていない。

真女子の蛇身は、「白娘子」、『道成寺縁起絵巻』の大蛇を典拠としたとする説の他に、中世以降に強まった蛇は愛欲と執念が深いという観念を受け継いだもの[12]で、愛欲と執念の象徴[13]であるとも解されている。勿論、そのような側面も持っていることは間違いない。しかしそれらの解釈からは、蛇の角に敢えて「枯木の如」と描写した秋成の発想は見えてこないであろう。むしろ真女子の蛇身の角に記紀に通底する細かい描写が見られることは、古代神話の蛇と鹿とのイメージの継承という新たな問題の軸を予想させるのである。

「蛇性の婬」において看過されてきた蛇の頭には何故鹿の角が生えているのか、という問いを古代神話から考証することによって、秋成に継承された蛇と鹿のイメージが、どのような新たな創造をなしたのか探っていきたい。

二　古代における角の生えた蛇と鹿の同一性

蛇と鹿との関係性を示す古代神話の用例として、『常陸国風土記』香嶋郡の説話がある。

その南に有らゆる平原を、角折の浜と謂ふ。謂へらくは、古、大きなる蛇あり。東の海に通らむと欲ひて、浜を掘りて穴を作るに、蛇の角、折れ落ちき。因りて名づく。或るひといへらく、倭武の天皇、この浜に停宿りまして、御膳を羞めまつる時に、都て水なかりき。即て、鹿の角を執りて地を掘るに、其の角折れたりき。この所以に名づく。[14]

角折浜の名の由来は、大蛇の角が折れたことに依るという。その一方で「或る説」として、倭武天皇が水を求めて鹿の角で掘ったら折れたことを由来として記述する。ここでは蛇の角と鹿の角は、類似性が高い。まず蛇の角と鹿の角それぞれで地を掘って水を得ようとしている。つまり蛇の角と鹿の角は、水を掘り当てるという同一性の霊力を持つ呪具として位置づけられているのだ。水を掘り当てる霊力のみならず、呪具としての用いられ方、その結果として角が折れたという地名起源も一致している。この角折浜の記事の中で両者は、入れ替わり可能な関係にあると言えよう。[15]

更に蛇が鹿そのものに変化している例が『日本書紀』仁徳六七年条に見出される。

是年、吉備中国の川嶋河の派に、大虬有りて人を苦びしむ。時に路人、其の処に触れて行けば、必ず其の毒を被りて、多に死亡ぬ。是に、笠臣の祖県守、為人勇悍しくして強力し。派淵に臨みて、三の全瓠を以て水に投れて曰はく、「汝虬毒を吐きて、路人を苦びしむ。余、汝虬を殺さむ。汝、是の瓠を沈めば、余避らむ。沈むること能はずは、仍ち汝が身を斬さむ」といふ。時に水虬、鹿に化りて瓠を引き入る。瓠沈まず。即ち剣を挙げて水に入りて虬を斬る。更に虬の党類を求む。及ち諸の虬の族、淵の底の岫穴に満めり。悉に斬る。河の水血に変りぬ。故、其の水を号けて、県守淵と曰ふ。

ここに見られる「虬」とは、『広雅』に「角有りて虬龍と曰ふ」とあり、角の生えた蛇であるという。なお、この一文は『芸文類聚』にも収められている。「虬」は、『和名抄』に「蛟、美都知、日本紀私記に大虬二字を用ふ」とあるように、「ミツチ」の訓がある。「ミツチ」のミは水、チは霊で、「水（ミ）＋ツ＋霊（チ）」となり水の精霊・神を意味する。(16)

この角を持つ蛇は、川嶋河の「派」に住む河水の支配者、つまり水神であり、人間に害をなす存在であった。そして、笠臣祖県守の誓約通りに全瓠を沈ませることが出来なかったために退治されてしまう。この蛇が抵抗する際に鹿に変化していることに注目をしておきたい（傍線部）。つまりこの説話での鹿は、蛇と入れ替わりうる存在として位置付けられており、蛇と鹿の水神としての関連を示す重要な箇所である。この大虬（水虬）に生えている角は、前掲の角折浜の記事においても蛇と鹿の角が水の霊力を持つものとして入れ替わりうる関係であったことを考慮すれば、鹿角であるといえる。

「角の生えた蛇」は、古代の文献では『常陸国風土記』に夜刀の神として登場する。夜刀《ヤト》は、東国方言の谷地《ヤチ》と同じで山の谷合の湿地帯をいう。(17) この夜刀の神は、「その形は、蛇の身にして頭に角あり」という姿をしており、湿地帯を統べると同時に田の開墾を妨害する蛇体の神とされている。

古老のいへらく、石村の玉穂の宮に大八洲所馭しめしし天皇のみ世、人あり。箭括の氏の麻多智、郡より西の谷の葦原を截ひ、墾闢きて新に田に治りき。此の時、夜刀の神、相群れ引率て、悉尽に到来たり、左右に防障へて、耕佃らしむることなし。俗いはく、蛇を謂ひて夜刀の神と為す。その形は、蛇の身にして頭に角あり。率引て難を免るる時に、見る人あらば、家門を破滅し、子孫継がず。凡て、此の郡の側の郊原に甚多に住めり。是に、麻多智、大きに怒の情を起こし、甲鎧を着被けて、自身仗を執り、打殺し駈遂ひき。乃ち、山口に至り、標の梲を堺の堀に置て、夜刀の神に告げていひしく、「此より上は神の地と為すことを聴さむ。此より下は人の田と作すべし。今より後、吾、神の祝と為りて、永代に敬ひ祭らむ。冀はくは、な祟りそ、な恨みそ」といひて、社を設けて、初めて祭りき、といへり。即ち、還《また》、耕田一十町余を発して、麻多智の子孫、相承けて祭を致し、今に至るまで絶えず。

（『常陸国風土記』行方郡）

この説話では、夜刀の神という蛇神の退治・屈服が稲作の成功の鍵となっている。人間の手による管理が必要不可欠な田作りを群れで妨害する夜刀の神の行為は、土地に侵入する人間を拒むと同時に、稲田を荒らす自然の脅威を体現したと解される。荒ぶる自然そのものを体現する「角の生えた蛇」夜刀の神は、自然の表象である古の神とも言える。『常陸国風土記』のように自然の表象である古の神を退治することは、人間による自然の支配を意味した。

荒ぶる自然たる神の退治譚の一つとして、須佐之男命の八俣の大蛇退治神話がある。

爾に速須佐之男命、其の御佩せる十拳の剣を抜きて、其の蛇を切り散りたまひしかば、肥河血に変りて流れき。

（『古事記』上巻）

剣で斬り殺された八俣の大蛇は、肥の河の神[18]である。そして八俣の大蛇に贄にされようとしていた「櫛名田比売」は、『日本書紀』では「奇稲田比売」とも表記する。「奇《クシ》」は、櫛との掛詞であり、霊妙を意味する。「奇稲田比売」という名は、霊妙なる稲田の女神を示す。この稲田の女神を八俣の大蛇を退治して救出する神話は、洪水から稲田を守った治水説話だという一説[19]もある。また土橋寛氏[20]は、速須佐之男命は元々が蛇神であったが人格神にまで成長した神格であり、そのような人格神として悪霊である八俣の大蛇を退治したと指摘している。このように八俣の大蛇退治神話には諸説ある。だが「其の蛇を切り散りたまひしかば、肥河血に変りて流れき」と八俣の大蛇の血が肥河を染めたことは、新しくやって来た神、速須佐之男命が八俣の大蛇の霊力を奪取したことの表象であるとの解釈は変わらないであろう。

三　中世から「蛇性の婬」までの水神の受容

これまで見てきたような蛇と鹿の認識は、「蛇性の婬」に到るまでにどのように受容されていたのだろうか。まずは、中世の例である御伽草子から確認してみよう。『諏訪の本地』に鹿千頭の膝の口骨[21]で餅を作り、それを食べた甲賀三郎が蛇体になったという記述があり、鹿と蛇の入れ替わり可能な関係を示唆している。

中世の「角の生えた蛇」は、女性と結びついて登場する。同じく御伽草子の『俵藤太物語』では、次のような大蛇が登場する。

まことにそのたけ二十丈もやあるらんとおぼしき大蛇の、橋のうへに横たわり臥《は》せて、ふたつのまなこか〳

やけるさまは、天に日のならび給ふがごとし。十二の角のするど成ことは、冬がれの森のこずゑに異ならず。くろがねの牙上下に生ひちがひたる中より、くれなゐの舌をふり出しけるは、ほのほを吐くかとあやしまる。[22]

大蛇は、近江の湖水（琵琶湖）に古来より棲む龍女である。「冬がれの森のこずゑ」と形容される角は、水神としての性質を考えるならば鹿の角であろう。この蛇の描写は、爛々と輝く目、紅の舌といい「蛇性の婬」と類似性が高い。この後、大蛇は美女に変化して現れ、俵藤太（藤原秀郷）を竜宮に招待する。美女の正体が蛇体という点も「蛇性の婬」と共通している。龍女は竜宮では娑竭羅龍王と並ぶ玉座に座っており、一二本もの角は龍女の位の高さと霊力の強さを示しているのであろう。

この龍女は古代からの水神としての姿を受け継ぐと同時に仏教とも強く結合している。『法華経』「提婆達多品第十二」には有名な龍女成仏の話が説かれている。女性は五障三従の罪深い身である為に変成男子して初めて成仏できるという仏説で、『法華経』の教理では女性の身そのものが罪障だとされている。その一方で、竜蛇も畜生道に堕ちて三熱の苦しみを宿命的に受ける身であり、物語中においても「三熱の苦しみにうへに愁嘆の涙かは（わ）くひまもなし」、「竜宮の三熱」と記されている。女性と竜蛇が結びついた水神は、神でありながら仏教における罪障の体現者として位置付けられているのだ。[23]

近世の水神の知識の受容は『和漢三才図絵』[24]で窺うことが出来る。「龍」の項目に「本草綱目に云はく龍の形に九似有り。頭は駝に似たり、角は鹿に似たり（後略）」とあり、龍の形の特徴として頭に鹿に喩えられる角が生えていると記されている。そのような認識を近世の知識人が共有していたということは、「蛇性の婬」の「枯木の如く」という形容を鹿角だと読み解く裏付けの一つになろう。「虬龍」の項目には「本綱に虬は乃《すなわ》ち蛟に属す。角有る者なり。文字集略に云はく、虬は乃ち龍のこの角有りて、角は青色なり」とあり、虬は角を有していると繰返し記されている。更に虬の例として『日本書紀』仁徳六七年条の大虬が鹿に変化した説話が引用されているのである。『和漢三才図絵』の記事は、水神である龍（蛇）に鹿の角が生えている、蛇と鹿に水神としての関連があることが近世の知識人に共有される認識であることを示している。

それら水神に関する知識は、「蛇性の婬」の構想自体にも活かされている。「蛇性の婬」で「角は枯木の如」と造形された角の生えた蛇の姿は、古代からの水神の伝統的な姿であり、鹿の角はそれ自体が水神の霊力の表象であった。「蛇性の婬」の真女子も、又、水神である。(25) 吉野で大倭神社の神人・当麻酒人という老人に邪神であると見破られた際、次のように水神としての正体を露見させている。

翁渠《かれ》二人をよくまもりて、「あやし。此邪神《あしきかみ》、など人をまどはす。翁がまのあたりをかくても有（る）や」とつぶやくを聞（き）て、此二人忽（ち）躍りたちて、瀧に飛（び）入（る）と見しが、水は大虚《おほぞら》に湧きあがりて見えずなるほどに、雲摺墨をうちこぼしたるが如く、雨篠を乱してふり来る。

真女子が吉野の瀧に飛び込むと、その瞬間に水が天に湧き上がり、雲を呼び、雨を降らすという躍動的で迫力のある場面である。この場面での真女子は、荒ぶる水神そのものとして描かれており、古代で霊威を発動した荒ぶる蛇神を想起させる。物語中、真女子が最初に登場するのは、東南《たつみ》の方角に降った雨の中からであった。東南は辰巳であり、龍蛇を指し示す方向である。蛇の化身である真女子が、まさに辰巳から現れたのである。真女子の水の女としての出現は、この水神として霊威を現す場面と符合する。

このような水神たる真女子の真の姿が、鹿のような角が生えた蛇であるのは古代神話の言説を踏まえた正統的なものであった。「蛇性の婬」では、秋成の持つ古代神話の素養がこのような細かい蛇の姿にまで及んでいるのだ。

真女子の水神の姿について右のように言及をしてきたが、それは主に蛇について着目したものである。だが真女子は、水神として蛇と鹿の両方の特質を備えている。水神として蛇と相関関係にある鹿の属性を真女子が宿すということは物語にどのような意味をもたらしているのか。それを読み解く為に「蛇性の婬」の真女子が水神の伝統的な特質として帯びている「鹿」が、古代ではどのような霊力を備えているのかを確認していきたい。

四　鹿が流す血と真女子の文言

水神の退治・屈服による治水が、稲作にとって重要事であったことは三で確認した通りである。水神として蛇に近い神性を持つ鹿は、一方で稲を食い荒らす害獣でもあった[26]。このような両義性を持つ鹿は、井口樹生、岡田精司両氏[27]の指摘に拠れば「土地の精霊」の姿であり、蛇体の水神同様に支配すべき対象でもあった。このことについて、松田浩氏[28]は、「鹿と水神の連絡の実相は、まずは稲作民にとっての支配・制御の対象としてあろう」と指摘している。

水神には、血を流し、その血は河の水を血に変化させるという特質がある。前掲の『日本書紀』の説話では、水神である虬を斬殺した際、「即ち剣を挙げて水に入りて虬を斬る。（略）悉に斬る。河の水血に変りぬ」と記されている。また『古事記』の八俣の大蛇退治では、「其の蛇を切り散りたまひしかば、肥河血に変りて流れき」

とある。血が河の水を染めたのではなく、河の水そのものが血に変化しているのである。故に蛇体の水神を退治した表象というより、河自体が水神の表象であり、その河に流れる水は水神の霊力が籠もった血であると解釈できる。そして鹿も又、血を流している。しかもそれは稲作と大きく関わっており、それを示唆するのが次の二つの記事である。

①彼の村に在せる太水の神、辞びて云りたまひしく、「吾は宍の血を以ちて佃る。故、河の水を欲りせず」とのりたまひき。（『播磨国風土記』賀毛郡）

②妹玉津日女命、生ける鹿を捕り臥せて、その腹を割きて、其の血に稲種きき。仍りて、一夜の間に、苗生ひき。即ち取りて植ゑしめたまひき。（『播磨国風土記』讃容郡）

①の「宍の血」は、鹿・猪の生血である。その「宍の血」によって河の水を用いずに田作りを行ったという。「宍の血」が稲作に必要不可欠な水の代わりとなっている。②は、①の「宍の血」による田作りをより具体的に記す。鹿の腹を割き、その血を苗代にして稲を生育するのは、鹿の「生血の霊力を祈る呪術」[29]であるという。鹿の生血が水よりも稲の生育を高める霊力が宿るものであると認識されている。鹿は水神の化身であると同時に害獣である。その鹿を殺して血を流すという行為は、害獣としての鹿の駆除と、水神としての鹿の霊力を稲田に取り入れるという両義を有する。蛇が治水に関わる霊力を持っていたように、鹿も稲の生育という霊力を持つことが確認できるのである。

鹿は、神聖な獣、水神の霊力を秘めている故に血を流すという動物供犠的な発想があった。その発想は近世にも受け継がれていたことが、賀茂真淵の『祝詞考』上巻に示唆されている。[30] 豊饒を願う祈年祭の祝詞の中に、皇神の前に贄物・神饌として「白き馬・白き猪・白き鶏」を供えたとの記述があるが、これに真淵は「古へは、猪鹿など、神にも天皇にも、御食に奉れれば、豚も奉りしなり」と注釈している。稲作の神事において鹿は、神や天皇に食されるものとして血を流しているのだ。

豊作に供される鹿はその血を以って稲を育てる霊力を持ち、又、水神は河水を血に変ずることによって豊作をもたらす。そのことを踏まえてみると、「蛇性の婬」で豊雄の新妻・富子に真女子が憑依した際の次の文言を、古代の鹿の供犠から捉えなおすことが可能ではないだろうか。

女打（ち）ゑみて「吾君な怪しみ給ひそ。海に誓ひ山に盟ひし事を早くわすれ給ふとも、さるべき縁にしのあれば又もあひ見奉るものを、他し人のいふことをまことしくおぼして、強《あながち》に遠ざけ給はんには、恨み報ひなん。紀路の山〳〵さばかり高くとも、君が血をもて峯より谷に濯ぎくださん。あたら御身をいたづらになし果て給ひそ」

永久不変と誓った二人の愛を裏切った豊雄への恨みを、真女子が述べる場面である。傍線部「紀路の山〳〵さばかり高くとも、君が血をもて峯より谷に濯ぎくださん」に注目をしたい。この箇所は、鵜月洋氏を始めとする諸注釈書[31]は、「白娘子」の「若し外心を生ぜば、你をして満城皆血水をたらしめん」を典拠とした豊雄への脅迫文句と解釈する。勿論その指摘に間違いはないが、鹿の血、鹿の供犠を慮る時、「白娘子」の表現と古代神話のイメージは重層的に織りなされているのだ。三浦一朗氏[32]は、蛇のイメージが女性の恐ろしい嫉妬や執着と強く結びついており、豊雄に寄せる真女子の一途な愛情ゆえに恐ろしい嫉妬が描かれていると指摘している。豊雄を殺して、その血を紀州の山の頂上から谷底へ濯ぎ落としてみせようと述べる真女子の文言は、愛を裏切った男をいっそ八つ裂きにしたいとまでの怒りが籠められているのは確かだ。しかし、古代の「邪神」という大きな存在である真女子を、一般の女性と同様に愛欲や嫉妬という感情のみに振り回される存在として近代小説的な解釈(33)をしていいのだろうか。むしろ、この文言には愛欲のみならず自然の表象である古の神の怒りが加わっているのではないだろうか。

何故ならば豊雄の血を山々に流すという発想は、生贄祭祀に繋がるからだ。しかも、真女子の正体は鹿の角を生やした蛇神である。(なお、真女子が鞍馬寺の法師の前に鹿の角を生やした蛇の姿を顕すのは、この場面の直後である)。蛇神に人身御供を差し出す話型は、八俣の大蛇と櫛名田比売が有名である。だが、鹿の角を生やす真女子が豊雄の血を山々に流すという発想の根幹には、『播磨国風土記』讃容郡の鹿の血を稲田に流した田作りの説話があるのではないかと考えられる。「蛇性の婬」は真女子と豊雄の愛憎を主軸とした物語であるから、ここで真女子が求めているのは、あくまで豊雄の血であって鹿の血ではない。又、稲作とも何の関係も無い。しかし、山々に血を流すという発想自体は、鹿の供犠という古代からの伝統を踏まえていることは認められよう。

ただし「蛇性の婬」には古代の鹿の供犠と決定的に違う点がある。それは鹿の角を持つ真女子が人間である豊雄の血を求むという文言である。既に見たように八俣の大蛇は、斬り殺されて「肥河血に変りて流れき」であり、大虬は「河の水血に変りぬ」とあったように河の水を自らの血に変じていたのである。本来なら血を流すべき水神が人間の血を流すという逆転の構図が生み出されている。相手の血を河に変えることは、相手を支配するという関係になる。古代の水神は人間に支配される自然そのものである。つまり人間が自然を支配するために征服してきた対象に今度は逆に殺されるのであり、そこに自然の恐ろしさ、ひいては荒ぶる神の怒りが露呈するのである。

これらの逆転性こそが、この場面にカタルシスをもたらしているのだ。この場面のカタルシスは、真女子の女として豊雄に向けられた愛憎の激しさが頂点に達したという近代的なものではなく、古代以来の言説で醸成されてきた水神としての蛇・鹿の神話的イメージを基にしつつも、人間と自然との支配関係を逆転させてしまうという発想に支えられている。自然に勝つということが、人間が人間であるための存在基盤である。その存在基盤を揺るがすものに人は恐怖するのだ。これは近代的な視点に見えるが、元来、自然と人間が融和しているというのは幻想である。何故ならば天照大御神の御世から、自然を自然のままで暴れさせないように「草木言語」を制圧することが、『祝詞』「六月の晦の大祓」の「語問ひし磐ね樹立、草の片葉も語止めて」[34]などに見られるように行われてきたからだ。[35]自然に勝つという構図が、古代神話の原点なのである。

以上、「角は枯木の如」という真女子の蛇の姿、「紀路の山〱さばかり高くとも、君が血をもて峯より谷に濯ぎくださん」という真女子の文言は、古代から培われてきた「鹿角の蛇」の神話的イメージが踏襲され、発想力まで伝わっていることを論証した。けれど秋成は古代の言説をそのまま取り入れているだけではなかった。秋成は真女子の蛇の姿に、古代神話のイメージと中世の龍女像を加え、仏教的な罪障を内包させた。つまり秋成は真女子を荒ぶる自然を表象する古の神としてだけでなく、仏教によって封印される存在としても重層的な意味付けをしたのである。それは、本来自然を支配するために征服すべき対象であったにも関わらず、人間の手に負えなくなった真女子を仏法によって屈服させる構図、仏が神を支配するというもう一つの支配関係を作り、物語に収束をもたらしたのであった。真女子の豊雄の血を求む文言は、古代の鹿の供犠の構図を逆転したことに古代神話の言説のみに留まらない秋成の独自性が発揮されていた。古代神話からの蛇と鹿のイメージは、中世を経てこのように近世の秋成に受容され、且つ「蛇性の婬」において新しい表現を織りなしていたのである。

【注】

（1）『雨月物語』「蛇性の婬」の本文引用は、全て日本古典文学大系『上田秋成集』（一九五九年、岩波書店）に拠った。

（2）鵜月洋『雨月物語評釈』（一九六九年、角川書店）。

（3）「蛇性の婬」の原話となった中国小説。以下、「白娘子」と記す。

（4）高田衛・稲田篤信校注『雨月物語』（一九九七年、筑摩書房）。

（5）阿部真司『蛇神伝承論序説』（一九八六年、新泉社）は、『常陸国風土記』行方郡の夜刀の神の姿を見た者の一族が滅んだという「率ゐて難を免るる時に、見る人あらば、家門を破滅し子孫継がず」の記述には、祟り神の蛇体の本性を見た者は報復を受けるという思想があると言及している。他に佐藤次男「常陸国風土記の「角ある蛇」について」（大森信英先生還暦記念論文集『常陸国風土記と考古学』一九八五年、雄山閣出版）が、真女子の蛇の姿は、『常陸国風土記』の古代における「角ある蛇」の系譜上にあると指摘している。だが佐藤氏は「角」そのものについては、不死・再生・両性具有のシンボルとして解釈しており、鹿角との関連には触れていない。

（6）真女子の蛇身の描写の背景には、『道成寺縁起絵巻』の大蛇の姿があるという指摘は、高田衛氏（注4）などの諸氏の論に見える。

（7）『日本書紀』の訓読は、全て日本古典文学大系『日本書紀』（一九六五年、岩波書店）に拠った。

（8）『古事記』の訓読は、全て日本古典文学大系『古事記祝詞』（一九五八年、岩波書店）に拠った。

（9）「枯樹」には異文がある。前田家本を底本とした日本古典文学大系の「枯樹」に対して、真福寺本を底本とした新編日本古典文学全集『古事記』では、「枯松」と表記。「枯松」は、新編日本古典文学全集の頭注に「鹿の角を枯れて葉の落ちた松の枝にたとえたもの」とある。

（10）鹿は、春日大社や厳島神社で神使として神聖視されてきた獣である。鹿の角自体は『民間信仰辞典』（一九八〇年、東京堂出版）に「老鹿の多岐の角や奇形角は霊力があるとされ、阿蘇神社や諏訪神社など鹿角を神宝としている。」との記述がある。

（11）嶋田彩司「神話のかたち――「蛇性の婬」私論覚書――」（『近世文芸研究と評論』五〇号、一九九六年一二月）、鈴木よね子「「蛇性の婬」地名考――歌枕・国学・神話――」（『日本文学』第四九巻第九号、二〇〇〇年九月）など。

（12）中世は、『道成寺縁起絵巻』の他に『古今著聞集』『沙石集』の嫉妬心によって蛇身（あるいは体の一部が蛇になる）となった女など、愛欲、執着などによって蛇身となる女の例が多い。中村正市「「蛇性の婬」における真女子の執念」（『尚絅大学研究紀要』第一四号、一九九一年二月）は、中世以降の蛇に対する執念深さや不気味さは近世に及んでも受け継がれていたと述べる。

（13）川西元「内面のドラマとしての「蛇性の婬」」（『国文学研究ノート』第三〇号、一九九六年一月）は、「ひたすらに男に執着し独占しようとする蛇性」と評する。

（14）『風土記』の訓読は、全て日本古典文学大系『風土記』（一九五八年、岩波書店）に拠る。

（15）鹿と蛇の水神としての関連を指摘した先行研究は、吉田比呂子「風土記説話考――説話における鹿の意味――」（『武庫川国文』第二六号、一九八五年一一月）、松田浩「鹿の古代伝承と水神と――日本武尊の鹿狩りをめぐって――」（『三田国文』第三〇号、一九九九年九月）がある。

（16）日本古典文学大系『日本書紀』頭注。
（17）新編日本古典文学全集『風土記』（一九九七年、小学館）頭注参照。
（18）完訳日本の古典『古事記』（萩原浅男校注、一九八三年、小学館）は、「水稲の生育をつかさどる水神が蛇体であるという信仰から、農民が祭る水神（河水・風雨・雷電などの霊格）とみる説」があると紹介している。八岐大蛇の姿は、肥の川の表象だとする説は、古くから木下睴朗「奇稲田姫異考」（『古典研究』第二巻第七号、一九三七年七月）によって指摘されている。近年では、『日本神話事典』（一九九七年、大和書房）が、「ヤマタノヲロチは菱伊川を象徴した水神であるとする説が有力視されている」と、この説を採っている。
（19）次田真幸「古代日本人の自然観——水神の信仰——」（『国文学　解釈と鑑賞』第三〇巻一一号、一九六五年九月）に詳しい。
（20）土橋寛『古代歌謡論』（一九六〇年、三一書房）。
（21）『神道集』では、千頭の鹿の生肝を集めて千枚の餅を作ったとある。
（22）本文は、新日本古典文学大系『室町物語集下』（一九九二年、岩波書店）に拠る。『俵藤太郎物語』は諸本に寛永年刊絵入本、寛文九年刊絵入本があり、『雨月物語』と同時期には流布していたと考えられる。
（23）田中貴子『〈悪女〉論』（一九九二年、紀伊国屋書店）は、御伽草子「頼朝の最期」に登場する頭に角を頂く蛇身としての江ノ島弁才天などを用例に挙げ、竜女を描いた文芸には「竜女＝竜蛇となる女性」への嫌悪感が込められており、それらが蛇体となって男を追いかける『道成寺縁起絵巻』の紀伊の女、『華厳縁起絵巻』の善妙のイメージの基底をなしたと言及している。
（24）寺島良安編『和漢三才図絵（上）』（一九八〇年、東京美術）。
（25）真女子の水神性については、鈴木よね子氏の論文（注11）に詳しい。
（26）鹿の害獣性を示す用例は、鹿が稲苗を食べる『豊後国風土記』速見群の説話、『万葉集』巻一二・三〇〇〇番、巻一六・三八四八番の鹿猪田の歌がある。

(27) 井口樹生『境界芸文伝承研究』(一九九一年、三弥井書店)、岡田精司「古代伝承の鹿——大王祭祀復元の試み——」(『古代史論集上』直木孝次郎先生古希記念会、一九八八年、塙書房)。

(28) 松田浩「鹿の古代伝承と水神と——日本武尊の鹿狩りをめぐって——」(注15参照)。

(29) 新編日本古典文学全集『風土記』頭注参照。

(30) 久松潜一監修『賀茂真淵全集第七巻』(一九八四年、続群書類従刊行会)。

(31) 日本古典文学大系『上田秋成集』、新編日本古典文学全集『雨月物語』の頭注。高田衛・稲田篤信『雨月物語』(注4)の語釈など。

(32) 三浦一朗「「女しき」ことと「婬なる」ことのあいだ——「蛇性の婬」」(『日本文芸論稿』第二九号、二〇〇五年三月)。

(33) 本節では、古代から連綿としてある鹿角の存在の背景を無視した表層的な読み、蛇、鹿の表象の意味を失った人の読みと定義する。

(34) 『祝詞』の訓読は、日本古典文学大系『古事記祝詞』に拠った。

(35) 『日本書紀』神代下には、火瓊瓊杵尊《ほのににぎのみこと》に平定される以前の葦原中国は、「彼の地に、多に蛍火なす光る神と蠅声なす邪神と有り。復、草木 能く言語有り」と記されている。

【初出一覧】

※本書は、博士学位論文に基づくが、必要に応じて、大幅に加筆・訂正を行った。

第一章　祝言歌謡の今様――祝いの歌語と文化

第一節　『梁塵秘抄』三一六番歌における岩屋

（原題　『梁塵秘抄』三一六番歌における「岩屋」（『梁塵　研究と資料』第二九号、二〇一二年一二月）

【補節】三一六番歌「泉の深ければ」小考…書き下ろし

第二節　遊ぶ鶴亀と「太子」の王権と礼楽――「太子を迎へて遊ばばや」

（原題　『遊ぶ鶴亀と「太子」の王権と礼楽――『梁塵秘抄』三一九番の歌「太子を迎へて遊ばばや」について――』『日本文学』第六〇巻第九号、二〇一一年九月）

第二章　女性をうたう今様――逸脱性を持つ女たち

第一節　「子産まぬ式部」という女

（原題　「「子産まぬ式部」について――『梁塵秘抄』を読み解く――」『フェリス女学院大学日文大学院紀要』第一四号、二〇〇七年三月）

第二節　誘う女に流れる〈神婚伝承〉

（原題　「「誘う女」の〈神婚伝承〉――『梁塵秘抄』三輪山の歌謡を中心に――」『フェリス女学院大学日文大学院紀要』第一六号、二〇〇九年三月）

第三節　呪う女――恋の恨みと呪詛、三本角の鬼…書き下ろし

第三章　「美女」の今様――何故、「美女」は魅力的か

第一節　中世における「美女」と今様――三四二番歌を視座として

（原題　「中世における「美女」と今様――三四二番歌を視座として」（『日本歌謡研究』第五三号、二〇一三年一二月）

第二節　越境者としての翁――翁の性愛と寿ぎ、笑い

（原題　「越境者としての翁――『梁塵秘抄』三八二番歌から読み解く翁の表象――」古代文学会一月例会（第六三七回）口頭発表、二〇一三年一月、於和光大学ぱいでぃあ）

第四章　物語の中の表象――中世王朝物語・近世の物語

第一節　『いはでしのぶ』における物尽し――王朝なるものへの回帰方法として…書き下ろし

第二節　『風に紅葉』の道行文――和歌の表現から読み解く…書き下ろし

第三節　鹿角の蛇――神話的イメージの継承と創造

（原題　「鹿角の蛇――神話的イメージの継承と創造――」『物語研究』第一一号、二〇一一年三月）

あとがき

本書で扱った今様の数は少なく、雑歌に偏ったものであった。『梁塵秘抄』全体の特質を把握するには至っていないだろう。充分に論じきれていない箇所も、今後の課題も多々ある。本書で論じた今様は、豊かなる世界の氷山の一角であるが、表象から捉え直すことによって新たに見えてきたこともある。

例を挙げるなら、第三章の「美女」をうたう二首は、表象という視点をもって読み解かなければ、単に愛欲をうたった歌、翁の性愛をからかう滑稽な歌として単一的な解釈しか見えてこなかったであろう。それは第一章で取り上げた祝いの今様、第二章の逸脱した女の今様も同様である。当時の世相・風俗を反映した流行歌謡としての表層的な面白さこそが、歌謡的であるとされたかもしれない。

しかし、『梁塵秘抄』が持つ魅力、本質とはそのような表層的なレベルにとどまるものではない。それは、綾なす織物のように多層性があり、複合的なものである。古代の言説から、中古を経て、院政期に至る時代の流れの中で醸成されてきた意味は、縦糸。文学、芸能、宗教、美術、風俗などの多角的な分野から成る当時の文化は、横糸。その二つの糸で織り成した多層的、重層的な世界が、『梁塵秘抄』の一首の中に広がっている。それが『梁塵秘抄』の面白さであり、本質であると考える。今後とも、『梁塵秘抄』の価値や魅力をさらに解き明かしていきたい。『梁塵秘抄』だけでなく、表象という方法論でもって、物語、和歌、説話などの読み解きにも、挑戦していきたいと思う。

本書の執筆・刊行に至るまでには、多くの先生に御指導いただいてきた。大学院在籍当時から、長年、御指導賜り、博士学位論文の主査をして下さった谷知子先生に、改めて深謝申し上げたい。副査をして下さった竹内正彦先生、佐藤裕子先生、島村輝先生、同志社大学の植木朝子先生には、貴重な御指摘、御助言を賜った。大学院在籍時には、博士前期課程時代の指導教授であった森朝男先生、松田浩先生をはじめ、フェリス女学院大学の先生方には、多くの御指導いただき、温かく見守っていただいた。突然、研究室を訪ねても、お忙しい中、いつも丁寧に、私の稚拙な疑問や研究の相談に応えて下さった。

中世歌謡研究会、古代文学会の先生方にも、いつもお世話になっており、様々な角度からご教示いただいた。そして、和光大学の学部生時代、『梁塵秘抄』との出会いを導いて下さった小島裕子先生、卒業論文を御指導いただき、大学卒業後も、長年にわたり御助言下さった津田博幸先生。その他にも、お一人お一人お名前を挙げきれないが、これまで御指導、御助言を賜った全ての方に心から感謝し、篤くお礼申し上げる。

本書の出版を御承諾下さった笠間書院の池田つや子社長、橋本孝編集長、実務をお執りいただき、細やかな御助言と御配慮をいただいた大久保康雄氏に、この場を借りてお礼申し上げたい。

そして日常的に支えてくれた家族、夫・中嶋昭仁氏、本当にありがとう。

二〇一三年一二月吉日

縄手聖子

＊本書出版にあたり、フェリス女学院大学博士学位論文刊行費助成を得た。

著者紹介

縄手　聖子（なわて・せいこ）

＊1981年生
＊2013年フェリス女学院大学人文科学研究科日本文学専攻博士後期課程修了
＊2013年博士（文学）
＊主要論文
「中世における「美女」と今様—『梁塵秘抄』三四二番歌を視座として—」（『日本歌謡研究』第53号、2013年12月）
「『梁塵秘抄』三一六番歌における「岩屋」」（『梁塵—研究と資料—』第29号、2012年12月）
「遊ぶ鶴亀と「太子」の王権と礼楽—『梁塵秘抄』三一九番の歌「太子を迎へて遊ばばや」について—」（『日本文学』第60巻第9号、2011年9月）等。

今様《いまよう》のなかの〈表象《ひようしよう》〉

2014年3月31日　初版第1刷発行

著　者　縄手聖子
装　幀　笠間書院装幀室
発行者　池田つや子
発行所　有限会社笠間書院
東京都千代田区猿楽町2-2-3［〒101-0064］
電話 03-3295-1331　fax 03-3294-0996

NDC 分類：911.63

ISBN978-4-305-70721-5　シナノ印刷

出版目録は上記住所までご請求下さい。
http://www.kasamashoin.co.jp

索　引

・この索引は、書名・人名索引にした。
・配列は、五〇音順である。
・書名は、『　』「　」括り、表示した。
・近世以前の人名は音読に従い、研究者などは通常の読みに従った。

【あ行】

【か行】

【さ行】

【た行】

【な行】

【は行】

【ま行】

【や行】

【ら行】

【わ行】